捨てられ聖女の異世界ごはん旅

隠れスキルでキャンピングカーを召喚しました 5

著 米織
ill. 仁藤あかね

suterare seijo no isekai gohantabi

口絵・本文イラスト
仁藤あかね

装丁
木村デザイン・ラボ

CONTENTS

プロローグ

「…………と、まぁ、そんな感じで……ヴィルさんのお兄さんに謁見したり、またダンジョンに潜ったり……なかなかに濃密な時間でしたよー」

ジュワワァッと景気のいい音をたてながら、フライパンの中のお肉が焼ける。

ターナー片手にそれを見守る私の前にぐっと伸びてきたのは、ミルクのように真っ白なお顔。二つ並んだ満月のような瞳がぱちりと瞬いて、しげしげと私を眺めている。

『相も変わらず面妖《めんよう》なことに巻き込まれる娘よな、そなたは』

「えぇぇ～～～……〝不可抗力〟ってやつだと思うんですよねぇ……」

輝くような白い巨体のドラゴンが、ふうとため息をついた。満月みたいな金色の目が、ハンバーグをくるりとひっくり返す私を呆《あき》れ半分で見据えている。

あまりの言われように眉《まゆ》を下げた私を可哀そうなものを見るような半目で見つめてくるこのドラゴンは、ご尊名をミール様と仰《おつしや》るミラージュドラゴンだ。かなり高度な幻術を使うドラゴン様なのですよ！

姫騎士というか、お嬢様というか……尊大な態度だけど、それがよく似合うこのミール様とは、ひょんなことがきっかけで知り合ったんだけども……出会いがハチャメチャだったわりには、こうしてご飯係として可愛《かわい》がっていただいているんだよね。

『それにしても、その〝聖女〟とやら……なにやら裏がありそうじゃのう』

「ええ……いろんな意味できな臭さしか感じないですよねぇ……」

『それで、その聖女の活動を邪魔するために東奔西走せよ、というのも、また奇妙な話よな。直接赴いて叩《たた》き潰《つぶ》してやればよいではないか』

「は、あははは……王様は王様なりのお考えがあるようなんですけどね」

憮然《ぶぜん》とした様子で鼻を鳴らすミール様に、私の口からは、乾いた笑い声しか出なかった。

ミール様としては、ヴィルさんのお兄さん……王都・シュルブランに住まう王様でもあるノアさんの指令の意図がさっぱりわかんない、って感じなんだと思う。

『叩き潰すのがダメなら、聖女本人を説得するのはどうじゃ？　同じ世界から来た者同士、話は通じやすいじゃろう？』

「あー……それもなかなか難しいんじゃないですかね？　なにしろ、話を聞く限り聖女一行の暴れっぷりはなかなかのようですし、言っても聞かなそうですもん」

聖女を直接どうこうすることを諦めきれないらしいミール様は、私の返答を聞くと呆れたような顔でフンと鼻を鳴らした。

聖女さまご本人が何を思ってるかはわかんないけど、その周りにいる攻略対象者は絶対にコッチを舐めてかかってるだろうからね。説得しに来たのが『役立たず』として放逐された私……ってなったらさあ。結果は目に見えてるよね。

それに……ゲームの本筋に沿うなら、ヴィルさんたちは聖女さまご一行に会う前に死亡してるはずのキャラだ……っていうのが、一番引っかかってるんだ……。もし対面させて何かあったら……って考えると、正直なところ何が何でも会わせたくないんですよ！

それに、当事者としてこの世界の秘密を打ち明けられた私からすれば、『覚えている限りのイベント情報（恋愛イベント含む）を渡すから、聖女側のレベルアップの機会でもあるそれらのイベントを可能な限り潰してほしい』っていうノアさんから受けた指令はすっごく合理的だと思うけどさ……。これをそのままミール様に伝えるわけにはいかないじゃん？

いや、だって……この世界は乙女ゲームの世界で、この世界に生きてる人たちは聖女側以外はＮＰＣ扱いなんです、とか……言えるわけがない！

この話、私はヴィルさんにすら話してないからね⁉　そんだけ重たい話だと思ってるからね⁉

「ま、王様直々に聖女側の思惑を引っ掻《ひか》き回すために諸国漫遊せよとの仰せがありましたので、これからも機会があればこうしてミール様のところにもはせ参じられるわけですし？」

意味ありげな笑みを浮かべながらフライパンの中身をミール様に見せつける。

これ以上突っ込まれたくないんだけど、それを悟られてもなかなか厄介なことになりそうですからね！　ここは一つ、程よく焼けたお肉でミール様の気を逸《そ》らしてみようかな、と！

『…………ふむ。それを考えれば、まぁ、悪い話でもないのかのぅ？』

尊大な様子で鼻を鳴らすドラゴンが大きな顔を寄せてくる光景なんて、普通の人にしたら恐怖なんだろうけど。私の場合、こうしてドラゴンの前で調理をするのは初めての経験じゃないからなぁ。

この姫ドラ様との出会いは、〝聖女召喚〟に関する情報収集と報告の一環として王都に向かう途中まで遡《さかのぼ》る。拠点としていた街・エルラージュの冒険者ギルド長から、王都への途中にあるメルロワの街までお使いを頼まれたのが発端だった。

そんで、メルロワの街に着いたら街が擁する火山で暴れていた……ご本竜曰《いわ》く〝無礼者を返り討ちにしていた〟ミール様に攫《さら》われて……なんやかんやあったんだよ、うん。

ありていに言えば、ご飯作ったら気に入られて〝ご飯係〟認定された、って話なんだけどさ。

王都に着いたら着いたで色々あったんだけど……まぁ、それはさっきミール様に説明したから割愛させてもらおうかな。

結論だけ述べれば、この先もこのパーティで楽しく旅ができそう、って話だし！

「それにしても、まだミール様がご逗留《とうりゅう》中とは思いませんでした！　立ち寄ってみて良かったです」

『ふふん。そなた以外の料理も、そこそこに美味《うま》かったのでな。今しばらくこの地に留《とど》まってやることにしたわぇ』

なかなかに有意義だった王都滞在を終えて、エルラージュに戻るその帰り道。ミール様に貰《もら》った鱗《うろこ》がメルロワの街に近づくにつれて妙にチカチカ瞬くから、何かあるんじゃ……と思ってメルロワにも立ち寄ったんだ。

パーティリーダーを務めるヴィルさんは「無視して帰って構わないのでは？」とは言ってたんだけど……万が一それがバレたらもっと面倒なことになりそうだったしねぇ。

そして、私のその勘は当たっていた。

姫ドラ様のところに顔を出すなり『妾《わらわ》を無視して通り過ぎるようなことがあれば地の果てまで追いかけてやろうかと思っておったわ』とあっけらかんと言われる始末だったし！

いや、ホント……ミール様に会いに来てよかったぁ……。

「おっと！　ハンバーグも頃合いかな？」

そんなとりとめのない話をしているうちに、鼻先を香ばしい匂いがくすぐった。フライパンで焼けている肉の塊――この前倒したドラーウェアムのお肉を、ハンバーグにしてみました！――に竹串《たけぐし》を指すと、透明な肉汁がじゅわりと溢《あふ》れ出す。

ふむふむ。火は十分に通ったようですね！　……まぁ、ミール様なら、多少生でもお腹《なか》を壊すことはなさそうだけどさ。

「ミール様、ミール様！　焼きたてのとこ味見してみます？」

ソースはまだこれからなんだけど、ミール様も気に入ってくれるはず！　この前作ったカレーで思い知ったけど、ドラゴン肉ってお肉そのものがめちゃくちゃ美味《おい》しいんだよ！　肉自体の旨味が強いっていうか……。

だからこそ、ソースなしでもかなり美味しいと思うんだよねぇ。

『ふふふ……！　そなたもよく心得ておる！　焼きたての熱いうちに食べるのが一番よな！』

「ミール様は、どんなに熱いうちに食べてもお口を火傷《やけど》しなそうですものねぇ……」

ターナーに載せたドラゴンハンバーグを差し出せば、ミール様ことミルちゃんがバクリと食いついてきた。並の人間なら確実に口の中が焼け爛《や　ただ》れるであろう焼きたてのハンバーグを、ノータイムで頬張れるんだもん。ドラゴンってすげー！

『ほほほほ！　美味美味！　トカゲにしてはなかなかの味ではないか！』

「ドラゴン種をトカゲ扱いですか……さすがミール様……！」

あぐあぐとハンバーグを頬張るミール様が、こういう時は羨《うらや》ましいなぁって思うよ、うん。

それなりに大きめに作ったハンバーグだったけど、巨大なドラゴンにしてみたらほんの一口だったよねぇ。瞬く間に口の中のものを飲み込んだミール様が、長い舌でペロリと口の周りを舐《な》める。

『ふふん！　あの小生意気な鬼竜《ドラグール》の若造がおらんと思うだけでいっそう美味なるものに感じるわぇ！』

「も～～～……ミール様が『獲物を取ってこい』って仰ったからじゃないですかー！」

『ふん！　あの小僧……未だに良からぬ者を見るような目で妾を見よってからに……！』

心底お怒りのご様子のミール様だけど、それはしょうがないいんじゃないかなぁ、と……私は思うわけですよ。

「まぁ、ヴィルさんたちとの出会いは、第一印象が最悪でしたもんねぇ、ミール様……」

なにせ、ミール様ときたらヴィルさんたちの目の前で私を仮巣まで掻っ攫っていったんだもん。

そりゃあ殺気だったヴィルさんたちが私を取り返しに来るよねぇ。

そんなもんで、なんとか和解した後も、ヴィルさんたちはミール様に対する警戒を緩めてないいんだ。

ただ、姫ドラ様としてはそんなヴィルさんたちの態度が気に食わん、って感じでさぁ……。

ミール様的には、『古《いにしえ》の盟約に基づき世話役を招致しただけなのに、なんでそんな扱いを受けねばならんのだ！』って感じなんだってさ。『妾は何も悪いことはしておらぬ！』って、ことあるごとに主張してくるし。

だからこそ、未だにピリピリした態度で接するヴィルさんたちに、『貴様らの飯番の安全は妾が保障してやるゆえ妾の晩餐《ばんさん》の材料採ってこいさもなければまたここで暴れてやる！』って威嚇するんだよ……。

イラつきとメルロワの安全とを秤《はかり》にかけて、ヴィルさんたちが獲物を探しに行く中、ごまみそが最後まで私のそばについていたがってごねたけど……ミール様の尻尾《しっぽ》ビタビタの前に歯噛《はが》みしながらヴィルさんたちと一緒にご飯狩りに行くしかなかったっていうか、なんていうか……。

『まぁ良いわぇ。そなた、この後もあちこちに行くのであろう？　折に触れて妾の許《もと》まで顔を出すがよい』

ミール様をどう宥《なだ》めるべきか。そして、戻ってきたヴィルさんたちをどうフォローするか……首を傾《かし》げた私の前で、大きな口がにまりと吊《つ》り上がった、次の瞬間。

「俺は反対だぞ……！　この性悪ドラゴンに会いに来てやる義理はないだろう？」

藪《やぶ》を漕《こ》ぐ音とともに、不機嫌そのものという声が茂みの向こうから飛んでくる。

声の方向に目を向ければ、もうすっかり見慣れた我がパーティの面々が、一様に苦虫《にがむし》を噛《か》み潰したような顔で戻ってくるところだった。

「あ、ヴィルさんに、みんなも！　おかえりなさい！　何かいいの採れまし、たぁっっ？」

立ち上がった私が駆け寄るより先に、大股《おおまた》で戻ってきたヴィルさんにぐいっと肩を引かれ、その勢いのままヴィルさんの背に庇《かば》われた。

「リン！　リンはウチのパーティの飯番だろう？　これ以上この我儘《わがまま》ドラゴンを甘やかすな！」

『ふふん！　何じゃ小僧？　一丁前に嫉妬《しっと》かぇ？　束縛する男はいつの世も嫌われるものぞ？』

「は？　嫉妬だのなんだのではなく、正当な主張だと自負しているが？」

ヴィルさんの後ろにいるせいでその表情は見えないけど、見えなくたってどんな顔してるのかは簡単に想像がついた。そりゃあもう嫌そうな顔してるんだろうなぁ、って……。

……でもまぁ確かに、私はあくまでも【暴食の卓】のご飯番なんだよねぇ。ご縁があってミール様のご飯も作るけど、優先すべきはやっぱりウチの面々のご飯だと思うんだ。

喧々囂々《けんけんごうごう》と言葉による応酬が止まらないヴィルさんとミール様の声を聞いている私の背後から、ぬっと白い手が伸びてきた。ぎゅうと抱きしめられ、背中に柔らかなものが押しあたる感覚がああああ……！！！

ひやりと冷たいその腕の持ち主なんて、振り向かなくてもわかる。

「ん！　リンが作るのは、わたしたちのご飯、だけ！　わたしたち以外に、ご飯食べさせちゃ、ダメ！　わたしたちのことだけ、考えて！」

「アリアさん……セリフがもう完全に束縛彼女です！」

うーん……セリフだけを聞けば、地雷系彼女っぽいよね！　ただ、声色は完全に拗《す》ねた幼女のソレ。〝わたしのママとらないで！〟って言ってる、幼女のソレ！

しかも、いかにも〝拗ねてます〟って唇尖《とが》らせたまま私に抱きついて頬ずりしてくるとか……！

美人人妻にこんな一面があるなんて……ギャップどころの話じゃなくない⁉

……ただ、まぁ…………そんなことになったら、モンスターが黙っちゃいないですよねー！　ハズバンドっていう名前のモンスターがさぁ〜〜〜！

「…………………リンちゃん……？　アリアはリンちゃんの彼女じゃなくて、オレのお嫁さんなんだからね？」

「ア、ハイ！　重々承知しております！！！！！」

地を這《は》うようなエドさんの声に、唯々諾々と頷《うなず》くしかなかったよね、うん。素直に両手を挙げて、速やかにアリアさんから離れましたとも！

一歩下がった私のところに駆け寄ってきたのは、最初に会った時と比べてちょっとおっきくなったごまみそだ。私のお腹めがけて流れ星が突っ込んできたようなその勢いは、思わず息が詰まるくらいの衝撃があるよ！

「ぐふっっ！！！　お、おみそ……っ……みぞおちは、やめて……っ……」

『はーあ？　かあいらしい朕のことうけとめきれないとか、あいがたりないんじゃないのー？』

「勢いが強すぎるっていう話なんだわ！」

私の腕の中で不満そうに前脚でぺちぺちしてくるごまみその小生意気なこと！　取り落とすことなく抱っこできただけでも、すごいと思ってほしいんですけどー？

『あんなー、朕なー、シュッシュッってした！　おにくとってきた‼』

「お！　獲物獲れたんだ！　頑張ったねー、おみそ！」

それでも、獲物が獲れたって喜んでいる顔は可愛いんだよなぁ。お肉ってことは、魔生物か魔物かが獲れたのかな？　それとも、普通の獣でも獲れた？

ゴロゴロ喉《のど》を鳴らすごまみそを抱っこする私の背中に、何かがボスッとぶち当たる。勝手知ったるこの温もり。振り返らなくても、ヴィルさんの掌《てのひら》だってわかる。

「ミール様の突発ミッションお疲れさまでした。何かいいもの獲れました？」

「性悪ドラゴンの言うがままというのは気に食わんが……まぁ、それなりにな」

にんまりと唇を吊り上げたヴィルさんが取り出したのは、経木に包まれたお肉やら、緑も青々とした山菜とか、赤とか黄色とか……目にも鮮やかな木の実とか。

生存戦略《サバイバル》さんで見る限り、どれもこれも美味しそうですね！

特に目を引いたのは、ヴィルさんの拳《こぶし》よりも大きな緑色の木の実。歪《いびつ》な楕円《だえん》で、表面はちょっとデコボコしてて、ぱっと見はそんなに美味しくなさそうな感じなんだけど……。

『なんじゃ。アマラフルーツではないかぇ。小僧にしてはよくやった！　冷やして喰《く》らうとまた格別での！』

首を伸ばしてきたミール様が弾んだ声を上げた。食いしん坊の姫ドラ様がそういう反応をするということは……さてはこれ、美味しいんだな⁉

「ふん！　これでも、冒険者歴はそこそこあってな。ある程度の採取はできると自負はしているさ」

『ハッ！　ほんに口だけは達者な小僧よ！』

「もー……ミール様もヴィルさんも、そう火花散らさないでください！」

バチバチと熾烈《しれつ》な舌戦を繰り広げる二人を横目に眺めつつ、その緑の実にだけ注目してみる。

【アマラフルーツ（食用：非常に美味）
熟したものはねっとりとした舌触りで甘みも強く、非常に美味。濃厚な食味が魅力。ただし、熟しても果皮が緑色のため、食べ頃が非常にわかりにくい。
未熟な身は酸味が強く、シャキシャキした歯触りが特徴。酸味を活かしてサラダの具材などに使われることもある。
この実はちょうど食べ頃】

ちょっと！　これはかなり美味しそうですよ！

ねっとり系ってことは、食感はマンゴーとかそういうのに似てるのかな？　ちょっと冷やしたらもっと美味しくなるのかな？

エドさんの魔法で冷やしてもらうことも考えたけど、まずその前にみんなでご飯も食べたいし！野営車両《モーターハウス》の冷蔵庫に入れておけば、ご飯を食べ終わる頃には冷えてるでしょ！

赤と黄色の木の実もバッチリ美味しそうな果物だったし、山菜は茹《ゆ》でれば付け合わせによさそうだし！　ヴィルさんたちには感謝しかないよー！

手元にある果物をまとめて持って、野営車両《モーターハウス》に駆け込んだ。それらを冷蔵庫にしまうのと入れ違いに、冷やしておいたハンバーグの肉ダネを取り出す。

「よし！　デザートも副菜も賄えそうですし！　後はみんなでパーッとご飯食べましょう！」

肉ダネの入ったボウルを頭上に掲げてみせれば、わぁっと場が沸いた。みんなの分＋ミール様の分も作れそうなくらいの量があるし！　なんならおかわり分も作れるのでは？

ちなみに、そんな大量のハンバーグを作った後も、まだドラゴン肉が残ってる。どんだけドロップしたんだ、って話よな……ドラゴン肉、それだけの量があったんだよー！

「まずはお肉そのものを楽しんで、次にソースで味変して……っていう感じでいかがでしょう？」

「リン……リン……！　さいっっこう……！」

「ああ、そんな贅沢《ぜいたく》が許されるんですか⁉」

「リンちゃんってば、もう！　ほんとに悪魔的なこと考えるよね！」

アリアさんたちが諸手を挙げて歓声を上げる、その隣。ミール様とヴィルさんは相変わらずだ。

無言で火花を散らし合ってますなぁ……。

……でも、私にはわかる。あれはお互いに「お前のせいで分け前が減るんだが？」って言い合ってる目だ！

「あ～～～……取ってきてもらったお肉も焼きますから。ご飯は仲良く食べますよ！！！」

一触即発の二人の間に割って入って、お土産の一つ、しっかりした赤身のお肉――ワタリガモっていう鴨によく似た鳥のお肉だった――を頭上に掲げて……冷戦を治めた私、超偉くない？

正直、色々と考えなきゃいけないことはたくさんあるけど、そういう考え事は、まずはお腹を満たしてから……だよね！

腹が減ってはなんとやら、って言うし、お腹が空《す》いてる時に考え事をすると、ネガティブな方向に思考が向きやすいんだよ。

「さあさあ！　満足するまで、みんなで一緒にご飯食べましょう！」

私がこぶしを突き上げるのに合わせて、歓声がごうと大気を揺らした。

「とりあえず、まずはハンバーグを焼くところから始めますね〜〜」

野営車両《モーターハウス》にあった一番大きいフライパンに、次々と肉ダネを置いていく。サイズは、一口ぶんより少し大きいくらい。このサイズならすぐ焼けるだろうから、食べながら焼こうかな、って。

数が多ければ、いろんな味が楽しめると思うし！

ついでに、用意しておいた焚火《たきび》台に網を載せて、その上にアルミ箔《はく》に包んだ肉ダネを載せる。こっちは、ミール様用にサイズはかなり大きめに。フライパン、かなり大きいんだけど、このサイズを載せると他が焼けないからね。だから、包み蒸しハンバーグに仕立ててみました！

「ソースはどうしようかなぁ……デミ風ソースと、ジャポネ風と……？」

フライパンの中でジュウジュウ焼けていくミニハンバーグたちをクルクルひっくり返しながら、今作れそうなソースを脳内で組み立てていく。

肉汁にケチャップとソースを混ぜて煮詰めた定番のデミソースと、玉ねぎとお醤油《しょうゆ》、レモン汁で作るジャポネソースもさっぱりして美味《おい》しいと思う。

あとは、ちょっと変わり種のソースが欲しいんだけど……何か作れるかな？

「あ、そうだ！　王都で買ったマスタードがある！　それでマスマヨソース作ろう！」

ふと思いついたのは、帰る前に王都の市場で買った自家製の粒マスタード！　試食させてもらったんだけど、酸味と辛みのバランスが絶妙で！　アレにマヨネーズとレモン汁混ぜたら、濃厚なのにさっぱり……っていう、美味しいソースに化けそうな気がする！

……そうと決まれば……！

「エドさん、エドさん！　この玉ねぎ、魔法で超細かく刻んでもらっていいですか？　ハンバーグに添えるソースにしたいんです！」

「いいよ～～！　リンちゃん、またオイシイの作るつもりだね？」

「ふふふ！　できあがってのお楽しみ、です！」

ジャポネソースのめんどくさいところは、玉ねぎのすりおろしなんだけど……皮を剥《む》いた玉ねぎとボウルをエドさんにお渡しすればそれでもう解決ですよ！

エドさんの魔法で、玉ねぎがあっという間に超みじん切りになっていく。うぅん！　涙も出ないし、まな板も包丁も汚れないし……魔法って本当にありがたい……！

あとはこれに、お醤油とレモン汁、味醂《みりん》とかを混ぜて味を調えたらできあがり…………なんだけど。

「折角だから、ヴィルさんたちが採ってきてくれた果物使いますか！」

作業机の片隅で山を成す獲物の山から、赤い果実を手に取った。大きさは、ピンポン玉よりちょっと大きいくらい。私の手の中に、すっぽり収まっちゃう程度だ。

【レッドボムシトロン（可食）
山に自生する柑橘《かんきつ》の一種。他の品種に比べ、砂瓤《さじょう》の中に果汁を多く蓄えている。香りは良いが、非常に酸味が強い。
完熟した実は皮が薄く衝撃に弱いため、敵にぶつけて飛び散る果汁を目潰《めつぶ》しに使う、などといった使われ方をしていた時期もあるらしい】

うん、物騒！　目潰しに使われるくらいの酸味って、何ごと⁉

試しに、エドさんが刻んでくれたばかりの、超みじんの玉ねぎが入ったボウルの上でぎゅっと握ってみる。

手の中でぱちゅんと皮が弾《はじ》ける感じがして、爽《さわ》やかな匂いがぶわっと立ち昇った。次いで、下のボウルにもぼたぼた果汁が滴ってく。

確かにこれは香りがいい！　そして多汁っていうのもわかる！

……………それじゃ、味は……？

「あ、うわ！　確かに酸《す》っぱい！！！」

果汁まみれの指先を舐《な》めてみると、舌先がビリビリ痺《しび》れるくらいに酸っぱい！！！　生存戦略《サバイバル》さんの言う通り、コレは目潰しになりますわ！

でも、このくらいインパクトがあった方が、肉の旨味が強いドラバーグに合いそう！

「それに、お醤油とか味醂とか玉ねぎも入るわけだし、うまい具合に纏《まと》めればいいだけの話だしねえ」

そう。今回はこのレッドボムシトロン汁だけで食べるわけじゃないから！

ボウルの中に、お醤油とか味醂とか……隠し味に蜂蜜《はちみつ》もちょっと入れて…………まだちょっと尖った感じはあるけど、全体が馴染《なじ》めば問題ないと思う。

マスマヨソースも材料を混ぜるだけで完成するし、デミ風ソースはハンバーグの肉汁が残ったフライパンで作るわけだし、ソース作りも完了ですな！

それじゃああとは、食いしん坊さんたちのためにハンバーグを量産する作業に戻りましょうかね！

「よーしよしよし！　お肉もいい塩梅《あんばい》ですよ〜〜〜！」

「ああ……やはり、肉が焼ける匂いはとても良いものですね……！」

「わかります。めっちゃお腹が空く匂いですよね」

中まで焼けたハンバーグをひょいひょい皿に上げていると、匂いにつられた食いしん坊が背後から声をかけてきた。

端整なお顔に蕩《とろ》けるような笑みを浮かべたセノンさんの目は、皿の上の山盛りミニハンバーグに釘付《くぎづ》けだ。

「もう少しでできあがりなので、これをみんなのところに持ってって、待っててください！」

待ちきれなさそうなセノンさんに皿を手渡すと、瞳の輝きがいっそう強くなった。

「ええ、わかりました！　他に手伝えることはありますか、リン？」

「そうですねぇ…………つまみ食いする人がいないか、見張りもお願いしますね！」

「ふふふ。承りました。完璧にこなしてみせましょう！」

莞爾《かんじ》と微笑《ほほえ》んで、ハンバーグ山盛りの皿を持っていくセノンさん。その背中から、〝肉の取り分を減らしてたまるか〟っていうオーラが立ち昇っているのが私にもわかる。うーん……なんて頼もしい！

「まあ、あとはソースが煮詰まれば完成だし、つまみ食いなんてする不届き者が出るはずも……」

「見つけましたよ、エド！　ゆっくりとその手を引きなさい！」

「え～～～！　ちょっとセノン見つけるの早すぎだって！」

「…………不届き者いたし……！」

まさかの展開なんですけど～～～？？？　さっきの今でつまみ食いに挑戦しようとする勇者が現れるとは思わなかったよ！

でもでも、エドさんの悲鳴が響く中、無事にソースもできましたし？　これ以上みんなが蛮行に及ぶ前に持ってかないと‼

「はいはいはい！　お待たせしました！！！　ハンバーグパーティー開始ですよ～～～！！！」

各種ソースと共に登場した瞬間、沸き上がった歓声の大きさは過去一番だった。事前に食前の祈りを済ませていたらしいみんなの手が、ハンバーグに我先にと殺到する。

「おいっ、しい！　なんにもつけなくても、おいしい！！！！」

「肉汁がたっぷりで、肉感がしっかりあるのに柔らかくって……いくらでも食べられるじゃん！」

フォーク片手に悶絶《もんぜつ》するアリアさんの隣で、念願のハンバーグを頬張れたエドさんが歓声を上げる。

「カレーの時も思ったのですが、ドラゴン肉は味が濃いですね。こうして肉だけで食べるとソレがよくわかります。力強い味がします」

「脂気があるのに、それが肉の旨味の濃さによく合っていて、しつこい感じがしないな」

普段は後衛職なのに、前衛職すら凌駕《りようが》する素早さでハンバーグを掻《か》っ攫《さら》っていくセノンさんの呟《つぶや》きに、ヴィルさんが頷《うなず》きながらおかわり分のハンバーグを確保する。

いつも思うけど、自分が作ったものを美味しい美味しいって言って食べてもらえるのって、幸せな気分になれるなぁ。

「リン。リンもちゃんと食べられているか？」

「ん！　コレは、食べ損ねちゃ……ダメ！」

「ヴィルさん……アリアさん……！　ありがとうございます！！！」

しみじみ感動に浸っていたら、私の皿の上に両サイドからハンバーグが降ってきた。こうして気遣ってもらえるから、なおさら美味しいの作ろう、っていう気になるよね……！

二人の心遣いが冷めないうちに、私もいただいちゃえ！

粗めに叩《たた》いたお肉と、しっかり細かく叩いたお肉とを混ぜ合わせたおかげかな？　しっかり噛《か》み応えのあるお肉を噛み締めるたび、コクと旨味がたっぷり詰まった肉汁がじゅわっと口の中いっぱいに溢《あふ》れてくるの！　しかも、脂気があるのに、ぜんぜんしつこくない。

どちらかっていうと、あの見た目に見合った野趣溢れる味ではあるんだけど、妙な臭みとかは一切なくてさぁ！　むしろ、ナッツ系の香ばしい匂いがふわぁっと鼻に抜けてって、一口……また一口……って手が止まんなくなっちゃった。

「これは濃い目のソースも、さっぱり目のソースも合う味だ……ドラゴン肉恐るべし……！」

果たして、ソースをつけて食べたみんなの口から次々と呻《うめ》き声と感嘆の声とが漏れる。

肉汁の旨味が詰まったデミソースはお肉の濃厚さをより高めてくれたし、レッドボムシトロンの酸味が利いたジャポネソースは後口がさっぱりして、ミニハンバーグがいくらあっても足りないくらい！

付け合わせにした山菜……ヤマアマナって言うらしいんだけど、これまたハンバーグにぴったりだったんだよねぇ。シャクシャクした食感で、親指くらいの太さがあって……でも、ちゃんと歯で噛み切れちゃうくらいに柔らかいんだ。噛み切った断面からぽたぽたエキスが滴るくらいにジューシーで、味自体も凄《すご》く美味しいの！

「ドラーウェアム、肉々しいのに旨味が凄いですねぇ！」

「うん！　美味しい！　いくらでも入る！　もっと食べたい！！！」

「俺はこのマスマヨソースが気に入った。今までに食べたことがない味がする」

上機嫌な二人を横目に眺めつつ尋ねれば、それはもう弾んだ声が返ってきた。でも、気持ちはわかります。ドラゴンバーグ、本当に美味しかったんだよぅ！

「粒マスタード、っていうところがいいですよね！　ちょっとおしゃれな感じの味がします」

「おしゃれな味、というのがよくわからんが……………リンがそう言いたくなる気持ちはわからなくもない」

どのソースもウチのパーティ初お目見えだけど、その中でも新進気鋭のマスマヨソースは、リーダーにも気に入られたみたいだ。ヴィルさん、そもそもマヨネーズを気に入ってたっぽいからなぁ。

マスマヨソースは好きな味の系統なんだろう。

味もそうだけど、プチプチしたマスタードシードの食感が面白い、っていうのもあるかもしれない。

『それにしても……そなたらはこれからも旅を続けるのであろう？』

「ええ。エルラージュを拠点にして、依頼を受けつつ色んな所に行ってみようかと」

『ふぅむ…………色んな所、のぅ』

蒸しハンバーグをぺろりと平らげたミール様が、舌なめずりをしながらこちらを見下ろしていた。

満月のような二つの瞳は、私を捉えたまま一向に動こうとしない。

『まぁ、せいぜい気を付けるが良い。そなたは、とかく様々なことに巻き込まれやすい星回りのようじゃからな』

「……その〝様々〟を引き起こした張本人に言われたくないんだが……？」

満月から、三日月に。一気に月齢を減らした瞳が弧を描くのに、苦虫を嚙み潰したようなヴィルさんがボソリと吐き捨てた。

ご機嫌な様子で次のホイル蒸しに食らいつくミール様には、届いてなさそうなのが幸い、だなぁ。

……それにしても、巻き込まれやすい星回り、か。それってつまり、色んな〝イベント〟にぶち当たりやすい、ってこと？

「また近いうちに、何かありそうだなぁ……」

次々と追加されるおかわりのミニハンバーグにフォークを突き刺す私の隣から、バシバシ視線が突き刺さる。

「……ねぇ、リン。わたし、思ったんだけど……」

「はい、なんでしょう？」

いつの間にか足元に寄ってきたごまみそを撫《な》でていたアリアさんが、こちらをじいっと見つめている。

私を呼ぶ声も、その顔も、ひどくまじめそうだ。

「このハンバーグ……カレーに載せたら、きっともっと美味《おい》しかった……！」

「あー！　あのドラゴンカレーですね？」

おおおおおお！！！！　思った以上に軽めの話題だったよ！　ちょっと一安心ですよ！

声がシリアス気味だったから、何事か起きたのかな、って思っちゃったよね！

ちなみに、アリアさんが言っているカレーっていうのは、例のアレ。

ヴィルさんの異母兄でもあり、元日本人の異世界転生者でもあり、この世界の元になったゲームを作った人でもあるっていう……なんともコッテリした経歴の持ち主、この国の王様、ノアさんの

要望で作った、ドラゴンカレー。

じっくり煮込んだドラすね肉をベースに、大きめに切った野菜とカレールーを入れて作った、あくまで〝普通の〟カレー。特にアレンジも利かせていない、おうちカレーだ。

「確かにあのカレーに、ドラゴンハンバーグ載せたら美味しいでしょうねぇ！　旨味の相乗効果が凄そうです」

「ね？　ね？　そうでしょ？　またドラゴン狩れたら……作って、くれる？」

「ええ、もちろん！　材料さえあれば、いくらでも！」

胸の前で手を組んだアリアさんが、こちらに身を乗り出してくる。至近距離で喰《く》らう、そのあざと可愛《かわい》さの威力ときたら！

とっさに視線を外して直視を避けたから致命傷は避けられたけど、これを真正面から受けていたらどうなっていたことか……！　っていうか、エドさんは日頃からこれを至近距離で受けているってこと？

えぇぇぇ……まじかぁ……エドさん凄いね！　こんな可愛いアリアさんの〝可愛い〟攻撃を受けて、よく生きてられるなぁ。

……いや、生き残ってきたからこその、あのモンスターハズバンドぶりってこと……？　業が深ァい！

『待ちや、娘！　かれぇとは何じゃ！　妾《わらわ》の知らぬものを、妾のあずかり知らぬところで作ったということかぇ!?』

「ああ！　ここにもめんどくさい人がいた！！！！　ミール様にも！　そのうちミール様にも作りますから！！！　尻尾《しっぽ》振り回さないでください！！！！！」

……そんな美味しい話をしてたらさ、食いしん坊が聞き逃すはずもないじゃんね。

食いしん坊なドラゴン様の雄弁な尻尾が、ビタンビタンと地面を打ち付ける。まるでちっちゃい子供が地団太踏んでいるみたいだ。

「え～～～、リンちゃんの絶品カレー食べたことないんだ～～？　可哀そ～～～～～！」

「あの味を知らんとは、実に哀れだな！」

『この小童《こわっぱ》どもがァ……よほど妾に殺されたいと見えるなぁ？』

ここぞとばかりに笑顔で煽《あお》るエドさんとヴィルさんの言葉に、ミール様の尻尾の勢いがますます強くなっていく。

周りの木をなぎ倒す勢いじゃないですかヤダー！

「エドさんとヴィルさんも、不用意に煽んないでください！　ミール様も落ち着いて～！」

てんやわんやの場を収めるべく、単身騒動に飛び込んだ。思わず見上げた空には、二つ並んだ大きな月と無数の星が瞬いていて……できることなら、今後起こる騒動はこの喧嘩《けんか》以下の規模であることを切に祈るしかなかった。

第一章

あの後、どうにかこうにかミール様を宥《なだ》め、お腹を満足させて……。姫ドラさまのお膝元《ひざもと》で休ませてもらった私たちは、海の匂いに惹《ひ》かれるように野を越え山越えた。

「エルラージュよ！　私は帰ってきた！！！」

ええ。何とか無事に、暴食の卓の拠点があるエルラージュに到着することができましたよー！

車を降りて、ぐうッと伸びをする私を包むのは、湿り気と潮の香りを孕《はら》んだ風。肌に感じるのは石造りの建物と、どこもかしこも活気が溢れる屋台がひしめき合うストリートの熱気……！

王都とはまた違った賑《にぎ》やかさが魅力なんですよ、この街は！！！

……っていっても、まぁ……そこまで長いこと住んでたわけじゃないけど、なんてったって異世界で初めて来た街がここで、仲間ができたのもここで、異世界での身分証明証を発行してもらったのもここ……って思えば、ねぇ？　愛着だって湧きまくりますよ！

「とはいえ、メルロワ火山も食材の宝庫でしたし！　ミール様への顔出しがてら、温泉と食材目当てにたまには行かないとですね！」

「温泉と、ご飯は、賛成だけど……ドラゴンには、会いたく、ない！」

『朕も一！　あいつ、イヤ一！！！』

運転で固まった首を揉《も》む私に、アリアさんとごまみそがそれはもう嫌そうな顔で唇を尖《とが》らせる。

二人とも、そんな鼻面にシワを寄せまくって……可愛いお顔が台無しですよ？

……うーん……やはりミール様への敵愾心《てきがいしん》は、早々に消えてくれないか。

私にしてみれば可愛げのあるドラゴンさんなんだけど……これぱっかりは、時間に任せるしかない部分もあるかぁ。できることなら仲良くなってほしいと思いつつ、無理強いはできないもんね。

「でも、ほら。なんだかんだでカレー作りに行く約束はしちゃいましたから、そのうち一回は行かないとですし」

「……なんで……なんで、約束しちゃったの？　リンは、わたしたちの、ご飯番なのに……！」

「だって……みんなの命を……ひいては、メルロワの平和を守るためには、ああするしかなかったんです……！」

両手で顔を覆ってわっと泣き崩れるアリアさんに、そっと寄り添った。茶番が始まった気がしないでもないけど、半分くらいは事実だし。怒り猛ったミール様がみんなを手にかけたり、メルロワの街を荒らすのを止めるためには、「ミール様にも特製カレー作りますから！」って宣言するしかなくない？「温泉卵と、地獄ナマズのフリッターも載せますから！」って、ご機嫌取るしかなくない？

……まぁ、ミール様も決して本気じゃなかったし――もし本気でお怒りだったら、こんな提案する間もなく八つ裂きにされてると思う――、だからこそカレー作ります宣言で無事に帰らせてもらえたわけだし。

命あっての物種っていうし、結果オーライでは？

「でもまぁ……今後の計画もなにも……ギルドでの報告を終わらせてから、ですけどねぇ……」

「あー……確かに……。リンちゃん当事者だし、書類とか報告書とか色々やんなきゃいけないこと多そうだよねぇ」

茶番もそこそこに、これからやらなきゃいけないことがふと頭によぎって、ちょっぴり気が重くなった。

メインはパーティリーダーたるヴィルさんの肩にかかってくるんだろうけど……聖女召喚の直接的関係者である私にも、おんなじくらいやんなきゃいけないことはあるんだろうなぁ、って。

長い長いため息をついた私の後ろで、泣き真似をし続けるアリアさんを引き取ってくれたエドさんがころころと笑ってる。

「あ〜〜〜〜……このまま逃げ出したくなっちゃうなぁ……」

「……それじゃ、みんなでいっしょに、逃避行……する？」

「うーん！　なんて魅力的なお誘い！」

耳元で小悪魔チックに囁《ささや》くアリアさんの、あま〜い誘惑に引かれそうになる心を叱るように、ぽんと背中を叩《たた》かれた。

「逃避行したくなる気持ちもわかるが…………ほら。トーリのところに顔を出しに行くぞ」

「うぅん……久しぶりのエルラージュをもうちょっと堪能したかったですけど、早めにギルドに行った方が良さそうですねぇ」

見上げた先のヴィルさんは、ちょっとげんなりしたような顔をしていて……。ああ、同じようなこと思ってたんだなぁ、って。エルラージュへ帰還できたことは確かに喜ばしいことなんだけど、それに伴う報連相がなぁ……。

「あああ……何をどう報連相すればいいのか！　正直、アレコレ色々起きすぎて、さっぱりわかんないです……」

今回王都で話してきたこと。全体的に重要度が高すぎて、報告だけでもかなりのボリュームになりそうだし……そもそも、王都で起きたことの何を話して、何を黙っておくべきか……っていう問題もあるんだよ。

「確かにな……情報の密度が濃すぎて、何をどう説明すればいいのか迷うな……」

「道中も、王都でも、色々ありましたものね」

別に、トーリさんが嫌いなわけじゃないけど……むしろかなり好感が持てる人だけど、報連相に伴うアレコレとか書類仕事とかを思うと、ねぇ？　ちょっとメンドクサイ……って思っちゃうんだよ〜〜……トーリさんごめんなさい！

「冒険者ギルドとしては、魔石騒ぎと極秘ダンジョンを踏破したことによる周囲への影響が聞きたいところだろうが、相手はあのトーリだからな」

「絶対聖女召喚のあれこれとかも聞きたがりますよね……数少ない、私の事情を知ってる方ですし」

……そう。今回の報連相の焦点は、私が一人でノアさんと会ってた時にした話をどの程度までトーリさんに話すか……ってことになってくるんだよなぁ。

うーん……情報の按排《あんばい》が難しいなぁ……。

まず、この世界がゲームが元になってることは伏せておくべきでしょ？　あとは、ノアさんが転生者だっていうのも絶対に黙ってるべきだと思う。

その代わり、王都の近くに魔石を擁した魔物の巣ができました……とか、それは駆除しました、とかは言っていい案件。

他にも、聖女さまご一行があちこちで問題行動を起こしてる……ってことは言ってもいい情報だし、なんなら、そのご一行の邪魔をするために各地を回って先回りして問題を解決してほしい、っていうことも言っていい。

あー、でも……。

「ヴィルさんにちょっとだけお話しした、予言のこととかもトーリさんに報告しておいた方がいいですよね？」

「アレか……これからもエルラージュを留守にすることが多くなるだろうから、教えておいた方がいいだろうな」

「〝ついでにここ行ってきてくれ〟みたいなお使い任務がある可能性もありますもんね」

そう。実は、ノアさんと二人っきりで密談した時、ノアさんが覚えてる限りのゲームのイベント一覧をこっそり教えてもらったんだ。「王家伝来の古文書に予言的な感じで書かれてた」っていう感じでごまかして報告してもいいよ、ってノアさんが言ってくれたから、ヴィルさんには伝えてある。

なんといっても、ヴィルさんは暴食の卓のパーティリーダーなわけですし！

聖女側のイベントを邪魔するためには、パーティ単位で動く必要があるわけで……パーティの動向を決定するパーティリーダーに、筋を通しておくのは大事なことでしょう？

でも、そんな理由はさておいても、ヴィルさんには知っててほしかったんだよぅ！

なにしろ、異世界で初めて出会った人ですから――「異世界初邂逅《かいこう》はあの聖女召喚の場にいた連中では？」って声もあるだろうけど、あの連中とのなんやかやは、私のなかでは〝出会い〟に含まれていないので――！！！

「しかし、王家伝来の古文書か………存在は知っていたが、そんなことが書かれていたとはな」

「ヴィルさんは見たことなかったんですか？」

「王だけが見るもの、とされていたからな。俺は見たことはない」

うーん。真実の中に嘘を混ぜるとバレにくい、とは聞くけど、本当だったんだなぁ……。

ノアさんの手元に、王家伝来の古文書があるのは真実。古文書には王家の歴史とかちょっとした備忘録的なことが書いてあって、当代の王しか手にできないっていうのも、事実。私とノアさんが二人で密談したのもほんとのこと。

でも、その古文書に予言が書いてある……っていうのは嘘！

ほとんどをノアさんが考えてくれたんだけど、絶妙な加減だよね！

「だがしかし、それをどこまでトーリに伝えるべきか……」

「そこなんですよねぇ……今後、街を出て活動することが多くなるよ、っていうことを理解してもられれば幸いなんですが……」

ああ……本当に、報連相する情報の取捨選択がめんどい！　どの情報を提示するか、だけじゃなく、トーリさんに突っ込まれた時にどう答えるか……みたいな質疑応答シミュレーションにも脳みそのリソースを割かなきゃいけないし！　ここ最近で一番気が重たいんですけど～～～！！！

ちなみに、アリアさんたちは「慰労会の準備するために先に戻ってるからね～～～！」ってことで、先に拠点に帰っちゃってさ……。

まぁ、パーティに関することは、ヴィルさんがまとめて話せば問題はないんだろうけど……置いてけぼりにされた感は、なくはないよねぇ……。

おみそは、私に抱かれたままプースカ眠ってるしさぁ！

「あ～～～～～～！　リンさんとヴィルさんだ！」

焼き立ての串焼《くしや》きとか、美味《おい》しそうな果物とか……屋台の誘惑を必死で堪《こら》えて進む私の鼓膜を、聞き覚えのある声が揺らす。

振り向いた先の視界に映るのは……三角の猫耳と長い尻尾《しっぽ》？

「あれ？　レントくん!?　久しぶりだねぇ！」

「お久しぶりです………とか言ってる場合じゃなくて！　オレたち、リンさんとヴィルさんたちにお願いしたいことがあって、ずっと探してたんですよ！」

のんきに手を振る私の前に、猫耳少年が必死の形相で回り込んできた。

エルラージュに来てからすぐ。火熊《ファイアベアー》騒動で知り合った、【幸運の四葉《クローバー》】の獣人の男の子。それがこのレントくん。火熊の事件以降も、教会のバザー用メニューを一緒に開発したりとか、何かとご縁がある子だよなぁ。

ただ、駆け寄ってきてくれたレントくんの顔は、ちょっぴり困ってるようで…………何かあったのかな？　正直、気にはなるんだけど……。

「レントくん、ごめん！　話があることはわかったんだけど、私たち、これから冒険者ギルドに行かなくちゃいけなくて……」

「あ！　ギルドに行くんだ！　それなら…………うぅん……大丈夫、かなぁ……」

ちょっぴり歯切れの悪いレントくんの様子に、私とヴィルさんは思わず顔を見合わせた。

…………これは……確実に何かあるやつじゃん！

「でも、あの……もしギルド行った後に時間があったら、ウチの教会に来てほしいな！　この前のバザーの話もしたいし！」

「ああ！　ポンデケ作るっていう話だったもんね！　どんな反応だったか凄《すご》く聞きたい！」

「うん、ありがと！　待ってるから！」

それでも、ほんのちょっとだけ明るい顔になったレントくんが、手を振りながら、雑踏に紛れるように走っていく。

「なんか……ワケアリっぽい感じがしますねぇ……」

「そうだな……しかも、あまり、良くはない方向のワケアリの気配がプンプンするな……」

うーん……私たちで力になれる程度の話であればいいんだけど。

でも、それ以上に気になるのが……。

「……レントくんが直接〝頼みたいことがある〟って言ってくるって、なんだか違和感があるんですよねぇ……」

「確かにな。俺たちに対してはずいぶんと気を遣っていたように記憶しているが……それにもかかわらず、直接頼みごとがあると言ってくるというのは……」

「………頼れるところがなくて、相当切羽詰まってる………とかですかねぇ？」

考えれば考えるほど、良くない方向に思考が行っちゃうなぁ。

だって、あの礼儀正しい……というか、公私きっちり分けられる教会の責任者・ライアーさんに率いられた面々が、個人的にお願いしたいことがあるって言ってくるってさぁ……。

レントくんたちが、自力じゃどうにもならない厄介ごとに巻き込まれてるんじゃ……としか思えないんだよぅ！

「……………とりあえず、まずはギルドに向かうとするか」

「ですね。レントくんの話しぶりだと、ギルドも関係してるっぽいですし……」

レントくんの話が気にならない……って言ったらウソになるけど、まずはギルドでの用事を済ませないことには話は進まないだろうし。

後ろ髪を引かれながらも、ヴィルさんに促されるままギルドの方へと足を向けた。

◆◇◆

エルラージュの冒険者ギルドは、相変わらず賑《にぎ》わっていた。

それでも幸いにして、今日はトーリさんの予定が空いていたらしい。コボルト受付嬢シーラさんの案内に従って、応接室に向かう。

「ようやく帰ってきたな！　メルロワのギルドからも、シュルブランのギルドからも、お前たちの活躍に関して報告が来てるぜ！」

ドアを開けた途端、上機嫌そうなトーリさんのお顔が見えて、ちょっと安心したかな。

最後にお会いした時は、書類だのなんだので目からハイライトが消えかけてたような感じだったからねぇ……。

今はだいぶ目が生き生きしてるし、顔色もいいし……だいぶ回復しているように見える。

「ずいぶんと情報が回るのが早いな。伝令鳥でも使ったか？」

「ああ。シュルブランからは伝令鳥が、メルロワからは早馬で便りが届いたぜ！」

どかりと応接用のソファーに腰を下ろしたヴィルさんに、トーリさんがにやりと笑い返す。

でんれいちょう……一瞬、何のことかと思ったけど、早馬と並んでるってことは、伝書鳩みたいな感じで鳥を使った通信手段なんだろうな、と見当がついた。

なんだかえらくかっこいいな！　私のイメージでは鳩とか鷹《たか》とかなんだけど、せっかくの異世界だもん。グリフォンとか、ハーピィとか……魔物が使役されててもファンタジーっぽくてよくない？　なんなら、おみそも翼があるし、もしも空を飛べるならそこそこ見栄えがするんじゃ………いや……見栄え、する……かなぁ？

「各地から報告が上がってるなら、話は早い。それらを補足するような形で、俺たちからも報告させてもらう」

「ああ。王都で話し合った結果、お前たちの動きが今後どうなるのかも併せて教えてくれ」

口火を切ったヴィルさんの言葉に、トーリさんが表情を引き締める。ソファーに深く座り直しながら、私たちは持てるだけの情報を吐き出した。

……といっても、話し合いをメインで進めてくれたのはヴィルさんだ。私はそれに補足したり、証言したり……って感じ。

さっき脳内で検討していた通り、「ノアさんは異世界転生者で、前世の記憶がばりばりあります！」とか、「この世界はオトメゲームの世界だったんだよ！！！」とかいう話は言わなかった。場を混乱させるだけだろうし、ここで真実を突き付けるのが正しいとも思えなかったしね。

メルロワ火山での一幕。ミール様との邂逅と和解、今後の契約について。王都・シュルブラン付近の村で起きた、魔生物の巨大化騒ぎと、魔石騒動。隠しダンジョンに赴いた話とか。

「…………古文書の予言か。こりゃまた……面妖《めんよう》な話になってきたもんだな……」

「ああ。普通なら眉唾物《まゆつばもの》だろうが、実際に聖女召喚は起きている。信じないわけにもいかんだろう」

……そしてもちろん、聖女一行の動向についても。それに付随して、私たちの今後の方針……聖女さまご一行の邪魔をするために、各地を回って騒動や困りごとを先行して片付けていくことなんかも包み隠さず報告しましたとも！

揃《そろ》ってため息をつくトーリさんとヴィルさんの姿に、罪悪感が刺激されるわぁ……。本当は、予言じゃなくて、開発者からリークしてもらったイベント一覧なんです！

「だから今後は、各地のギルドを回って依頼を受ける方向で進めようと思ってな」

「そりゃ、ギルド側としては、お前らみたいな力のある冒険者が各地を回ってくれりゃあ、ありがたいことこの上ないが……」

喜ぶべきか、憂うべきか……頭を抱えそうなトーリさんに申し訳ないと思いつつ、ちょっとだけ私は安心してるよ。

だって私たち、条件を達成しないと発生しない隠しイベントの情報までもらってますから！

情報アドバンテージっていう点では、聖女さまご一行とは比べ物にならないくらい有利に進められてるんだよなぁ、私ら。

それをもとに立ち回れれば、私たちの優位が揺らがないままことを進められると思うし！

白熱する話し合いの邪魔をしないためなんだろう。無言のシーラさんが淹《い》れてくれた薬草茶を啜《すす》る。ちょっと苦いし青臭いけど、後味に緑茶みが感じられる。どことなく懐かしい感じのする味だなぁ。このほろ苦さがたまらん、というか……侘《わ》び寂びを感じる味だわぁ……。

「でもまずは、エルラージュのために働いてもらうぜ！　なにしろ、【蒼穹《そうきゅう》の雫《しずく》】がちょうど他のギルドの応援に、海を渡って出かけちまっててな」

「あいつらが？　珍しいな。たいがいリースフェルトから出ることなんてなかっただろう？」

郷愁を感じていた私の耳に、聞きなれない単語が飛び込んできた。

何となく、誰かの二つ名とか、パーティ名とか……そんな感じはするけど……？

「ああ、そうか。リンは知らないか。【蒼穹の雫】は、腕利きが集まってる冒険者パーティの一つだな」

思わずカップから口を離して首を傾《かし》げた私に気が付いたんだろう。ヴィルさんが追加で情報をくれる。

うおおおお！　街で有名な、もう一つの腕利き冒険者パーティ！

なんかそういうの、ライバルパーティっぽくて良きではないですか⁉　ファンタジーというか、冒険小説の王道っぽくて良きと思いますよ、私は！

「そうそう！　【暴食の卓】と比べても遜色《そんしょく》のない強さでな！　しかも、蒼穹には腕っこきの料理番もついてるからなぁ！　リースフェルトのあちこちへ出向く、遠征任務を得意にしてるんだ」

「…………遠征任務のどうこうは関係ないだろ……」

「あ、あぁぁぁぁ……遠征、ですか……かつての【暴食の卓】は苦手そうでしたもんねぇ」

呵々《かか》大笑するトーリさんに、ヴィルさんがギリィッと歯ぎしりをする音が聞こえたような気がするのは気のせいでしょうかねぇ……？

でも、その補足のおかげで、蒼穹さんに関してさらに解像度が上がったよね！

要するに、遠出できないヴィルさんたちがエルラージュを中心に中〜高難度の任務を。遠出可能な【蒼穹の雫】さんたちが遠征任務を中心にクエストを回してたんだろう。

ヴィルさんはちょっぴり悔しそうな顔をしてるけど、私としてはいい感じに役割分担できてるように思いますよ！

それに、腕っこきの料理人さんがいるって！

私と例のＪＫ以外に異世界召喚されたって話は聞かないし、きっと生粋のこっちの世界生まれの料理人さん……ってことだよね？

ってことは……こっちの世界ならではの食材とかそれを使ったレシピとかをご存じなのでは⁉

……さっき会ったレントくんが前に教えてくれたことだけど、こっちの世界じゃ〝レシピ〟ってかなり貴重なものらしいし……私が持ってる地球レシピと引き換えに、異世界レシピを教えてもらうこととかできるかなぁ。

「今は、俺たちにもリンがいる！　遠征任務おそるるに足らずだ！」

「まぁ、その気持ちはわかるがよォ。今はエルラージュ中心のクエスト受けてくれって言ってんだろ！」

不意に感じた自分以外の体温に、思考の渦に飲み込まれていた意識が浮上した。

ヴィルさんが私の手首を掴《つか》んで、判定勝ちしたボクサーのように腕を高く掲げさせているせいだ。

どこか勝ち誇ったような顔のヴィルさんに、呆《あき》れたようなトーリさんが冷静にツッコミを入れる。

まぁねぇ。ヴィルさんの気持ちはわからなくもないけど、今、中～高難度クエストをこなせるパーティが【暴食の卓】しかいないっていうんだから。そりゃトーリさんも必死で引き留めようとするよ。

【蒼穹の雫】さんたちがエルラージュに戻ってきて、お互いにスケジュールの調整ができたら遠征任務にも行けるとは思うけども……。

「それに、緊急で受けてほしい依頼が一件あるんだよ」

「至急案件か？　それで、被害の具合や緊急度は？」

眉《まゆ》をひそめたトーリさんの言葉に、室内にピリッと電流みたいなものが走った気がした。

トーリさんの様子からして、かなり緊急度が高いのでは？　ヴィルさんも、私とおんなじことを考えていたらしい。形のいい眉がギュッと寄る。

「至急中の至急だな。最近、潮流が荒れて仕方ないから調査をしてほしい……っていう依頼が漁業ギルドと貿易ギルドから来てるんだ」

困ったような顔で言葉を続けるトーリさん曰《いわ》く、「これ以上酷くなると国が完全に詰むので早急に何とかしたい」案件なんだそうな。

「お前らも知っての通り、エルラージュは交易と漁業で保ってる街だ。にもかかわらず、何隻か港に入れねぇ船がもう出始めてる」

「あー……その状況が続いて、港が完全に閉鎖されるような事態になったら大打撃、ってことですね」

「平たく言やぁな。それに……」

海が荒れてるか、穏やかか……っていうことは、貿易船にとっても漁船にとっても死活問題だよね。そりゃ確かに〝至急で〟って指定入るよ！

「……それに？」

「実はな、リューシア神殿からも同じような依頼が来てんだよ。海で起きてる異変を調べてくれってな」

ガリガリと頭を掻《か》くトーリさんの言葉が、頭のどこかに引っかかる。リューシア神殿……？

……んんん？　どっかで聞いたような気がするんだけど……？

そんなに昔じゃなくて……そこそこ人がいるような場所で…………？

「あ！　レントくんのトコ！」

「レント……ああ、【幸運の四葉】ンとこか。確かに、あいつらの拠点はリューシア教会だったな！」

元神官戦士のライアーさん率いる、【幸運の四葉】の本拠地！　海の女神・リューシア様を祭る教会だって言ってた！

……っていうことは、レントくんが相談したかったのって……！

「どうやらこのクエストは、俺たちで受けた方が良さそうだな」

「ですねぇ。なんだか複雑そうな事情がありそうですし……」

私たちのこそこそ話が聞こえたんだろう。「受けてくれるのか！」って顔で、トーリさんがパァッと表情を明るくする。

いやぁ……だって、これは受けざるを得ないでしょ〜〜〜。絶対ワケアリ案件だし！

…………………それに、これ。ノアさんが教えてくれたゲームのイベントの一つなのでは⁉　フラグによる条件達成具合に応じて発生するタイプのイベントが、いくつかあったもん！

条件達成前は「海は荒れてない」「魚も豊富に獲れている」状態だったけど、条件を達成することで、「海が荒れ始めた」「魚が取れなくなった」に変化するから、その原因を取り除きに行くことで、レベルなり恋愛親密度なりがアップする……っていう感じのヤツー！

予想だけど、恋愛イベント……っていうよりは、戦闘とか謎解きを通じて好感度とか信頼度を上げる類《たぐい》のシナリオなんだと思ってる。

だって、恋愛イベントに持ち込むなら、戦闘とかじゃなくて対話で問題を解決するシナリオの方が向いてそうだなぁ、って。

いや、恋愛ＳＬＧとかやらないから、正確なところはよくわかんないけど……。

トリガーイベントまでは詳しく教えてはもらってないけど、何かあったかな？　魔石の取得？　それとも、ドラーウェアムの討伐？　ミール様も何か知ってるっぽいし、姫ドラ様との親密度的なものも関係してそうかな？

いずれにせよ、聖女側の邪魔をするためにも、この依頼は絶対に受けておきたいわけですよ！

「いやぁ、助かったぜ！　場合によっちゃ船上での戦闘も想定されるんだが、それを任せられそうなパーティってのが思った以上に少なくてな！　それなのに漁業ギルドからも神殿からもせっつかれるわでよぉ……」

ほくほく顔で今回の依頼の資料らしきものを、トーリさんが広げ始める。ちらりと見えた報酬欄には、結構な額の金額が記載されていた。

ただまぁ、期間が書かれてないってことは、長引けば長引くほど旨味が少なくなっちゃうタイプの依頼だ！

うーん……短期で決着が付けられれば美味《おい》しい依頼なんだろうけどなぁ……。

「それで？　海上戦も想定されているということになれば、ギルドからも多少は補助が出るんだろう？」

「まあな。さすがに専用の道具なしにゃあ戦いづらいフィールドだしなぁ」

さっそく、ヴィルさんとトーリさんが、依頼の条件とかなんやかんやについて話し合いを始めたみたいだ。専門的な話はそちらに任せておこうっと！　え、私？　私はもう少し、情報を蓄えておきたいなぁ、って……。

机の上に置きっぱなしになっている、依頼の詳細が書かれた羊皮紙を手に取った。

……うん。見覚えのない字のはずなのに、スラスラ読める……というか、内容が理解できちゃう……っていうのは、本当に不思議な感覚だよね～……。ちょっと空恐ろしい気がするけど、少しでも情報が欲しい今はそんなこと言ってる場合じゃないし！　むしろ、こうして内容がわかるのはとてもありがたいっていうか……。

「万が一を考えて、もう少し水中探査用アイテムの貸し出し数を増やしてほしい。もしくは、もうワンランク上のを貸し出してくれ！」

「そうは言うがよぉ、そもそもこっちだって備品の数が少ねぇんだよ！　出せるギリギリがこんなもんなんだが？」

……とはいえ、書かれている内容はさっきトーリさんが話してくれたことがほとんどだったみたい。

補足説明はあるけど、この程度の情報だけじゃ私にはさっぱりわかんないや……。

喧々囂々《けんけんごうごう》と条件を詰めるヴィルさんたちの声は大きくなってくばっかりだ。

いつ頃終わるんだろうかと思いつつ、シーラさんが淹れていってくれたお茶の残りを飲み干した。

◆◇◆

街外れにある教会は、今日も静かだ。

勝手口に回ろうかとも思ったけど、場所がちょっとわかんなくて……。ほら、前に来た時は、レント君が手を引いてくれたからさぁ。

改めて立ってみた教会の扉は、重厚な雰囲気漂う一枚板でできていた。装飾も少なくてシンプルだけど、飴色《あめいろ》に光っていて……長年この地に立ってたんだなぁっていうのをありありと伝えてくれる。

真鍮《しんちゅう》製らしきドアノッカーでヴィルさんが扉を叩《たた》くと、すぐに応答があった。さして待つことなく、ゆっくりとドアが開く。

「ああ、来てくださったんですね。ありがとうございます！」

「知らない仲ではないからな。あの少年の様子から見るに、何やら困りごとが起きているようだったしな」

中から顔を出したのは、すでに顔見知りになっている元神官戦士、ライアーさんだ。私たちの姿を見て安心したんだろうか。シワが残る眉間《みけん》から、ほんの少し力が抜けた。

この間お会いした時に比べて、ちょっとお顔に疲れが見えるのは気のせい、かな？〝海が荒れてる〟っていう話を、私が情報として知っているからそう見えるだけ？

「おっと。お客様を外で立たせっぱなしではいけませんね。どうぞお入りください」

ちょっとずり落ちかけた眼鏡を直したライアーさんが、教会の中に入れてくれた。この前お邪魔した時は勝手口からだったから、こうして礼拝堂の中に入るのは初めてかもしれない！

大きく開かれた扉から、真っ先に目に入るのは……。

「うわぁ！　ステンドグラス、きれいですね！」

「ふふふ。リューシア様のお姿を描いたものと言われています。何十年も前に、信徒さんたちが寄贈してくださったのです」

正面の壁には、色数は少ないけどステンドグラスがはめ込まれた大きな窓があった。青を基調とした世界の中央に、長い髪の女性らしきものが描かれている。

そのすぐ下……祭壇らしき場所には、変わった形のオブジェ——十字架の交点を中心点にした小さな正円とが組み合わさっている——が置いてあって……あれが、リューシア教の聖なるシンボルとかなのかな？

あとは、説法するライアーさんが立つのであろう壇とか、信者さんが座る用の長椅子とか。まぁ、一般的に〝教会〟って言われた時に思い浮かぶ内装をイメージしてもらえばいいと思う。

「そういえば、さっきレントくんに会いましたよ！」

「ああ、レントたちは任務に行ってしまっていて……お二人と入れ違いでしたね」

「ふふふ。レントくん、元気そうで何よりでした！」

教会で話そうね、って言ってたレントくんの姿が見えないのは、やっぱり依頼を受けに行っちゃったかぁ。バザーの話とか、色々聞きたいことはあったけど、生活かかってるもんね。仕方ない仕方ない。仕事が一番ですよ。

「さあ。立ち話もなんですし、どうぞこちらへ」

祭壇のすぐ横手。簡素なドアから教会の裏……というか、この前お邪魔した生活空間に移動できるみたい。

廊下の端に荷物が置かれてたり、中庭らしき場所には洗濯物が翻ってたり……扉一枚隔てただけなんだけど、一気に生活感が溢《あふ》れる空間になりましたな！

「それにしても、ノックだけで気付いてもらえるとは思わなかったな。もしひと気がないようなら、勝手口を探すかとも思ったんだが……」

「ああ。最近は、時間があれば祭壇の前で祈りを捧《ささ》げているものですから」

「…………その祈りの内容は、依頼に関係すること、か？」

ヴィルさんの声にちょっとこっちを振り返ったライアーさんの顔には、やっぱり疲労の色が濃く残っていた。光の加減には見えないし、確実に心労が溜《た》まってるんだろうなぁ。

「お見通し、ということですか。そういえば、ギルドの方に行かれたのでしたね」

「ああ。教会からの調査依頼が入っていることも聞いている」

「お耳が早くて助かります」

先を行くライアーさんが、見覚えのあるドアを開けてくれた。中は……やっぱりこの前の応接室だ！　レントくんたちとポンデケもどき作った時のこと思い出すなぁ……。

思い出を噛《か》み締《し》める私をよそに、ヴィルさんとライアーさんの話は進む。

「…………実は、十年に一度の大祭があるのに、女神の加護が全く感じられなくて……」

私たちにソファーをすすめてくれ、自身も椅子に腰を下ろしたライアーさんが悲愴《ひそう》な様子で切り出した。

なんでも、神官長とか巫女《みこ》長とか……修行を積んだ偉い人がお祈りをしているにもかかわらず、一向に祝福される様子がないんだとか。

いつもであれば、祈りが終わった後に光が降り注いでアミュレットに加護が宿る……らしいんだけど。今年はそういう傾向が一切ないんだって！

「なるほどな。十年ごととはいえ、神の御業《みわざ》を感じられていたのが全くないというのは、な……」

「それは……心配、なんていう言葉では表せないでしょうけど、何が起きているのか不安にもなりますね……」

よく見れば、ライアーさんの目の下にはクマがべったり張り付いてるし。

信仰対象を感じられなくなっちゃうって……神官さんであり、教会を任せられている人からしたらそりゃあ一大事だよなあ。「信仰対象が消滅しているかもしれない」、なんて……信仰の根っこが揺らぎかねない！　っていうか、確実に揺らぐ！

思った以上に危機的な状況じゃないか、リューシア教……！

「………あの、ライアーさん。この状況でこんなことを言うのもアレなんですが……実は私、ライアーさんに謝らなくちゃいけないことがあって……」

「おや？　何かありましたか？」

若干俯《うつむ》きながら眼鏡を押し上げたライアーさんに声をかけると、穏やかな表情に戻ったライアーさんが顔を上げた。うう……新しいアミュレットが作れてないっていう状況で、コレを切り出すのはめちゃくちゃ心苦しいんだけど……。

「あの、実は……頂いたアミュレット、諸般の事情があって手放しちゃったんです……」

……そう。ライアーさんに会えたら、謝罪をしなくちゃなぁって思ってたんだよ！　十年前のモノとはいえ、貰《もら》ったアミュレットをメルロワに置いてきちゃったんだもん。

アレがないと、私以外の人たちが姫ドラ様から敵認定されちゃうっていう理由があったからなんだけどさ……。

ほら、ミール様も、「妾《わらわ》の世話は、神の加護を纏《まと》いし者が行うと古《いにしえ》よりの約定で云々……（意訳）」みたいなこと言ってたでしょ？　海の女神・リューシア様の祝福を受けたあのアミュレットは、お世話係の認定証にはぴったりだったんだよ。

………………でも、元はといえばそのアミュレット、ライアーさんの御厚意で譲ってもらったものだったじゃん？　事情が事情だからしょうがないっていう気持ちと、それでも一言謝罪はすべき、っていう気持ちがせめぎ合うんだよう！

「……なんだ、そんなことでしたか」

「うう……状況が状況とはいえ、無断で渡してしまった形になってしまって……」

「アミュレットの本分は人を守ることですから。立派に役目を果たせた、と言えます」

ひたすら頭を下げる私に応えるライアーさんの声は、ものすごく穏やかで優しいものだった。

さすが現役の神官様！　安心感と〝許された〟感が半端ない……！

「どうか気に病まないでください、リンさん。見方を変えれば女神さまのお力のおかげで、人々の生活を守ることができた、ということです。これがメルロワでリューシア様を信じる人が増える契機になってくれるかもしれません」

ちょっぴりいたずらっぽく笑ったライアーさんが、茶目っ気たっぷりにウィンクを送ってくれた。

……そっか。そういう考え方もできるわけか。

思い返せば、私、メルロワ側に渡す時に、「海の女神さまの力が込められたものですから！」ってちゃんと言ってたわ！　意図せず伝道の一翼を担っちゃったってことか！

うん。そう思ったら、ちょっと気が楽になった！　確かにアミュレットは譲っちゃったけど、その分女神さまのご神徳を広げるのに役立った……って考えればいいのか！

……………ん？　あれ？　でも……。

「それじゃあ、新しいアミュレットができない……女神さまのお力を感じられない今の状況はなおさらまずい、ってことなんですね？」

「ええ、そうなります……」

思わず息を飲んだ私の前で、ライアーさんがガクリと肩を落とした。

うぅん……ふりだしに戻った感じだなぁ……。

「リューシア様は海を司る女神様であらせられます。ですから、リューシア様に何かあれば、まず海に影響が出るかと思いまして……」

ああ、なるほどね。だから教会側も、ギルドに調査依頼を出したわけか。

「確かに……因果の前後は別として、海を調べるっていうのはいい方法ですもんね」

「あの、リンさん……因果の前後、とは？　いったいどういう意味でしょう？」

何の気なしに話したことだけど、思った以上にライアーさんが食いついてきた！

……………いや、まぁそりゃ当然か。溺《おぼ》れる者はなんとやら……って言うくらいだし、今はどんな情報でもつかんでおきたいんだろう。

だからといって、上手《うま》く説明ができるかって言われるとね！　ちょっと難しいよね！

突然話を振られて混乱する頭を必死で宥《なだ》め、どうにかこうにか言葉を引き出した。

「えぇと、なんていうか…………リューシア様に何かが起きたことで海が荒れている上にご加護が届かないのか、何かが起きて海が荒れているせいでリューシア様の御力が地上に届かないのか……みたいなことなんですけど……」

ああ、もう！　我ながら説明下手くそか！

要するに、リューシア様が原因で海が荒れている場合でも、何かの要因で海が荒れてリューシア様の力が地上に及ばない場合でも、〝海が荒れる〟っていう現象が起きている以上、海を調べるのはいい方法だよね、的なことを言いたい……っていうか！

しどろもどろになりながらどうにかそれを説明すれば、ヴィルさんもライアーさんも驚いたような目で私を見ていた。

…………うん、知ってた！　私に頭脳担当的なイメージないもんね！

「……確かに、どちらに原因があるのか、今の段階では俺たちには断言できないからな」

「ええ。なので、それを特定するためにも海の調査は必須かと思うんです」

「リンさんの仰《おつしや》る通りですね……リューシア様の御身に何かあったのかと、つい短絡的思考になっていましたが……リューシア様は海の豊穣《ほうじよう》も司るので、海が荒れているせいで加護が感じられないこともあるのかも……」

私より頭よさそう陣にそう納得されると、こそばゆいような小恥ずかしいような、不思議な気分になるんですけど～～～？？？？

でもさぁ。自分で言っといてアレなんだけど、原因がどちらにあるにせよ、海を調査するっていう工程は必須なんだよなぁ〜〜。

調査にかこつけて、釣りとか採取とかするつもりはないけど……ないけどぉぉ……！！　休憩時間で海遊びしたいって思っちゃうよ〜〜〜〜！！！

「いずれにせよ、今回の調査依頼は、俺たち【暴食の卓】が受けることになった。問題の解決に努めるとしよう」

「あなた方でしたら、何があっても大丈夫だと不思議に思えてしまいますね」

どうぞよろしくお願いします、と。ヴィルさんと私の手を順繰りに取りながら、ライアーさんが深々と頭を下げた。

一国一城……ってわけじゃないけど、組織のトップが頭を下げるなんて……本当に困ってたんだな……。

「なにが原因なのか突き止めて、少しでもいい方向に事態を動かせるよう頑張りますね！」

こぶしを握る私たちを見て、ライアーさんの表情がふと緩んだように見えたのは、私の欲目じゃないと思いたい。

ライアーさんのこの信頼を裏切らないよう、一生懸命やんないとなぁ！　気合入ってきた！

最後まで頭を下げ続けるライアーさんに見送られて、教会を後にする。

「帰ったら、みなさんに依頼を受けたことを伝えないとですねぇ……」

「そうだな……休暇もなく依頼を受けたのか、と怒られそうな気もするが……」

「港町にとって、海の状態って生活に直結してるでしょうからね……そこはもう許してもらうしかないですねぇ……」

海が荒れたら荷物を積んだ船がエルラージュに入港できなくなっちゃうし、エルラージュからも船が出せなくなっちゃうし。経済的な打撃が凄《すご》そうなんだよなぁ……！

さらに言えば漁にも行けないだろうから食糧事情も悪化しそう……っていうことを踏まえると、これは死活問題だと思うんですよ。

「……街の安全を守るのも、俺たち冒険者の役目だからな……今日のところは肉串《にくぐし》で宥めておくことにするか……」

ニヤリと人の悪そうな笑みを浮かべたヴィルさんが、香ばしい匂いを漂わせる屋台に足を向けた。

なるほど！　うちのパーティを懐柔するなら、まずは胃袋から……ですな！

「そういうことなら、私もお役に立てると思います！　あの大きな魚、買っていきましょう！」

かなり多めに肉串を買い込むヴィルさんのマントを引っ張って、斜向かいの魚屋さんを指し示す。

あそこの店頭に置かれた鯛《たい》みたいな魚！　サイズも立派ですし、鮮度も良さそうですし……お刺身にお寿司に焼き物に揚げ物に……あらは煮つけとか潮汁《うしおじる》とか……絶対美味《おい》しいと思うんです！

リーダーのお財布《さいふ》の紐《ひも》が緩んでいることを祈っておこう！

ヴィルさんの予想通り、帰還して早々依頼を受けたことに対して盛大にブーイングが入った。それでも、肉串と私の料理につられてくれたのか、通商による経済効果とか食糧事情とかの問題に気が付いたのか、もしかしたらその両方か。ヴィルさんの説明が進むにしたがって反対の声は小さくなっていった。

「そういうことでしたら、なるべく早く行ってみた方がいいでしょう」

『朕も！　朕も、うみ？　とかいうとこ、いく！』

まっさきにそう言ってくれたのは、皿いっぱいに肉串を確保したセノンさんだ。アラから毟《むし》った身をかふかふ食べてたごまみそも、即座に顔を上げて翼をはためかせる。

「それじゃ、明日の朝一で行ってみよっか。海の状態見て、どんな調査から始めるか決めようよ」

「ん。やみくもにすすめるのは、ダメ……海の中の調査も、必要になるだろうし」

「今の時期の潮の流れとか風向きとか、漁業ギルドに聞いてみた方がいいかもね」

揚げたての鯛もどきの天ぷらを頬張るエドさんが方針を打ち出せば、手毬《てまり》寿司をひょいひょいさらに取り分けるアリアさんが後に続く。

あ〜〜。潮流かぁ。そんなことぜんぜん考えてもみなかった！　風向きも、海上調査の時は気にしないといけない要素の一つだよねぇ。

私が知ってるエンジン船とかは………こっちの世界にはなさそうだし……そうなると、潮と風と人力に頼った航海になるだろうしさぁ。

「風は最悪魔法で補助もできるが……潮流は、な……」

「妙な潮に乗ってしまえば、多少の風ではどうにもなりませんからね……」

肉串から肉を齧《かじ》り取ったヴィルさんが眉根《まゆね》を寄せるそばで、セノンさんもその端整なお顔に苦笑を浮かべる。

……まぁ、自然の前に人の力なんて無力なもんですよねぇ……。

「いずれにせよ、現地調査からだな。明日はまず、浜辺の様子を見に行くか」

ツルの一声ならぬ、ヴィルの一声で明日の予定は決定した。

本来であれば、夜遅くまで慰労会になだれ込む予定だったけれど、適当なところで切り上げて、眠りについて…………。


「……ぁふ……ふぁぁぁ…………」

ごまみそを膝《ひざ》に乗せたアリアさんが、助手席でうつらうつらと舟をこぎかけてはあくびを噛《か》み殺《ころ》している。

ただでさえ起き抜けで眠気が抜けてないだろうに、温かいごまみそ抱いてたら……そりゃそうなりますよねぇ……。

「大丈夫ですか、アリアさん？　もう少しで着きますから」

「……ん…………ねむ、い……」

『ちんも…………まだねむぅい……』

アリアさんと一緒にごまみそもグズる。正直、寝かせてあげたいのはやまやまなんだけど、現地までもうすぐなんだよねぇ。

歩いたら結構かかる距離だけど、我が野営車両《モーターハウス》にかかればあっという間ですよ、あっという間！

「今日は、ちょっとした隠し玉がありますから！　朝ごはんの時に期待しててくださいね！」

「なに、それ⁉　リンが、そんなこと言うなんて……今から、楽しみ……！」

『朕のは？　朕のぶんの、とっときは？？？？』

「おみそは…………ちょっとムリかも……でも、何かしらは用意してあげるから」

朝ごはんは、簡単な調査が済んでから海岸で食べようって話になってるんだ。そのついこの前手に入れたとっておきを出す予定なんですよ！

ハンドルを操って、見覚えのある場所に野営車両《モーターハウス》を停める。最初に訪れた際にシャチ騒動が起きていた、あの浜辺ですな。

ぱっと見は…………あの時と変わりがないような気はす、る…………………ん？？？？？

いや、待って？　私の目が悪くなったのかな？　波打ち際に、白と黒の流線型のナニカが落ちてる気がするんだけど……？

『娘！　娘よ～～～～～～～～～～～～～～！！！！！！』

いやぁ……耳もおかしくなったのかなぁ？　聞き覚えのある声が頭の中にキンキン響いてくるんだけど？

『無視しないでください、娘よ～～！　私！　私ですよぅ！　幸運の使者ですよぅ！！！』

「分かってて無視してたんだけどなぁ！」

ああああああああああああ！！！！！！！！！！　やっぱり！！！！！　やっぱりお前か！！！

あのシャチか！！！！！！！！

「……まさか……またアレに相まみえるとはな……」

「縁があるってことなんですかねぇ……今度は打ち上げられてないといいんですが……」

浜辺でビチビチ跳ねまわりながらヒレを器用に動かす物体を見て、私とヴィルさんのため息が見事に重なった。

今この時も、『早く来てください！　こっち！　こっちですよ！』という声が脳内に届き続けていて、うるさいのなんのって！

これはもうアレのところに行かない限り、話は始まらなそうだなぁ……。

『待っていました、娘よ～～～～～！』

「え……待ってたって……どういうこと？」

『も～～～～！　大変大変！　大変なんですよ～～～～！！！』

ため息をつくヴィルさんと、野次馬っぽさを漂わせたアリアさんたちと一緒に、びたんびたんとのたうつシャチに歩み寄る。

ヤツもちゃんと学習はしているようで、今回はちゃんと身体が海水に浸かるギリギリのところで踏みとどまっているらしい。その分、跳ね散らかされる水の量が半端ないのなんのって！

『みゃ～～～～～～～～～～！！！！！　みず！　朕、おみずイヤ～～～～～～～～～！』

「うわ⁉　ちょ……おみそ！　わかったからしがみ付かないで！」

飛び散る水飛沫《みずしぶき》に、ごまみそがめちゃくちゃ嫌そうな顔で私にしがみ付く。必死すぎて力の加減もできていないせいで、爪が痛いんですけど～～～～！！！！！

ちょっと呆《あき》れたように笑うエドさんの隣で、肩を竦《すく》めたセノンさんもその顔に苦笑を浮かべている。その視線の先は言わずもがな、だ。

「うわぁ……シャチちゃんめちゃくちゃ暴れるね！」

「あの時も騒々しいとは思いましたが、今回もなかなか……」

エドさんがシールド張ってくれたから、水浸しになるのは避けられたけど……それでもちょっと濡《ぬ》れちゃったじゃんか！　こっちの世界で手に入れた、私の貴重な一張羅！

洗浄魔法できれいになるとはいえ……お気に入りを汚された恨みは深いぞ！

シャチめ～……お前、覚えてろよ！　末代まで呪って祟《たた》って竜田揚げにしてやる！！！

『ちょっとあなた方に助けてほしいことがあるのです！　私の話を、聞け～～～～～～！』

「うわ、うるさ！！！」

シャチの動きが激しくなると、それに呼応するようにシャチの声がよりいっそう大きくなった。

耳を塞《ふさ》いでも、その声量は変わらない。

……そういえば、コレと初めて会った時にヴィルさんが「精神感応魔法で頭の中に直接思念を叩《たた》き込《こ》んでくる（意訳）」みたいなこと教えてくれたっけ……。そりゃあ、耳を塞いでも意味はないわけかぁ。それじゃあもう、諦《あきら》めるしかないなぁ……。

『実はですね、娘よ！　我らが女神、リューシア様が大変なのです！』

「え……リューシア様!?」

聞き覚えのある名前に、思わずヴィルさんと顔を見合わせちゃったよね！　リューシア様って、ライアーさんたちの教会で信仰されてる女神様じゃん！

……ってことは、海が荒れてる原因はリューシア様にある、ってこと？

『んん？　そんな反応をするということは、何か知っているのですね、娘よ！』

「あー、うん……まぁ…………冒険者ギルドとかで……」

『なるほど！　それなら話は早い！　世界一可愛《かわい》らしい私に免じて、ぜひ話を聞いてください！』

ビッチビチしているシャチの言葉に反応したのは、他の誰でもないごまみそだ。今まで、水を嫌がりつつも私の腕に大人しく抱かれていたのに、急にもだもだ暴れると、シャチの前に四肢を踏ん張って立ちはだかった。

『はーあ？　〝せかいいちかあいい〟っていうことばはぁ、朕のためにあることばでしょ～～～？』

『は～～～～～～あ？　鏡見たことありますぅ、仔猫《こねこ》ちゃ～～～ん？？？　どこからどう見ても私の方が可愛いですけど～～～～～～？？？？？？』

『は～～～～～～～～～あ？？？？？』

『は～～～～～～～～～～～～～～～～～～～～～あ？？？？？？？？？？？』

…………………うわぁ……あびきょーかーん。どっちが可愛いかでメンチ切り合う仔猫とシャチの図って、どこに需要があるんだろう？

なんというか、喧嘩《けんか》する猫の鳴き声のネットミームみたいだなぁ……。まさか、このまま放っておいたら、あのコピペみたいに『ふぎゃべろふじこーｌｐ』みたいになるんじゃ……？

「……………………しょーもなぁ……どっちが可愛いとか、どうでもいいじゃん」

『よくないもん！！！！！』

『よくありません！！！！！』

喧嘩を止めに入ったのに、ケンカしてるはずの対象からそんな息の合ったユニゾンで否定されるとかある～～？　シャチもごまみそも本題の件忘れちゃってるんじゃなかろうか？

なんか……重要そうな話があるっぽいから身構えてたのに、一気に気が抜けちゃったなぁ……。

「…………………いや、本当にどちらでもいいな……」

「まったくもってその通りですねぇ……」

呆れてるのか脱力したのか……ケンカしているおみそとシャチを生暖かい目で眺めていたヴィルさんがため息をつくのが聞こえるよー。

喧嘩を治めるために徹底的にやり合ってもらう、っていうのも一つの手なんだろうけど……時間がもったいないしな！　フーシャー唸《うな》ってるごまみそを抱きあげて、シャチから物理的に距離を取る……。

『はなして！　朕が！　朕がせかいでいちばんかあいいの！　せかいでいちばんあいらしくて、あいくて、てんしなのは、朕～～～～！！！』

『世界で一番可愛いのは、この私です～～～～！』

私に抱き上げられてもなお、虚空に向かってネコパンチを繰り出すごまみそ。それに応えるようにヒレをバタつかせて水飛沫をあげるシャチ。水気を含んだ浜辺でやり合ってるせいか、文字通りの泥仕合、って感じ！

それでも距離が離れたせいか、さっきほどの勢いはなくなった。

『なーあ！　なーあ！　朕！　朕がいちばんかあいいでしょー？』

「はいはい可愛い可愛い。そんで、シャチの言う〝大変なこと〟っていったい何なの？」

まだ納得してないのか、毛を逆立ててふすふす鼻を鳴らすごまみその背中をそっと撫《な》でながら、水際でゴロゴロのたうつシャチに声をかける。

『おお、身の程知らずの仔猫ちゃんに気を取られて、すっかり忘れていました！』

「いや、だからなんでそんな煽《あお》り口調なの？」

『うふふふ……私は、私の可愛さを揺るがそうとするものに、容赦はしない質《たち》なんですよ♡　なにしろ私、†冷酷†で†冷徹†なハンターなので♡』

「…………さよか……」

うわぁ……こいつ、ごまみそとおんなじこと言ってる……！

もしかして、コイツ……精神年齢がごまみそと同じくらい、ってこと？　争いは、同レベルの者同士でしか発生しない、ってよく聞くけど、本当なんだなぁ……。

『……おっと！　今は自身を客観視できない仔猫ちゃんはどうでもいいのです！　リューシア様の危機なのです！』

「うん。それはさっきも聞いたってば！　今は、具体的な内容を教えてほしいんだけど……」

『ええ、ええ、もちろんです！　娘よ』

本題を思い出したらしいシャチが、ようやく具体的な話を語り出した。

『リューシア様は、海を司る女神様。そのお力はこの世界の海の全てに及びます』

「海の全て⁉　そりゃまた……ずいぶんと広大、というか、壮大、というか……」

『ええ、そうでしょう？　その上、ご自分を信奉する陸の人間のために加護を贈られる、とても慈悲深い女神さまなのです』

司る……っていうのが具体的に何をするのか思いつかないんだけど、海のことを管理したり見守ったりしてる……って感じなのかな？　だとしても、この世界の全ての海を見守るって……もの凄《すご》く大変なんじゃないだろうか？　その上、人間のことまで気にかけてくれるって………リューシア様って凄いな！

『そうでしょう、そうでしょう！　リューシア様は素晴らしい女神様でしょう？』

私の驚愕《きょうがく》が伝わったのか、シャチがドヤ顔で胸を張った……ように見える。前から思ってたけど、予想以上に表情豊かだよね、コイツ……！

『そんな素晴らしきリューシア様なのですが……女神様とはいえ万能、というわけではないのです』

「え、そうなの？　何でもできるように思えるんだけど？」

『いくらリューシア様のご神徳が素晴らしいとはいえ、この広大な海を鎮め、また、地上に加護を贈るのはなかなかに大変なことなのです』

「海も陸もって考えたら、凄く大変そうだと思うけど…………もしかして、原因ってソレ？　忙しすぎて、女神様がキャパオーバーしちゃったとか？」

あっちにもこっちにも……四方八方に手を差し伸べなきゃいけなくて、オーバーヒートしちゃった女神様の姿が目に浮かぶ。教会のステンドグラスで見た、長髪の女性がヒイヒイ言ってるデフォルメ映像ではあるんだけどさ。

ちょっとコミカルな想像をしっぱなしの私の前で、瞳を伏せたシャチがゆるゆると首を振る。

『いいえ。本来であれば、リューシア様を補助するための宝具があります。それを使って儀式を行うことで、リューシア様はご自身のお力を、海にも陸にも……無理なく、遍《あまね》く広げられるのです』

ふむふむ。その宝具とやらがあるおかげで、今までは問題なく加護を贈ったり力を揮《ふる》うことができていた、と。だからこそ、今までは海も荒れず地上にも加護が届いてたのか。

宝珠と儀式は女神の力の増幅装置であり、世界中に加護を届ける送信機みたいな役目を果たしてたのかな？

それを今も続けていられれば、問題はなかったんだろうけど……。

さっきからシャチは〝大変なことが起きた〟って騒いでるし、冒険者ギルドにまで〝海が荒れてる〟っていう話が来てる。

リューシア教の教会からも〝女神さまの加護が届かない〟という話が上がってきてる……ってことはだよ……？

「もしかして、なにか問題が起きて、海と陸に加護を贈るための儀式が行えてない……？」

今までに得られた情報から導き出した推論を口にした途端。ビーンと尾びれを張って、シャチが驚いたように目を丸くする。

『な、な、なんでわかったんですか、娘よ〜〜〜〜〜！　ええ、ええ、その通りです！』

「え、いや……今まで手に入れた情報を整理した結果なんだけど……恥ずかしいから、大げさに褒めないで！」

シャチが大きく頷《うなず》いてくれてるから、私の推測――というのもおこがましいけど――は当たってるみたいだ。

私をからかってる様子は微塵もなくて、ほんとに驚いてるようなんだけど……その反応に嬉《うれ》しさよりも羞恥が勝る。

こんな初歩的なことで、大げさな反応されるのヤダ〜〜〜〜〜！

「……だとすると、考えられる原因は………儀式そのものを邪魔されているか、儀式を執り行うための宝具とやらがなくなったか……あたりか？」

『……ふむ……そこまで読まれてしまうとは……！　ええ。あなた方の推測通りです』

ヴィルさんの言葉に尾を揺らすシャチの瞳が、真剣な色を帯びた。この反応は、肯定と思っていいのかな？

今までの道化た仕草が嘘のように静かになったシャチの様子に、思わずゴクリと喉が鳴る。

『つい先日、儀式の要である宝具を納めた神殿が、何者かによって占拠されてしまいました。それ以来、神殿に誰も近づけげず、儀式を行えないでいます』

「うわぁ……そういうことか……！」

ボス級の敵による、重要拠点の占拠と重要アイテムの奪取、か。シャチの話を聞く限り、創作物でよくある設定よな。

シナリオフックでよく見たし、私がゲームマスターをする時もその設定よく使った〜〜〜！！

プレイヤーをシナリオに絡ませるのに便利なんだよねぇ。

……ただ、こうして生身で解決する側に回ってみるとさあ……。パーティみんなのことは信じてるけど、怪我するんじゃないかとか、もし謎が解けなかったらどうしようとか……色々と不安が込み上げてくるね！

やっぱりゲームと現実は違うわ。そうポンポン問題を起こさんでもらいたいよねぇ。

『敵が神殿を占拠して以来、儀式が行えないせいで海の平穏は破られるわ、リューシア様の加護が人間に届かないわ……未だかつてないテンテコマイなのですよぅ！』

シャチが全身で〝困った〟を表現するたび、水気を含んだ砂が周囲に飛び散る。諦め半分、慣れ半分だけど……この飄々《ひょうひょう》としたシャチがここまでのたうち回るって……相当な事態なんだなぁ、って。

『しかも、敵は思った以上に強くてですね……』

電池が切れたように、シャチが急に静かになった。

このお調子者がしょげかえるとか、どんだけの敵が待ち受けてるんだよ～……。

「……海の、魔物……なんでしょ？　あなたたちで、対応……できなかったの？」

『うう……私たちも、腕に覚えがあるものを派遣しましたよ！　派遣したんですが……誰一人として戻ってこないんです！』

「あ～～～……」

当然の疑問を口にしたアリアさんに、しょんぼりとした様子でシャチが答える。

……まぁ、この流れも当然か。ゲームのシナリオ的には、プレイヤーを巻き込まなくちゃなんないもんなぁ。

『本来であれば、今回の件はリューシア様が直接お力を揮われるのが解決への一番の近道なのです。……なのですが……』

「女神さまが表舞台に立てない事情があるんだね？」

『娘は何もかもお見通しなのですね。ええ、その通りです。海の生き物のみならず、人間たちが巻き込まれないよう荒れる海を抑えることで手いっぱいになっておられるのです』

女神様、かなり広範囲の業務を一手に担ってる感じがするもんなぁ。

そんな状態でどっかで問題が起きたら、そりゃ他に手が回んなくなるよね。わかる……。人手が足りないって……余裕がないって、本当にキツいし厳しいんだよ……。

「ヴィルさん……」

「そんな顔をするな、リン。話を聞く限り、ギルドからの依頼も、ライアーの憂苦も、このシャチの願いも……全て同時にどうにかできるだろうな」

隣のヴィルさんを仰ぎ見れば、おんなじことを考えてるんだな、ってことがわかる。それは、今回の件は一気にまとめて解決できる案件、ってこと！

だって、海が荒れている原因も、女神さまの加護が届かない原因も、その〝闖入者《ちんにゅうしゃ》〟なんだもん！　そいつをどうにかすれば一件落着大団円、ってことじゃん！

これはもう、いっちょやってやるしかないでしょー！！！

「それでは私たちは、その海中神殿の闖入者をどうにかすればいいのでしょうか？」

『ええ、ええ。その通りです、森の友人よ！』

「…………海の中、で……戦えるの……？」

『それに関しては任せてください、糸に愛されし者！　私のアシスト力が唸りますよ～～～～！！』

うむ。流石《さすが》は我がパーティ。シャチの頼みも聞く方向で話が進んでる！

直接の対話はなくとも、私とシャチのやり取りから最適解を導き出したらしい。理解力が半端ないなぁ！

『さあさあ！　娘も鬼の子も……皆、私の前に並んでください！　今から超絶プリティでラブリーな私の力をお見せしますよ～～～♡』

言動は腹が立つけど、海に行くにはコレの力を頼る必要があるもんなぁ……。

釈然としない気持ちを抱えつつ、改めてシャチの前に立つ。どことなくドヤってるような気配がしてるのは……気のせいじゃないんだろうなぁ。

『それでは、いざ！　海の世界に、ご案内しますよ～～～～～～～！！！！』

メンバーが――若干の不信感を漂わせながら――集まるや否や、シャチが尾びれをどっぷりと水面下に沈める。

……え、ちょ、ちょっと待って！　その前動作、もしかしてこの前の海産物大盤振る舞いの時も見たヤツ……！

身構える間もなく、シャチの尾びれが振り上げられた。

やっぱりコレか～～～～！！！　尾びれに巻き上げられた大量の水飛沫《みずしぶき》が空を舞い…………。

「～～～～～～～～～っっっ……？？？？」

…………恐れていたシャチの尾による驟雨《しゅうう》は、いつまでたっても降ってこなかった。海水の洗礼に備えて、ぎゅっと瞑《つぶ》っていた目を、恐る恐る開けてみる。

「あ、あれ？　濡《ぬ》れて、ない？？？？」

『あたりまえでしょう、娘よ！　海の中でも過ごせるようにするためのモノですからね！　濡れるわけがないのです』

身体のあちこちを眺めたり、ペタペタ触ってみたり。混乱醒《さ》めやらぬ私の前で、シャチがふんすと胸を張っているのが見えた。

……ん？？？　でも、なんか……その姿がさっきよりも何となくぼやけてる、気がするんだけど？

「……リン、よく見てみろ。魔法が張られてるんだ」

思わず目を瞬かせた私の隣で、ヴィルさんがすぐ前を指差した。それにつられて目を凝らせば……確かに、なんかキラキラした膜みたいなものがある。

全員まとめて、ふんわりと丸く包み込まれてて……。

「うわぁ……、凄い！　ウォーターバルーンみたい！」

「ウォーターバルーン？　なんだ、それは？　リンの世界の魔法か？」

「魔法じゃなくて、遊び道具ですね。なんというか、こう……水に浮かんだ透明で大きな風船の中に、人が入って遊べるようになってる……大がかりな遊具なんです」

実際に遊んだことはないけど、ＴＶで見たことはある！　でっかいハムスターボールみたいなヤツの中に入って、水の上を転がったり、走ったりするやつ！

ただ、ウォーターバルーンの場合、短時間しか遊べなかったように記憶してるんだよね。構造上、水が入らないようしっかり密閉されてる感じだったし。定期的な換気が必要だったはず。

となると、私たちを包んでいるこの魔法の球も……？

「……ねぇ、シャチよぅ。これ、中で息できるの？　酸欠になったりしない？」

『なんです、娘！　この私の完璧な美技を疑うというのですか!?　ひどい……ひどいです！　傷つきました！　五体投地して謝ってください！！！』

「えぇぇぇぇ〜〜〜〜……」

聞きたいことを聞いただけなのに、浜辺でシャチがのたうち回る。

こ、コイツ……！　頭の中身といい、鬱陶《うっとう》しさといい、ごまみそと完全に同レベルだ！　むしろ、ごまみその方がちっちゃい分、まだ可愛《かわい》らしい……まである！

は、は、腹立つ〰〰〰〰〰〰！！！！

「なぁ、沖に棲まうモノ《レブン・カムイ》よ。俺たちは、こんな体験は初めてなんだ。些細《ささい》なことも気になって仕方がない気持ち、わかってはもらえないだろうか？」

『むむっ。鬼の子はなかなかに言葉が達者ですね！』

一触即発の空気を醸し出す私とシャチの間に割って入ってくれたのは、ヴィルさんだった。言葉だけじゃなく、物理的にも私とシャチとの間に入って、障壁になってくれている。

『確かに、人の子たちにしてみれば、水の中は未知の世界でしょうからねぇ』

「未知なる世界を冒険する、っていうのは、オレたち〝冒険者〟の由来でもあるけどさぁ」

「ん。最初の一歩、は……緊張、する」

「それに、そもそも私たちは水の中では生きていけません。本能的な恐れもあると知っていただければ……」

何事か考え込む様子のシャチに向かって、ヴィルさんの言葉を引き取ってくれたみんなが次々に援護してくれた。

ついついシャチと丁々発止とやりあっちゃう私にできることといえば……失言しかしなそうな仔《こ》猫《ねこ》の口を塞《ふさ》いでおくことくらい、だろうか。

『ふふ～ん！　そんなこともわかんな「はい、おみそ。そこまでー」』

勝ち誇った顔で翼をはためかせる仔猫を抱き直すついでに、その顔をぎゅむーっと胸に押し付ける。ごまみそが唸《うな》りながら身悶《みもだ》えてるけど、上手《うま》くまとまりかけてるこの雰囲気を壊すわけにはいかないんだよぅ！

空気は吸って吐くものだ、っていうのはわかってるけど、今だけは空気読んで！

『ん、プハッッ！　なんで⁉　なんで朕のおくちふさぐの⁉　朕の、かあいらしいこえ、だせなくなっちゃうでしょ！』

「ちょっとねー。大人の事情、ってやつがあるんですよ」

うむ。さすがは流体でできていると言われる猫の一族。私の拘束からぬるりと抜け出したごまみそが、憤懣《ふんまん》やるかたない、って顔で私の胸をてしてし叩《たた》く。

前から比べるとかなり太くなった脚で叩かれても、あんまり痛くはない。今回はちゃんと爪を仕舞ったり、力の加減もしてくれてるんだろう。学習できてるおみそ偉い！

『なるほどなるほど。人の子たちの事情は把握しました。何か心配事があれば、遠慮なく私に伝えてくださいね！　子らの愁いを払うことも、私の役目なのですから！』

「それは助かる。それで、先ほどの疑問に答えてはもらえるだろうか？」

『ええ、ええ。もちろんです！　この加護の……泡の中にいれば、溺《おぼ》れる心配も潰れる心配もありません！　全員無事に、怪我もなく、女神様の許《もと》までご案内いたしますよ！』

改めて問いかけたヴィルさんに、シャチが口吻《こうふん》を歪《ゆが》めてヒレを振る。あれは……シャチ的に笑って、る、んだろうか？　ずいぶん凶悪な顔だな！

それにしても、呼吸だけじゃなく水圧にもちゃんと対応できるとか！　かなり優秀なんだなぁ、この泡、――と言えばいいのか、加護って言えばいいのかわかんないけど――！

物理的に潰れる心配もしなくていいし、減圧症も怖がらなくていい、ってことじゃん！

「……潰れる心配……？」

感動する私の隣では、ピンと来ないのかアリアさんが不思議そうに首を傾《かし》げている。

こっちの世界って、水圧とかそういうことってあんまり知られてないのかな？

「水って、実は結構重たいんです。だから、水の中だと水自体の重みで、四方八方から押し潰されちゃうんですよ」

「えぇ……水に潜る、と……ぐちゃってなる……って、こと？」

「浅いところなら心配ないと思いますが……それなりに深いところに行けば、まぁ……」

プチッとなっちゃうところでも想像しちゃったんだろうか？　アリアさんの愛らしい顔がさっと曇った。

本当のことを言うと、水圧の怖さはそれだけじゃないんだよねぇ……。

潜れば潜るほど、身体には圧力がかかるじゃん？　そうすると、身体の中に窒素が溶け込んでいくのね。

その状態で急速に浮上すると……圧が軽くなったことで、今まで血液や組織の中に溶け込んでたガス成分が泡になって、毛細血管を詰まらせちゃうんだよ。

炭酸飲料の蓋を開けると、容器の中に一気に泡ができるでしょ？　厳密に言えば違うんだろうけど、あんな感じをイメージしてもらうのが近いと思う。

だから、スキューバとかやる時は、潜った時以上の時間をかけてゆっくり浮上していくんだ、っていう話を聞いたことがあるよ。

正直、この世界はあんまり科学が発達してる感じはしないから、スキューバ的なものは存在してなさそうだけど……ホース的なものを咥《くわ》えて潜る原始的な潜水漁はあってもおかしくはなさそうだからさぁ……。

……漁業ギルドとかに注意喚起した方がいいのかな？　治療法は知らないけど、ゆっくり浮上した方がいいですよ〜〜、くらいのことなら言えるもんね。

「…………みずのなか、こわい……ね？」

「ええ。でも、この泡の中にいれば安心安全なようですから！」

まぁ、今回の私たちに関しては、減圧症の心配はなさそうだし！　アリアさんには何も言わないでおいた。考えなくていいことを教えて、無駄に怖がらせる必要はないもんね。

「ん。あのシャチ……ちょっと、うるさい……けど、えらい！」

おお！　シャチの株が上がってる！　よかったな、シャチ！　アリアさんが味方についたってことは、エドさんも味方になったってことだ。仲間が増えるよ、やったねシャチちゃん！

『さあ、行きますよ、人の子らよ〜〜〜！』

身を翻して海に潜ったシャチにつられるように、私たちが入った泡もざぶんと波間に沈み込んだ。

「うわぁ…………………………すごぉ……」

泡を通して見る世界は、もの凄《すご》くきれいだった。薄い青の世界のあちこちに、太陽の光が帯みたいに差し込んでいて、水底から真っ白な泡が立ち昇っていて。そんな世界の中を、色とりどりの鱗《うろこ》を光らせて魚たちが横切っていく。

こんなに命に満《み》ち溢《あふ》れているのに、海の中は凄く静かだ。聞こえるのは遠くを流れる潮の音くらい。

「……海の中とは……こんな感じなのか……」

「何というか……言葉もないですね……」

私だけじゃない。みんなそれぞれ、この光景に目を奪われているみたいだった。

そりゃそうだよね。直接目にしたことはないとはいえ、TVやら何やらで海中映像を見たことがある私と違って、ヴィルさんたちは何もかも初めて見る光景なんだろうし。

アリアさんなんか、氷色の瞳をいっぱいに見開いて、言葉も出ないくらいだもん。キラキラした目で泡の外を眺めている。あの様子だと、隣で肩を抱くエドさんに気付いているのかどうかすら怪しいぞ〜〜〜？

シャチの尾びれが水を掻《か》くたび、私たちを閉じ込めた泡がどんどん沈んでいく。サイアンブルーから、マリンブルーに。それから、コバルト、ネイビー、ミッドナイトブルー……。刻々と青が深まっていく。

私たちを包む泡の表面が淡く発光しているおかげで、ぼんやりとではあるけれど周囲の様子を見

ることができた。深海探査船から見る光景って、こんな感じなのかな？

「リン、ずいぶんと異様な姿だが、アレも魚なのか？」

「魚です！　海の深いところに棲《す》んでる魚……深海魚ですよ、ヴィルさん！」

時々目の前を奇妙な形の魚が通り過ぎてく。それを見たヴィルさんが珍しく興奮した様子で声を上げた。あのヴィルさんをも興奮させるとか……海の力凄いな！

まぁ、命の心配することなく生身で海に潜れて、間近で深海の神秘を目の当たりにしたらそうなるよねぇ。

私だって、魚屋さんとかでメヒカリとかアンコウとかは見たことあるし、水族館での生体展示も見てるけど、自然環境の中で生きてる深海魚をここまで間近で見るのは初めてですよ！

「そうか……あれで魚なのか……食えそうには思えんな」

「と思うじゃないですか？　深海魚って、美味《おい》しいヤツも多いんですよ！」

「本当か、リン⁉」

えてして、ああいうのが美味しかったりするんですよねぇ。まぁ、深海魚って、浮力調整のために脂肪が多かったり、身肉に水分が多かったり、全体的にゼラチン質だったり……ちょっと独特な面も見られるわけですけども……。

「あ！　アレ！　今、目の前横切ったヤツ、生存戦略《サバイバル》さんに〝身が柔らかく加熱してもフワフワした食感で口の中で蕩《とろ》ける〟って書いてあります！」

「アレがか？　見た目はずいぶんと不格好だが……」

そんなとりとめもない会話を続けているうちに、周囲はますます暗くなっていた。

あっと思う間もなく、泡全体がどぷりと黒に飲み込まれた…………その途端。

『ふふふふふ！　到着しましたよ、人の子らよ～～～～！』

目の前が一気に開けた。

揺らめく潮の向こうに見えるのは、柔らかな光に包まれた白亜の神殿。

いっそう強く尾びれを動かすシャチの後を追うように、私たちを包み込んだ大きな泡がふよふよとそちらに向かって動く。

どんどん近付いてくる神殿は、柱も壁もきれいなものだった。海の中に立っているだろうにもかかわらず、甲殻類の不気味なウネウネとか、珊瑚《さんご》とか海藻とかがへばりついている様子はない。

女神さまのお膝元《ひざもと》である故の加護なのか、信者が熱心に手入れしてくれるからか……もしかしたら、その両方かもしれないなぁ。

「……波の下にも都の候《さぶら》ふぞ……かぁ……」

そんな一文がふと頭をよぎった。確か、平家物語だっけ？

ニライカナイとか、補陀落《ふだらく》渡海とか……海にまつわる民話とか神話とか信仰形態が多い国に生まれ育った身だけど、こういう光景を見ちゃうと、ねぇ。発達した科学力の下で育った私には信じがたいことだけど、当時の人たちは海の底にこういうモノが抱かれているかもしれない……って思ってたんだろうなぁ、って思う。

そう考えると、今の私は当時の人々の夢が具現化したものの前にいる、ってことなのか！

「凄いね～～～……！　まさか、本当にこんなものが海の底にあるなんてさぁ……！」

「ん……夢、みたい」

ただただ眼前の光景に見とれることしかできない私たちを包んだ泡は、ゆっくりと神殿の中に進んでいった。

周りの壁や柱は、それ自体がうすぼんやりした乳白色の光を放っている。そのおかげで、神殿の中は格段に視認性が高い。

その上、青い光を発する珠《たま》があちこちに備え付けられているからなおさらだ。……ホタルイカとか、夜光虫とかがこんな感じの色味で光るっけ？

『到着ですよ、娘らよ！！！！』

ひときわ明るいシャチの声がしたかと思うと、パチンと音を立てて泡が弾《はじ》けた。

え、ウソ⁉　海の中で泡が壊れたら、呼吸とか水圧とか、諸々の問題が一気に……！！！！！

思わずぎゅっと目を瞑《つぶ》って身構えたけど……覚悟していた息苦しさも、重圧も、何にも感じない。

それどころか、身体が濡《ぬ》れる感覚すらないんだけど……？

『どうしました、娘よ？』

「どうしました、って……泡が破れちゃって………………………あ、あれ……？」

そんな私を不審に思ったらしいシャチの、のんきな声がする。何でそんなにのんびりしてるの、って思わず腹が立って……声を荒らげた私は、そこでようやく現状に気が付いた。

「まだ泡が、ある？」

確かに弾けたはずの泡が、私たち一人一人の身体の周りで淡く煌《きら》めいていた。さっきまでは大きなシャボン玉の中に入っている感じだったけど、今は身体にぴったりフィットする伸縮自在の膜に覆われているような感じ。

かといって、息苦しさも動きにくさも一切感じない。

具合を確かめるべく、腕を曲げたり、伸ばしたり……色々なことを試す私の前で、シャチがドヤッと胸を張る。

『ああ。ここから先は、神殿の中を歩きますので。大きな泡の中で一塊になるより、それぞれが動けた方が楽でしょう？』

「なるほど……！　シャチもちゃんと考えてるんだねぇ……」

『ふふん！　そうでしょう、そうでしょう！　もっと私を褒め称えていいのですよ、娘よ！』

うーん……特に褒めたわけではなかったんだけど、シャチにはそう聞こえちゃったんだろうなぁ。

くるりと円を描くように身体を翻すシャチはひどく上機嫌そうだ。

『はーあ？　ちっともほめられてないですけど～～～？？？　朕のほうがおりこうだもん！』

『は～あ？　私の偉大さがわからないなんて……仔猫《こねこ》ちゃんはオコチャマですねぇぇ～～？』

ああああ……同レベルの者たちの間で、また醜い争いが始まってしまった……。

ごまみそも、シャチも、どうしてこうも突っかかり合うかなぁ？

「……同族嫌悪、というものではありませんか、リン？」

「あ～～～……なんだかもの凄くしっくりきますね、それ……」

呆《あき》れたように肩を竦《すく》めたセノンさんが、困ったような顔で笑っている。

なるほど。似た者同士すぎるんだな、この二匹……。

「も～～……いい加減ケンカしないでほしんだけど……？」

いくら私が温厚とはいえ、さすがにイライラするんだけども～～？

シャチは捌《さば》いて竜田揚げに。おみそはぶつ切りにしてマヤーのウシルにしてやろうか？　あぁん？？？

『……ち、ちんいいこだもん……！』

『何ですか娘よその目は！　私だっていい子ですよ！』

私の殺気が伝わったのか、あんだけバチバチしてたごまみそとシャチがそそくさと距離を取った。

ごまみそに至っては、ぺそぺそしながら私の足にまとわりついて抱っこをねだるし……。

あー、もう……！　そんな顔で見上げられたら、抱っこせざるを得ないじゃないか！

まったく……お顔が可愛《かわい》くてよかったですね、ごまみそは！！！

「それで、俺たちが向かうべきはあの建物なのか？」

『ええ、ええ、その通りです！　あの神殿の最奥におわしますが、海に棲まう我らが女神、愛情深き慈母、リューシア様です！』

シャチのヒレの指す先は、揺らめく白亜の神殿。

先導するようにゆるりと泳ぎ出したシャチを追い、その一歩を踏み出しかけて……。

「うわ！　なにコレ！　普通に歩ける！」

浮力でふわふわするのかと思ってたら、全然そんなことないんだけど！　陸と同じように歩ける！

足を動かすたびに、身体がふわんふわん跳ねるとか、水の抵抗のせいで前に進まないとか……そういう様子が一切ない！

『ああ、そうそう。伝え忘れていました！　娘の言う通り、海中でも陸と同じように歩けるようにしてあります』

「わああ！　水の抵抗も感じないし、すっごくありがたい！」

『これなら、海の中でも動きやすいでしょう？　戦闘もしやすいかと思いますよ』

はしゃぐ私にシャチが説明してくれるけど、周りからも歓声があがってるから、私だけの特別仕様じゃないみたいだ。

海の中だと屈折率とかも違うだろうに、見え方も陸とほとんど変わんない。というか、そもそも海の中にいるっていうのに海水が目に染みる、とかもないし。

いつもと全く違う環境に置かれているけど、身体の動かし方とか物の見え方に変化はないって、とても便利なのでは？　だって、置かれた環境に感覚を慣らす必要がないんだもん。探索も、戦闘も、いつもと同じ要領でできるってことじゃん！

今回も確実に戦闘があるだろうしさぁ。違和感は少ないに越したことはないよね。

その場でジャンプしてみたり、感覚を確かめるように歩き回ってみたり……色々と動いてみる私の後ろから、ぬっと腕が伸びてきた。

「楽しそうなのはいいんだがな、リン」

「今は先に進みませんか？」

困ったような声と、笑いをかみ殺しているような声とともに、両手が塞《ふさ》がれた。

いつの間にか両サイドに陣取っていたヴィルさんとセノンさんに腕を掴《つか》まれたからだ。

宙に浮いていた足がすとんと落ちて…………これは捕まった宇宙人、の構図では？

「……あ……！　す、すみません！」

「いや、かまわない。こんな現実離れした光景だものな。リンがはしゃぎたくなるのもわかる」

「ヴィルの言う通りです。それに……」

ほぼ同時に腕が解放された瞬間、速やかに頭を下げる。でも、降ってくるのは叱責の言葉じゃない。それどころか、同意を得られてしまうってどういうこと？？？

「ほら、見てください、リン……」

「え、あ………あぁ〜〜……」

呆れたように肩を竦めたセノンさんが指さす先には、色とりどりのサンゴや魚を眺めながら、二人より添ってイチャイチャしてるエドさんとアリアさんが。すっごくきれいだし、めったに来られないだろうし……デートスポットとしては最上級レベルだよねぇ。

「アレを見ていると、泳ぐのにはしゃいでいるリンなんて可愛らしいものですよ」

砂でも吐きそうな顔のセノンさんが、軽く肩を落とした。いつでも仲良しニコイチなエドさんとアリアさん、見てて私は癒やされるんだけどなぁ。仲良し夫婦って、なんかいいじゃんね？

「エド！　アリア！　先に進むぞ、戻ってこい！」

「えぇぇぇ〜〜〜〜！！！！　これからがいいとこなのに〜〜〜〜！！！」

「……ひさしぶりの、でいとなのに……！」

ため息をつきつつ声をかけるヴィルさんに、ブーイングしながらエドさんたちが戻ってきた。アリアさんも、ほっぺたを膨らませながら……それでも、エドさんと手をつないだままだ。

うーん、仲良し！

『みなさん、はしゃいでいらっしゃいますねぇ。わかりますよぉ！　リューシア様のおわす世界は美しいでしょう？　素晴らしいでしょう？』

「そうだね。ちょっと悔しいけど、それは同意するわ。海の底に、こんなきれいな世界が広がってるなんて思わなかった……！」

今なら、シャチのドヤ顔も許せる！

絵にも描けない、筆も尽くせぬ……って、こういう世界のことなんだろうなぁ。

『さあ、それでは……リューシア様の御前に参りましょう！　リューシア様も、みなさんのことを待ちかねておられるはずです』

グンと力強く水をかくシャチに導かれ、今度こそ、白亜の神殿の門をくぐる。

これから先、いったい何が待ち構えているのやら……心配だけど、みんなが一緒にいるなら、きっとなんとなるっていう思いもある。

「おいしい魚、獲って帰れるといいなぁ」

「まったくもって同意する。美味《うま》い飯にありつけるよう、道中探してみるか」

今やすっかり落ち着いたごまみその背中を撫《な》でながらの独り言が、しっかり拾われてたー！

さすが食いしん坊同盟仲間！

「お刺身、お寿司、カルパッチョ、塩焼き、煮つけ、フライ、てんぷら、海鮮サラダ……貝が取れたらアヒージョもいいなぁ」

「楽しみにしてるぞ、リン」

どちらともなく突き出した拳《こぶし》と拳が、ゴツンとぶつかった。

◆◇◆

助けたシャチに連れられて、来てみたのは海底神殿。筆を尽くせぬくらいに美しい、っていう点では、ある意味ここも竜宮城って言ってもいいのかもしれない。

……まぁ、鯛《たい》とか鮃《ひらめ》が、舞い踊ったりはしていないけど……。

案内された大広間に足を踏み入れた、瞬間。

「――っっっ！！！」

私にもわかるくらいの強大なナニカの気配が、奥の方にあった。

人間の力なんて到底及ばない存在を前に、自然と頭が下がり、膝《ひざ》が折れる。腕の中のごまみその毛並みが、ぶわりと逆立つのが伝わってくる。

根源的な、恐れと、畏《おそ》れ。これが、〝畏怖《いふ》〟ってやつなんだ……って、心から理解できた。私ですらこうなんだもん。ヴィルさんの方を視線だけで見上げてみれば、もっと影響を受けているようだった。

血の気が引いた日に焼けた頬の上を、つうっと汗が伝って落ちる。食いしばられた歯の隙間から、うめき声が聞こえたのは気のせいなんだろうか……。

震える膝を叱咤《しった》して、どうにかこうにか奥まで歩いていって……一段高くなった壇のすぐ前。巨大な二枚貝の玉座の下で、限界が訪れた。

これ以上先に進めそうにない。本能が、拒む。

柔らかな敷物の上に額《ぬか》づく私たちを、真珠色の磐座《いわくら》に御座《おわ》す海色の瞳が捉えたような気配がする。

「おかえりなさい、陸に上がったわたくしの子どもたち。畏《かしこ》まらないで、顔を上げて頂戴《ちょうだい》?」

高いような、低いような……初めて聞く声だけど、なんでか懐かしい……。そんな不思議な声が鼓膜を揺らす。離れていてもビンビン伝わってくる威厳とは裏腹に、ずいぶんと気さくな感じなんだけども……?

恐る恐る顔を上げた私の目に飛び込んできたのは、圧倒的な青。

「ああ!　陸の子らが、こちらに来るのはずいぶんと久方ぶりだこと!」

柔らかく波打つ長い髪は、時にゆったりと揺蕩《たゆた》い、時に荒れ狂う白波のベールを被《かぶ》ったようなペールブルー。慈愛に満ちて柔らかく笑み崩れる瞳は、深淵《しんえん》の暗闇を宿すアクアブルー……。

これが……この方が、海を統べる女神・リューシア様……！

私の目の前にいるソレは、どうしようもなくきれいで、優しくて……どうしたって恐ろしいものだった。

命が生まれた場所にして、今もなお数多《あまた》の生命をその腕に抱くモノ。

母なる海の権化。

「陸に上がったあなたたちにとって、久方ぶりの帰郷でしょう？　恙《つつが》なく過ごせているかしら？息苦しかったり、怪我をしてはいない？　お腹《なか》が空《す》いたりはしていないかしら？」

……う、うぅん！　優美さと威厳を兼ね備えたお姿なのに、言動が〝久しぶりに帰省した子供にアレコレ矢継ぎ早に質問しちゃうお母さん〟だ！

なにこのギャップ！　ついついキュンとしちゃうじゃんか！！！

『大丈夫ですよぅ、いと高き御身、我らが女神よ！　そのあたりは、私がちゃあんと案配しております！』

「そうね。そうよね。あなたなら、ちゃんとやり遂げてくれると思っていたわ、マァル」

『ええ、ええ！　勿論《もちろん》ですとも！　このマァル、貴女様をがっかりさせることなどいたしません！』

…………ん？　ちょっと待って？　今の〝マァル〟って、もしかしてシャチのこと⁉

シャチ、お前……名前があったのか！！！！

嬉々《きき》とした様子で、マァルと呼ばれたシャチが女神さまのすぐそばで泳ぎ回る。なんかこういう

の、水族館のシャチショーとかで見たことある気がする～～～～～！

『さあさあ、我らが女神！　子らとの再会は喜ばしいものではありますが、そろそろ事情の説明をしなければ！』

「ああ、そのとおりね。子らもきっと知りたがっていることでしょうし……」

ひとしきり、きゃっきゃと戯れていた女神さまとシャチの瞳が、くるりとこちらに向けられた。

よく見ると、シャチの目……女神さまとよく似た青い目なんだな……。今気が付いたよ！

「……さて……。突然の召還に応えてくれたことを嬉《うれ》しく思います、子らよ」

にっこり笑う女神さまが片手を上げた途端。私たちの目の前に、にゅにゅっと何かが生えてきた。

赤とか、黄色とか……すごく色鮮やかだ。

恐る恐る手を伸ばしてみると、ものすごく柔らかい。でも、ある程度まで押し込むと、こちらの手を跳ね返すような抵抗があって……低反発のクッションみたいなんですけど！

「ボールチェアスポンジというの。とても座り心地がいいのよ。そこに座って、楽にして頂戴ね」

私たちを見てにこにこ笑う女神さまと、周囲にいる仲間たちとの顔と。

交互に視線を向けると……みんな、同じようなことをしてたんだね。全員の視線ががっちりかみ合った。

見る顔見る顔、覚悟を決めたような顔をしている。

「…………それでは、ありがたく……！」

息を合わせたように、私たちみんな、おんなじタイミングで頷《うなず》いた。ヴィルさんが深く頭を下げるのに合わせて一礼し、目の前に生えてきた海綿に腰を下ろす。

「……う、わぁ……！　ふかふか！」

余計なこと言わずに静かにしてなきゃ……って思ってたんだけど、あまりの座り心地の良さに無意識に声が出た。実際に座ってみたら、手で押した時以上に気持ちがいいんだもん！

座面全体で体重を受け止めてくれるし、沈み込む一方かと思えば、ある程度のところで体を受け止めて支えてくれるし……！

最近はやりの無重力クッションとか、高級低反発クッションとかもかくや……って感じ！

コレ、野営車両《モーターハウス》の座面に敷いたら長距離ドライブがもっと快適になるのでは？？？

「ふふふ。素敵な座り心地でしょう？　わたくしもお気に入りなの。こちらの席にも敷いているのよ」

ふと我に返った瞬間、笑いを含んだ女神さまの優しい声が鼓膜を穿《うが》った。

うわぁん！　しっかり聞かれてたー！！！

「え……あ、申し訳ありません！　あまりに気持ちよすぎて……！」

「そんなに畏まらないで頂戴？　むしろ、気に入ってもらえてとっても嬉しいわ」

恐縮しきりで頭を下げようとしたけど、それはやんわりと止められた。見上げる先では、〝仲間を見つけた！〟と言わんばかりにパァッと顔を輝かせて、女神さまが私を見ている。

「この一件が解決したら、持って帰ってもいいのよ？　あ、持っていくのが大変、というのなら、マァルにお願いして浜辺に運んでもらっても……」

『リューシア様ぁ！　お話が弾むのもわかりますが、まずは説明を始めた方がよいのでは？』

はしゃぐ女神さまを、ちょっぴり呆《あき》れたようなシャチが制する。お前、ここではツッコミ役なのか……！　こっちはこっちでギャップが凄《すご》いな！

「ん、んっ……そうね、そうだったわね。さて、人の子よ。ここ最近、海が荒れていることも、わたくしの加護が届いていないことも……ここにいるマァルから聞き及んでいるかと思います」

軽く咳払《せきばら》いをした女神さまが、キリリと表情を引き締める。それに伴って、私たちも海綿の上に座りなおし、聞く態勢を整える。

「わたくしは、〝慈愛の宝珠〟という宝玉を使って海と陸に加護を贈ります」

眉を下げ、瞳を伏せた女神さまが静かに口を開いた。

女神さまの力を増幅させるという慈愛の宝珠は、この神殿から少し離れた場所にある海中神殿に安置されてるらしい。儀式の時は、女神様直々にその神殿に赴くそうな。

ところが、女神さまが所用でこの海域を離れた隙を縫い、何者かがそこを襲撃して……今に至る……って感じらしい。

「……え、ここ、神殿じゃないんですか？　じゃあ、この場所って？」

「確かにここも神殿といって差し支えない場所ですが、それ以上にわたくしの居城としての性質が強いのです。ですから、あまり祈りの場には向いていなくて。余計に力が揮《ふる》いにくいの……」

てっきりこの場所も女神さま業に関わる仕事場のような場所だと思ってたんだけど、まさかのプライベート空間だったとは！

……よく見てみると、カラフルな巻き貝の装飾があったり、可愛い魚のオブジェがあったり……女子の部屋感がなきにしもあらず……？？？？

好奇心に導かれるまま部屋を見回す私に気付いたのか、女神さまがちょっぴり恥ずかしそうに微笑んだ。

うう……！　すごく偉い女神さまのはずなのに、年頃の女の子感出してくるのはズルい！　キュンってなっちゃう！

「んんッ……もちろん、宝珠がなくとも力を揮えないわけではないのですが。宝珠があるのとないのとでは、贈れる加護の質も、量も段違いなのです」

空気を変えるように軽く咳払いをした女神さまが、説明を続けてくれる。

宝珠を使った時の加護パワーを百として、宝珠なしの今はその三分の一くらいしか加護パワーがないらしい。

そして、いつもよりも加護の力が弱まっている分、回数で補わなければならず……かと言って、神殿は何者かに占拠されていて近寄れず……女神様はこの居城から力を贈り続けているんだとか……。

「あちらの海域に加護を贈ったら、こんどはこちらの海域に……という具合で…………ですが、これ以上海を荒れさせないためにも、休むわけにもいかなくて……」

『うう……ここはあくまでも女神さまの私室。神殿のように、祈りや加護を贈り届けるのに向いているわけではありません。ですから、先程も説明した通り、奪われた神殿を取り戻そうと、幾度か使者も兵も送り出したのですが……誰一人として、帰ってこなかったのですよぅ！　わたくしどもの中では、手練《てだ》れを送り込んだんですけどねぇ』

「全滅した、と考えるべきなのでしょうね……」

シャチがしょんぼりと尾びれを落とすと、女神さまもまた肩を落とす。この主従――と言っていいのかどうかわかんないけど――、もしかして似た者同士？

動きがシンクロしてて、こう言っちゃアレなんだろうけど可愛《かわい》いなぁって思う。

「ですので……これ以上はわたくしたちの手に負えないと判断し、事態の収束のため、人の子の力を借りようと思ったのです」

『あなた方冒険者なら、こういった荒事にも慣れているかと踏みましたぁ！』

なるほどね。確かに私たち冒険者なら、荒事には慣れてるだろうしねぇ。もし行く先々に罠《わな》とかが仕掛けられていても、それを解除しながら進んだり、逆に相手を罠にハメたりとかもできるだろうし。

そういう意味ではうってつけかもしれないなぁ。

「本来であれば、海の中の出来事は、海の中で解決するべきことです。時間をかけて練兵すれば、勝ち目が見えるかもしれませんし……」

『ですが今は、あれこれ手をこまねいて時間を無駄にするより、迅速に問題を解決すべきだと考えたのです』

「どうかわたくしたちに、力を貸してはくれませんか？」

心を決めたのか、きゅうっと口元を引き結んだ女神さまに寄り添ったシャチが、尾びれを揺らす。

この二人、本当に纏《まと》う雰囲気がそっくりだなぁ……。

そして……。私たちの答えは、改めて話し合う必要もなくハナから決まっていた。

「俺たちで力になれるのであれば、是非……！」

座っていた海綿から降りたヴィルさんが、女神さまの前に膝をついた。私たちもそれに倣い、頭を下げる。

このまま海が荒れっぱなしの状態が続くようだと、交易都市・エルラージュにとっては大打撃だ。

私たちの本拠地の危機を、見過ごすわけにはいかないしね！

神命を受けた私たちを見る女神さまの目が、見る間に柔らかく緩んでいく。

「まあ、まあ、まあ！　さすがマァルが見込んだ子らね！　本当にありがとう！」

『そうでしょう、そうでしょう！　私の見る目はなかなかでしょう？』

キャッキャとはしゃぐ女神さまの隣で、得意げな顔をしたシャチが胸を張る。少しは、女神さまの憂いは晴れたんだろうか？

「でも、決して無理はしないで頂戴？　宝珠を取り戻してきてほしいことは確かだけれど、あなたたちの命も大事だわ。無理だと思ったら、無理せずここに戻ってきて頂戴ね？　命さえあれば、何度でもやり直せるんだから」

慈しみ深い瞳が、私たちを見つめている。この澄んだ目に、嘘の気配はない。宝珠の奪還が第一目標なんだろうけど、それと同じくらい私たちのことを心配してくれている目だ。

こんなことされちゃうとさぁ……その期待に応えられるよう、全力を出し切りたくなっちゃうよね………。

胸の奥が、ほわりとあったかくなる。これが使命感、ってやつなのかな？　その灯が消えないように、そっと掌《てのひら》で胸を押さえた。きっとこの胸に宿った炎が、今回の問題を解決するための原動力になると思ったからだ。

「ことは一刻を争いそうだ。早速出発しようと思うんだが……現地まではお前が案内してくれるのか？」

『ええ、その通りです！　私はリューシア様の補佐としてあちこちをまわらなければならないのですが、その道すがら、あなた方を神殿までご案内するつもりです』

具足を鳴らして立ち上がったヴィルさんに視線を向けられたシャチが尻尾《しっぽ》を揺らす。

うぅん……シャチの言葉を鑑みるに、女神さま陣営もなかなかに忙しそうだ。

そりゃそうだよね。討伐のための人員が送り込まれたらしいし、だいぶ人手が足りてないんだろうなぁ……。

「そんな忙しいのに、案内してくれてありがとね、シャチ。目的地までの先導がいるだけで、だいぶ違うよー！」

ツイッと私の目の前まで泳いできたシャチの頭を、気が付いたら撫《な》でていた。

ナビは使えると思うけど、やっぱり道を知ってる人（？）に先導してもらえるのは、また別格の安心感があるというか……。

『ふふん！　もっと私を称えてよいのですよ、娘よ！　ほら！　ほら！！　ほら！！！』

「そういうところがなければなー……もっと素直にお礼が言えるのになぁ……」

『ね～～？？　そうでしょ？　朕の方がイイコでしょ？　だからほら、朕のことナデナデしていいよ！　ねぇ！！！』

　まー、素直になったらこうなるよね、知ってた！！！！！！！！！！

　私の肩に飛び乗ってきたごまみそも交えて、わちゃわちゃの団子みたいになってるんですけど！

みんなの視線が生暖かいよう！！！

「ふふふ……マァルと人の子は仲がいいのね。生きる場所を超えて友誼《ゆうぎ》を結べるのは素敵なことだわ！」

　その中でも、じゃれ合う私たちを見て、慈愛に満ちた笑みを浮かべる女神さまの視線がいたたまれないんですがー！

「そうそう、先導と言えば……その神殿にはわたくしの加護を受けた子がいます。隠れることが上手《うま》い子らです。きっとまだ命を長らえているはずです」

「え？　そうなんですか？　神殿にいた、ってことは……内部の構造なんかも知ってたり……？」

「ええ。もし彼らと合流できたなら、きっとあなた方のお役に立つことでしょう」

　目元を引き締めた女神さまが、こくりと小さく頷いた。青い瞳《ひとみ》の奥に、澱《おり》の如く焦燥と悲嘆と心配がよどんでいるように見える。

　隠れるのが上手い子、か……生きてることを祈りたいなぁ。内部の構造を知ってるなんて、これ以上ないくらい心強い味方になるもん！

「そういうことなら、一刻も早く出発するに越したことはないでしょうね」

「ん。現地が、どうなってるのかわかんない、けど……」

「一瞬一秒が生死を分けることって、結構あるしねー」

うむ。みんな考えることは一緒だね。というか、日常的に生死をかけたやり取りをしているぶん、セノンさんたちの方がこういう時に腹が据わってるな、って思うよ。

「話の通りだ、沖に棲まうモノ《レプン・カムイ》よ。もしよければ、今から俺たちをその神殿に案内してほしい」

『構いませんとも、陸の子らよ！　それでは、ご案内いたしましょう！　光届かぬ水面の底、潮の流れの行きつくところ、海の最果ての磐座《いわくら》に！』

くるりと身体を翻したシャチが、大口を開けて愉《たの》しげに笑う。真っ赤な口内と、その中にぞろりと並ぶ鋭い真珠色の歯が、妙に目に焼き付いた。

第三章

悠々と水を掻《か》き進むシャチに導かれた先。左右を切り立った崖《がけ》――海溝、っていう方が正しいのかな？――に囲まれた、海の谷底に私たちは立っていた。

闇なお深い谷の奥にあるものが、どうやら私たちの目的地らしい。

『娘よ。私に案内できるのはここまでです。本当に心苦しいのですが……』

「大丈夫、大丈夫！　こっちの方は私たちが頑張るから、シャチはシャチのやること頑張ってきてよ！」

それはもう申し訳なさそうな顔をしたシャチがしょんぼり頭を下げるけど、罪悪感を抱く必要はないと思うんだよなぁ。シャチにはシャチのやるべきことがあって、今からそれを遂行しに行くわけでしょ？　しかも、シャチのお役目は海の平穏をできる限り守るために重要な役どころなわけですし？　ここで踏ん張ってもらわないと、もっと被害が広がっちゃうじゃんね！

つまりは、お互いに役割分担して問題解決に当たる……ってだけの話よ！

……まぁ、偉そうに言ったところで、私は裏方のバックアップ係なわけだけども。とはいえ、万全の態勢で探索できるよう、ご飯とか休憩とか、全力で提供していく所存なんで！

『……ふふ！　確かにその通りでしたね！　私は私のできることをしてくるとしましょう！』

「うん！　次に会う時は、きれいさっぱり問題が解決できてるように、私たちも頑張るよ！」

ハイタッチしたシャチのヒレは、ちょっぴりヒンヤリしてた。そのままくるりと身を翻した白と黒が、青の中に泳ぎ去っていく。どんどん小さくなって、点みたいになったシャチを見送って……。

私も、私たちが向かうべき戦場に向き直った。

「…………なるほどね……見るからに〝何かある〟感が漂ってるなぁ……」

フジツボによく似た甲殻類がびっしりとまとわりついた船の残骸《ざんがい》や、見るからに脆《もろ》くなっていそうな何かの骨。そんなものが転がっている小石混じりの砂地に、それはもう奇怪な建物がそびえている。

一見すればギリシャ風の古代神殿なんだけど、どこかちょっと中東風味の混じる尖塔《せんとう》ドームが所々から飛び出ていたりして……外見からして一筋縄じゃいかなそうだなぁ。しかも、建物自体の高さはそれほどでもないんだけど、両側を切り立った崖に挟まれているせいで圧迫感というか、威圧感を感じるわけですよ……。

「建物の作り自体は、先ほどの女神の神殿とよく似ているようですし、元は綺麗《きれい》な建物だったのでしょうね」

「うーん……瘴気《しょうき》の量がハンパないせいか、全然印象が違うよねぇ」

元は白かったんだろう白亜の神殿は、今は見る影もないくらい汚れきっていた。謎の生物がのたくったような石灰質のうねうねとか、うごめいているようにも見える真っ黒なヘドロみたいなものがこびりついていて、いっそ可哀そうなくらいだ。

もしかして、イベント用の特殊外見とかになってるんだろうか……？

太くて立派な柱が立ち並ぶ前庭の向こう。太古の闇を纏《まと》ったまま、静かに開かれる時を待ちわびている巨大な門が、たぶん唯一の入り口なんだろうけど……。

「なんでしょうね……行きたくなーい、って、全身が拒否してる感じがします」

『んんん〜〜〜〜！　朕も！　朕も、あそこ、イヤー！』

全身の毛穴が開く感じ、っていうか、全身の産毛を逆立てるように撫でられてる感じ、っていうか……。なんとも言えない不快感が付きまとって仕方ない。

腕の中のごまみそも、真ん丸に見えるくらいに毛を逆立たせてるし！

うわー、ナニコレ！　こんなの初めてなんですけどー！！！

依頼達成の邪魔になりそうなこの感覚、あんまりよくないモノだと思ってたんだけど……。

「ああ。リンの直感も磨かれてきた、ということだろうな」

「ん。危ない場所、って……判断できるようになってる証拠」

「よかったね、リンちゃん！　冒険者として生き延びるために、必要な技能の一つだよ〜！」

「あなたの〝生存戦略《サバイバル》〟と合わせれば、これ以上に危険回避ができるようになると思いますよ」

予想に反して、みんなから祝福されてしまったんですがー？

……要するに、第六感……とまでは言わないけど、ヴィルさんたちとの冒険を通じて、そこそこ感覚が研ぎ澄まされてきた結果、って感じなんだろうか？

「それで、生まれたて冒険者の卵。あの扉以外に、嫌な感じを受けるものはあるか？」

りんご飴《あめ》みたいに真っ赤な瞳が、悪戯っぽく煌《きら》めきながら私を見下ろしている。揶揄《からか》われてるのが何となく悔しく思えて、にんまり笑ってるヴィルさんから視線を扉に移した。

直線と曲線とが入り混じった形で構成された、石造りの扉。夜光虫か何かがぶつかってるんだろうか……青みがかった燐光《りんこう》に照らされたその扉は、ぱっと見はごちゃごちゃしてるんだけど、人間の感覚ではわからないある法則でもって装飾されているようにも見える。

こういう場所で見るのでなければ、古代遺跡っぽい感じもあって趣があるんだろうけど……。

「正直、体感的にあの扉の気配が強すぎて……他の気配はわかんないですねぇ……」

肌がビリビリするような気配のせいで、勝手に鳥肌が立つ。コレが冒険者ならではの感覚、ってこと？　……ってことは、こんな形容しがたい感覚に、冒険中はみんな耐えてる、ってこと!?　改めて、ヴィルさんたちって凄《すご》い、って思うよ！

「ただ、物理的な罠《わな》とかはなさそう、かなぁ……とは思います……」

こっそり生存戦略《サバイバル》さんでも周りを見てみたけど、罠があったり敵がいたりする感じはなさそうなんだよね。

……それって結局、本命はあの扉の奥にいる……っていうことの証明になってしまうのでは？

「まぁ……どんなに嫌な感覚に襲われていようとも、俺たちはあの中に行くしかないんだがな」

「大丈夫です、覚悟はできました！　この先に行かないことには、話が進みませんものね！」

でも、そう。ヴィルさんの言う通り、私たちの進路はあの奥にしかないんだよね。この異変の原因は、あの奥にあるんだろうからさ！

ポンと叩《たた》かれた背中から、まとわりついていた悪寒が霧散していく。〝仲間〟の力って、すげー！

一歩ごとに足元で舞い上がる砂を踏みつけて……私たちは、今、閉ざされた扉を開けるべく神殿の階段に足をかけた。

少しずつ冷静さを取り戻していく頭で周りを観察すれば、思った以上の命が存在していることがわかる。海藻があちこちに生えてたり、床の上をカニみたいな甲殻類がモソモソ歩いてたり――生存戦略《サバイバル》さん曰《いわ》く、食べられなくはないけど可食部分が少なすぎるそうだ。命拾いしたな、お前！

――……さっきまでの私がどれだけ雰囲気に飲まれていたかよくわかるね、うん。

一足先に階段を上り切ったヴィルさんが、分厚い石造りの扉の前に立った瞬間……。

「…………これは……歓迎されている、ということか？」

満身の力を籠《こ》めなければ開かないんじゃ……と思えた扉が、微かな振動と共に持ち上がっていく。

瞬時に戦闘態勢を整えた私たちの足元に、重たく冷たい海水が押し寄せてはまとわりついた。

足元から背骨を伝って、のたうつ触手か何かに神経を触られているようななんともイヤ～～な感じが駆け抜ける。

一気に全身に鳥肌が立ったんですけど！　ごまみそも、フーシャー言いながら私に縋《すが》りついてくるし！

「……ん……おい、リン！　大丈夫か？」

冷静なヴィルさんの声に、パニックを起こしかけていた頭が落ち着きを取り戻す。どうやら、さっきから声をかけられていたっぽい。心配そうにこちらを見つめるイチゴ色の瞳と視線が交わった。

「リンのスキルが使えそうか確認してほしいんだが……大丈夫そうか？」

「え、あ、はい！　問題ないです！」

多分、野営車両《モーターハウス》の召喚自体は問題なくできる……という確信が、私の中にある。スキル所持者の特権、なのかな？

続けて覗《のぞ》き込んだ建物の中は、ぱっと見でもわかるくらい狭い通路が延びていた。高さはそこそこあるけど、道幅は三メートルもないいんじゃないかな？

車体を出すことはできるけど、みんなを乗せて安全に移動するには通路が狭すぎるなぁ。直進はできても、曲がるのが難しそう……。

「この分だと、乗っての移動はちょっと無理かもしれませんね。とはいえ、車内で休憩したり、ご飯食べたりはできると思います。ご飯の材料もある程度買い込んでありますし」

「…………よし。確か隠蔽《いんぺい》効果もあると聞いているし、ベースキャンプとセーフティーゾーンは確保できたな」

攻略自体は徒歩で行って、ちょっとした小部屋とか通路の少し広くなっているところで休憩をとったり眠ったり……っていうのが、今回の野営車両《モーターハウス》のベストな使い方かな？

幸いにしてヴィルさんもこの提案に納得してくれたみたいだし、方針は間違ってなかったな。

「どうします？　もう突入しちゃいます？」

「……〝もう〟というのは？」

「えー……中に突入する前に、朝ご飯にした方が、中での探索がはかどるかなぁ、と思って……」

何の気なしに〝ご飯〟の単語を出した途端、みんなそれぞれお腹のあたりを押さえて私を見た。

……………そう。実は私たち、朝ご飯食べてないんだよ！　海の様子をさっくり確認して、それから朝ご飯にしようか……くらいの気持ちで海に赴いたら、そこから怒濤《どとう》の勢いでことが運んだじゃん？

「そう！　そうだよ！　朝ご飯！！！！！」

「言われてみれば、私たち、何も食べてないじゃないですか！」

「リン……リン…………おなか、すいた……‥！」

悲鳴とともに、エドさん、セノンさん、アリアさんがわっと私を取り囲んだ。へちょりと垂れた耳としっぽの幻覚が見えるんだけど、私の気のせいかな？

腹ペコさんたちに囲まれて身動きできないまま、隣のヴィルさんを見上げると……。

「………すまん、リン……なるべく早めだと、助かる……」

ほんのり頬を染めたパーティリーダーのお腹《なか》からは、ひときわ大きな腹の虫の鳴き声が響いていた。食いしん坊同盟仲間の私が言える立場じゃないけど、ヴィルさん、お腹に怪物でも飼ってんのかな？

「わかりました！　なるはやで仕上げます！」

海底に、ズシンと振動が響く。淡い光を放つ泡の中に、見慣れた車体が鎮座している。薄い膜は、何の抵抗もなく私を通してくれた。

キャビンのドアを全開にして、気合を入れ直すべくぐいっと袖をまくり上げる。

要救助者がいるかもしれないなら一刻も早く突入した方がいいんだろうけど、腹が減っては何とやら……って言うじゃん？

「ちょうど、作ってみたい料理があったんですよね。探索に向かう前の景気付けに、今朝は大盤振る舞いいたしますよー！」

それに、私もお腹減ってるしさあ……これじゃ、突入しても体力が持たんのですよ！

「よし……それじゃあ始めますかね！」

宝石みたいに煌めく瞳を向けられながら、ニンニクと玉ねぎをみじん切りに。大ぶりのトマトは水洗いしてちょっと置いておく。

いやぁ。野営車両《モーターハウス》のコンロ、二口あってよかった……！　これなら、片方のコンロで野菜を炒《いた》めてトマトソースを作って、もう片方のコンロでソテーを作って……同時進行できるもんね！

「リン。今日はいったい何を作るんだ？」

「ベースは〝シャクシュカ〟っていう、半熟卵を野菜たっぷりのトマトソースで食べる料理なんですが……昨日買った魚が残ってるんで、それのソテーに合わせても美味《おい》しそうだなぁと思いまして！」

「しゃく、しゅか…………さっぱりイメージができんが、リンが美味《うま》そうと言うのなら期待できるな……！」

片方のフライパンでニンニクを炒め始めた頃合いで、見回りから帰ってきたヴィルさんが手元を覗き込んできた。未知の料理が気になってしょうがないらしい。気持ちはわかります。私も、初めて食べるメニューの調理工程を見られる、っていうならきっと見ちゃうもん！

視線を感じつつ、焦がさないようにニンニクの面倒を見てやった。ジブジブ音を立てながらニンニクがきつね色になるのに従って、香ばしい匂いがキッチン中に充満する。

それで、ある程度香りが立ったら、玉ねぎを加えてしばらく炒めて……。

「ここにですね、トマトを擦り下ろすわけですよ！」

こうすると、皮を湯剥《ゆむ》きしなくていいから楽なんだよねぇ。皮が気にならないなら、皮ごと粗みじんにして玉ねぎと一緒に炒めても美味しいよ！

火が通った野菜の、甘い優しい匂いが空気に溶けてく。そこにクミンをベースに適当にスパイスをぶち込んで……。カレー風味にならないように調整するのがミソっちゃ、ミソ。

「すごく、いいにおい……！　もうできる？　できる？」

「んー……もうちょっと、っていうところですかねぇ。アリアさん、そこにバゲットの残りがあるので、食べたい厚さに切ってもらってもいいですか？」

「ん！　まかされた！　切るの、得意！」

ソースがほぼできあがった頃合いで、メインとなる魚を取り出しながらアリアさんに声をかけた。

お願いしたのは、パンのカット。アリアさんの糸ならパンがめしゃぁ……ってなることもなく切れるんじゃないかと思うんだ。

そう。昨日は市場で産みたて玉子とか、焼き立てのパンとか……色々買い込んだからね。ちょっと贅沢《ぜいたく》だけど、せっかくなら美味しいうちに食べたいじゃない？

任務前の景気付け、士気上げのための大盤振る舞い……ってところかなー。

アリアさんからも元気なお返事があったし、これならお任せしても大丈夫そうだな。

トマトソースが一段落したら、別のフライパンで魚の切り身を皮目からこんがりとソテーしていく。変な臭みもないし、脂も乗っているし、これなら皮も美味しく頂けると思うんだ。

「あらかた焼けたらー、半熟卵作る～～……♪」

ソテーを作る合間、ソースのフライパンに人数分の卵を落としてまた火にかける。

頭で考えた通りに身体が動く。手を伸ばせば、欲しい調味料にも、欲しい調理器具にもすぐ手が届く。

我ながら、野営車両《モーターハウス》のキッチンで料理するのにも、みんなの視線を集めながら料理するのにも、すっかり慣れちゃったなぁ。

「リン、リン！　パン、切れた！」

「ありがとうございます、こちらも、もうできあがります！　良い感じの半熟卵に仕上がったので、できたてを食べましょう！」

声を弾ませたアリアさんが、満面の笑みを浮かべてパンの山を載せた大皿を高く掲げる。主食の準備は整ったみたいだ。

そして、切ってもらったバゲットを軽くオーブンで焼き直している間に、主菜も完成しましたよ！

「お待たせしました！　ご飯にしましょう～～～！」

持ってるだけの皿を持っていった途端に、わあっと歓声があがった。

テーブルの上には、いつの間にやらカトラリーやら飲み物やらが準備されていた。私も手馴《てな》れてきたけど、みんなもご飯に関する段取りが上手《うま》くなっているのでは？

それだけ、私のご飯を期待してる……ってことなんだろうけど……それが重荷じゃなくて嬉《うれ》しく思えるんだから、私もかなり絆《ほだ》されてるな、うん。

「あの短時間でこれだけの料理を作れるのか……やはりリンは凄いな……！」

「見ただけで、もう美味しそう！　ありがと、リン！」

「本当に、いつもありがとうございます。依頼の途中でも食事が楽しいと思えるのは、リンのおかげですね」

「リンちゃんのおかげで、人生の楽しみが増えたもんね～～」

いつもの定位置……ヴィルさんとアリアさんの間に身体を潜り込ませると、両サイドから労《ねぎら》いと誉め言葉がたっぷりと降り注ぐ。

セノンさんとエドさんからも惜しみなく言葉を送られて……ううう……ありがたいし嬉しいけど、めちゃくちゃこそばゆい～～～！

耳が赤くなってるの、バレてないといいなぁ。

「私も、皆さんに喜んでもらえて嬉しいです！　でもまぁ今は、冷めないうちに召し上がってください」

照れ隠し半分にそう声をかければ、みんな食前の祈りもそこそこにカトラリーを手に取ってくれた。

見るからに香ばしく焼けた皮が弾《はじ》けたところから、真っ白な身を覗かせる魚のソテーと、真っ赤なトマトソース。その上にとろりと絡む白と黄色の半熟卵。

初めて作ったにしては、なかなかどうして美味しそうな仕上がりじゃない？

……ただ……これは何て呼べばいいんだろう？　イエロースナッパーのソテー・シャクシュカが け……的な感じ？

いや、名前はどうでもいいか。大事なのは、美味しいうちに食べること！

「よし、いただきます！」

まずは、トマトソースを一口。水を加えず野菜の水分だけで仕上げたおかげか、自然な甘みと旨味がギュギュッと濃縮されている感じ。それをスパイスがピリッと引き締めていて……うん。ソースだけでも美味しく仕上がってる！

「魚の焼き具合が絶妙だな！　ソースと一緒に食べると、手が止まらなくなりそうだ……！」

「ふふふ！　芯《しん》の部分に火が通るか通らないかくらいに仕上げられたらいいなぁ、と思ってたんですが……上手くいったようで何よりです」

「卵もね、トロトロで、濃厚で……あっという間にパンがなくなっちゃう！！！」

「あ。気に入っていただけました？　トマトと卵ってよく合いますよねぇ」

そう。今回の料理は工程がシンプルな分、火の通し加減に一番気を使ったんだ。

魚は、ナイフを入れたらパリパリ音がするくらいにしっかり皮目を焼いて。でも、中心は半生くらいになるように調整して……そうすれば、ほら。口の中に入れた時にほろっと崩れるのに、しっとりフワフワに仕上がった身からじわぁっと美味しいエキスが溢《あふ》れて……身に熱が入ってるのに、パサつく感じがしなくなる。

卵も、白身はぎりぎり固まってて、黄身も下半分だけが固まってるくらいの半熟具合に仕上げてあるからね。この卵とトマトソースを、パンで掬《すく》って食べるとですね……カリカリふっくらトロトロねっとり……っていう、お口の中が食感のオンパレードなんですな！

私が食べ終わる頃には、山になっていたパンも、均等に大盛りにしたはずの主菜も、きれいさっぱりみんなのお腹に収まっていた。

「できたてのご飯、美味《おい》しい……！」

「んふふふ。やっぱり、リンちゃんのご飯にハズレはないねぇ！」

「荷物持ちはいつでも手伝いますから。またこんな朝食をご馳走《ちそう》してくださいね、リン」

うーん。こんなに喜ばれたら、また作ろうっていうやる気が湧いてきて仕方ないよね！

うちのパーティは、些細《ささい》なことでもこうして言葉にしてくれるからさぁ。人たらしだなぁ、と思うわけですよ、ええ。

「さて。リンの美味い飯で気合が入ったところで……あの伏魔殿で起きてる問題を解決しに行くぞ」

フォークを置いたヴィルさんの言葉に、肌がピリピリするような緊張感が漂った。一瞬で空気が変わったのを感じる。

確かに、生き残りがいるかも……っていう話だったもんね。英気を養ったところで、さっそくダンジョンに突入を……。

「────────っっっ！！！」

突然、視界の端に生存戦略《サバイバル》さんのアラートがポップアップした。それと同時に、みんなも外の気配を感じ取ったんだろう。一瞬で戦闘態勢を整える。

エドさんとセノンさんが窓の両脇に分かれて陣取るのと同時に、正面に立ったアリアさんが糸繰りの体勢を取る。その間に、ヴィルさんがごまみそごと私をソファーの陰に引きずり込んだ。

息をするのも憚《はばか》られそうな静寂の中、ぺちょ、コツ……と、何かが窓ガラスに当たるような音がする。

『…………しも……あの…………で、か？』

「…………………ん？　んん？　なんか……しゃべ、ってる……？」

『あの……もしもし…………リュー……様の…………かたですか？』

途切れ途切れに聞こえてくる音には、聞き覚えのある単語が混じっていた。

視界に広がるアラートの色は……青……？

敵意なし、とスキルが判断したことに、警戒は続けたままだけど、ほんの少しだけ緊張が緩む。

「……もしかして、これ……女神さまが言ってた〝加護を受けた子〟でしょうか？」

「おそらくそうだとは思うが……リン。お前のスキルはどんな感じだ？」

「青色のアラートですし、敵意はなさそうです。いずれにせよ、実際に確認してみないと……ですね……！」

隣のヴィルさんと小声で囁《ささや》きかわしつつ、そっと窓の向こうを覗《のぞ》いてみた。

目に飛び込んできたのは、薄闇の中でも鮮やかな青。それが二つ、頭とか尾びれを、野営車両《モーターハウス》の窓に打ち付けてる。

『あのー、もしもーし！　聞こえてますか〜〜？』

『リューシア様の加護を受けた方々ですよね？　おれたちも、リューシア様の申し子です！』

『お願いします、助けて〜〜〜〜〜』

生存戦略《サバイバル》さんのアラートは、敵意や害意がないことを示す青色のまま。ヴィルさんに向かってこくりと頷《うなず》くと、そのままヴィルさんが窓を開けてくれた。謎めいた訪問者に野営車両《モーターハウス》への乗車許可を出した途端に、青い弾丸のように外にいた魚が車内に飛び込んでくる。

え、いや、ちょっと待って！　今、この車内は女神さまの加護のおかげで水が入り込まないようになってるんだよ！　そんなところに魚が入ってきたら……私たちは平気でも、呼吸できなくなっちゃう！　せ、洗面器⁉　バケツ⁉　何でもいいから水を入れるものを……！！

『ありがとうございます、助かりました！』

『あのままだったら、骨まで食べられちゃうところでした〜〜〜』

……なんて……私の焦りは杞憂《きゆう》に終わった。

口々に感謝と喜びの言葉を紡ぎながら、大きな水球に包まれた青い魚が私たちの周りをくるくる泳ぎまわる。

……なるほど。本来は水の中に住んでる子たちがこの車内に入った場合、そんな感じになるのか！　原理は違うのかもしれないけど、前にエドさんが魔法で作ってくれた水球とおんなじだ。

水の球がふよふよ空中に浮かんでて、その中ではきれいな魚が泳ぎ回ってるとか……なんてファンタジック！

『ん？　あれ？　リューシア様の加護を受けてはいますが、あなた方……陸の方、ですよね？』

『そういえば、みなさん海に生きる者ではない感じですよね～。呼吸とか、大丈夫ですか～？』

興奮しきったままくるくる舞い踊っていた魚たちが、水の球ごとようやく動きを止めた。

お、おおお……私たちが海生まれじゃないってことに、今気がついたのかー。もしかしてこの子たち、けっこう暢気者《のんきもの》だったりする？　それとも、ようやく混乱が収まってきて、周りが見られるようになった、ってこと？

いずれにせよ、私たちが陸上生物だって気付いた途端、呼吸の心配してくれるくらいには優しい子たちではあるみたいだねぇ。

……というか、シャチもそうなんだけど、女神さまの加護を受けた子たちって、どこか純粋というか、素直というか、純朴というか……人を疑うことを知らないような気がするのは私の気のせい？

だます気なんてさらさらないけど、ちょっと心配になっちゃうよね。

「ああ。沖に棲まうモノ《レプン・カムイ》に案内されてな。海で起きている異変を解決するために、ここに来たんだ」

「呼吸はねぇ、女神さまの加護があるから、全然平気だよ～！」

『わ～～～～！！！　嬉しいです、ありがとうございます～～～～～！』

『こりゃあ本格的にどうしようもないなー、って思ってたところだったんです！』

ヴィルさんとエドさんの補足説明に、二匹の魚がくるくると喜びの軌跡を描く。ダンスでも踊ってるみたいで、見てるこっちの顔が思わず綻《ほころ》んじゃうくらいに可愛《かわい》い。

姿形は向こうの世界でいうルリスズメダイにそっくりだけど、大きさはヴィルさんの掌《てのひら》くらいはあるかな？

しばし、心のままに踊っていた二匹が、示し合わせたようにぴたりと動きを止め……。

『えーと……まずはあなた方の助力に、心よりのお礼を～～～～』

『その上で、改めてお願いします。どうか、おれたちを……この海を助けてください』

二匹揃《そろ》って静かに頭を下げた……ように見えた。


いつもは食事が置かれるテーブルの上に、水の球がふよふよ浮かんでる。

『突然ヤツが現れたかと思ったら、神殿の構造がどんどん変わっていって……』

少し硬い口調で話しているこの子は、ラズくん。二匹のうち、尾びれの先がほんのり黄色に染まってる方。

『あるはずのない部屋ができてたり～～、通路が増えたりして大変だったんですよ～～』

のんびりした口調で話すこの子は、セレちゃん。二匹のうち、身体の中心に一本黄色い横縞《よこじま》が入ってる方。

ラズくんとセレちゃんが並んでるせいか、二人を包む水の球はぷるんぷるんの葛饅頭《くずまんじゅう》を二つくっつけたようなひょうたん型になってる。

「構造が突然変わった……か」

「この神殿自体がダンジョン化した可能性がありますね」

ラズくんとセレちゃんの話を聞きながら、我がパーティの頭脳班……ヴィルさんとセノンさんが、ああでもないこうでもないと議論を重ねている。

私は、話し合いの邪魔をしないようにそっと麦茶を差し出す係だ。

……海の底でお茶が飲めるって、改めて考えると〝何事⁉〟って話だよね。女神さまの加護って、スゲー！

ちなみに、隠蔽効果がある野営車両《モーターハウス》にどうしてラズくんたちが辿り着けたか……っていう話なんだけど、どうやら二人は女神さまの加護を辿ってきたらしい。

「なるほど……それでは、突然現れた何者かの詳細は覚えていますか？」

『ごめんなさい。おれたち、食われないよう逃げ出すので精いっぱいで』

『大きくて強そうだった……っていうこと以外、あんまり覚えてないんです～……』

「あなたたち以外の生存者も……？」

『おそらくは……逃げられたのは、おれたちだけです……』

セノンさんの言葉で、当時のことを思い出したんだろうか。身体を寄せ合った二匹が、ぶるりとその身を震わせた。

二匹とも、もともとこの神殿で警護というか、見張りというかをしていたらしい。

……といっても、女神さまの加護と威光に満ちたこの神殿には、敵意を持った侵入者なんてほとんど来ないし、せいぜい迷い込んだ魚を追い出したり、掃除をしたりするのが仕事だったんだそうな。

そんな非戦闘員が突然襲われたら、そりゃ怖いよねぇ……。こっちの世界にいきなり転移させられた私も、覚えがあるからよくわかるよ。

「おそらく、その〝大きくて強そうな何か〟が、この神殿をダンジョンに変えた元凶だろうな」

「突然魔力の高い魔物が居座ったりした際に、地場やら魔素のバランスが大きく乱れると、最悪の場合ダンジョン化しますからね」

あー、なるほど。今回の場合、いきなり強いやつが来て、場を乗っ取ったような感じになったのか。この前――私の初めてのダンジョン攻略時――は、今までは何も問題なかった場所が地場とか魔素のバランスを崩してダンジョンになっていたけど、そういうパターンもあるのね。

……まぁ、冷静に考えれば、〝今までみんなで使っていた場所に外敵が現れたのでそれを倒しに行く〟なんて、シナリオでよく使う手だもんねぇ。この世界でも使われてないわけないか。

「だとすると、今話題に上ってるなんか大きくて強いやつを倒せば、この神殿を元に戻せる……ってことですか？」

「ああ、おそらくな」

「なぁんだ。思ったより簡単じゃん！　最深部まで行って、そいつをコテンパンにすればいいんでしょ?」

「なぐれば、解決！　いつもと、おんなじ！」

私の質問に頷いてくれたヴィルさんを見て、みんなの顔がパアッと明るくなった。

うん。突然ダンジョン化した、って言われて焦ったけど、やること自体は今までやってきた冒険と一緒っちゃ一緒なんだよね。

見敵して、魔法と物理で殴る！

実に【暴食の卓《わたしたち》】らしい解決法！

「そうと決まれば、さっそく内部へ侵入するか…………っと……お前たちをどうするか……」

「この神殿がダンジョン化してしまった今、ここで待っていてもらうというのも少々危険ですね」

「いつどこから敵が出てくるか、まったく予測ができないからな……」

あ……そっか。ここがダンジョンになった以上、ここにも敵が出現する可能性があるのか！　かといって、非戦闘員であるラズくんとセレちゃんを私たちと一緒に連れまわす、っていうのも……。

今後の行動における着地点を見つけたヴィルさんとセノンさんの視線が、二匹の魚に向けられた。

敵が現れた時に守ってあげられるっていう点では安全っちゃ安全だけど、流れ弾的に攻撃が飛んでくる可能性もあるし、百パーセント大丈夫なわけではないのよな。

かといって、女神さまのところに戻っている時間もないし……うーん……せっかく助かった命を、どう守るのが最善なのか。

『あの……おれたちは、この神殿の管理役です！　どうか、一緒に連れていってください！』

『様子は変わっていますが、ところどころに面影がありますから〜〜。お役に立てることもあるかと思います〜〜』

ああでもない、こうでもないと頭をひねる私たちの空気を変えたのは、使命感に燃えるラズくんとセレちゃん渾身《こんしん》の叫びだった。

凄《すご》いな、二人とも！　自身の命を懸けられるくらい、仕事に誇りを持ってるのか！

「よし。それなら、俺たちと共に行動してもらうぞ。ただし、絶対にそばから離れないでくれ」

「近くにいた方が目も届くし、守りやすいからねー」

「女神さまもあなた方を心配しておられましたからね。私たちの全力をもって、女神の許《もと》にお返ししたいと思っています」

小さな身体ながら堂々と胸を張った二匹の態度に、最終的にヴィルさんも折れてくれた。

エドさんとセノンさんの言葉を頷きながら聞いているラズくんとセレちゃんを横目に、私も腕の中のごまみそと覚悟を決めて向かい合う。

「いーい、おみそ。ラズくんとセレちゃん……あのお魚さんたちは獲っちゃダメだからね！　猫パンチも、噛《か》みつきもダメ！」

目と目を合わせて守ってほしい〝お約束〟を告げると、途端にごまみその顔に不服そうな色が浮かぶ。

『なんでー？　なんでだめなの？　おたたなは朕のごはんでしょー？』

「ラズくんとセレちゃんは、今回のダンジョン攻略の仲間だからですー！　ほかの魚は獲っても大丈夫だけど、あの子たちはダメ！」

『む〜〜〜〜〜〜〜！』

噛んで含めるように言い聞かせたけど……ちゃんと理解してるかな？　私の腕の中で前脚で猫パンチ繰り出してる姿からは不安しかないんだけど。

正直、ごまみその気持ちもわかるんだよ。水の球はふよふよ気まぐれに動くし、さらにその中にヒラヒラ魚も泳いでて……ネコ科にとってはいいオモチャだろうさ！

でも、あの二匹は今回の旅の大事な仲間なんですよ！！！

「その代わり、途中で美味《おい》しそうなモノがあればできるだけ獲ってあげるから！　ラズくんとセレちゃんには手を出しちゃだめだよー？」

『ほんとに⁉　朕のごあん、とってくれる？』

「ほんとほんと！　ワタシ、ウソ、ツカナイ！」

不満そうにむずがる仔猫《こねこ》の全身をもすもす捏《こ》ね回しながら代案を出すと、金色の目が途端にキラキラ輝いた。

うむ。やはり、【暴食の卓《ウチ》】の面々を懐柔するのにご飯ほど有効なものはないね！

「リン。そろそろ出発したいんだが、大丈夫か？」

「はい！　私の方も、問題なくなりました！　遊び半分の同士討ちは避けられるかと！」

「同士討ち……事前に防止できてなによりだ」

銘々が具足を鳴らして立ち上がる音は、命を懸けた冒険が始まる合図だ。

ついさっきまで問題の塊だった……今はもうすっかりご機嫌なごまみそを揺らして見せると、事情を察してくれたらしいヴィルさんの頬がわずかに緩む。

「それじゃあ、開けますねー！」

キャビンのドアを開けても、車内には一切水は流れ込んでこない。その代わり、水底の冷たい気配だけがひしひしと忍び寄ってきた。

ラズくんとセレちゃんの水球は、二人が外に飛び出た途端に周囲の海水と混ざり合って境界をなくす。その代わり、外に出た私たちの周りには加護が膜となって水を遮ってくれる。

浮力も水圧も、今の私たちには牙《きば》を剥《む》かない。

ただ、足元で煙のように巻き上がっては周囲を染める沈泥が、私たちが水中にいるのだと実感させてくれる。

冒険の舞台へは、ドアtoドアだ。いつもよりも少々多い人数で、ぽっかりと開いた神殿の入り口の前に並び立つ。

薄暗い建物の奥からは、相変わらず嫌な気配がビンビンに漂ってくる。

ううん……これがボスの気配、ってやつかぁ！

「だいじょぶ。罠《わな》とかは……なさそう……」

「ですね。生存戦略《サバイバル》さんもオールグリーンです」

「二人がかりだと頼もしいな。……それじゃ、行くか」

斥候《スカウト》のアリアさんと、私のスキルによるダブルチェック。ここ最近確立されたルーチン。

ぱっと見の所見と、アリアさんの探査結果を総合してみると、入り口から続く通路は、少し進んだ先ですぐに行き当たって、左右に分かれているみたい。どっちに進めばいいかは、分岐点に着いてから、また探ってみようね、っていう話になった。

アリアさんが先陣を切る後ろに、ヴィルさんと私。エドさんとセノンさんが後方を警戒してそれに続く。ごまみそは私の肩の上にいて、ラズくんが後衛組の周りを……セレちゃんは私たちの周りを回遊してる。

優雅に揺れる尾びれが水を掻《か》くと、巻き込まれた夜光虫がほのかに光を放って……二匹の泳いだ後が見てわかる。

「……神殿というより、廃墟《はいきよ》とか古代遺跡っていう方が似合いそうな感じですね」

「ああ。ダンジョン化した影響だろうな」

足を踏み入れた建物の中は、元は綺麗《きれい》だったんだろう壁も床も、ひどく荒れ果てていた。そこら中にフジツボに似た甲殻類とか海藻がへばりついているせいで、壁に施されている装飾も何が描かれていたのかほとんど判別ができない。

それでも、床は比較的デコボコしていないのが救いっちゃ救い、かな。足を取られることが少なくてすみそうだ。

「さっき見た印象通り、通路は狭いですねぇ」

「刺突ならできそうだが、いつものような大立ち回りはできそうにないな」

「それは……囲まれたら危険ですね！　この先、これ以上狭くならないといいんですが……」

実際に入ってみると、思っていた以上に通路は狭く感じた。糸使いのアリアさんや、魔法職のエドさん、セノンさんはともかくとして、大剣使いのヴィルさんにはきつい戦場だろうなぁ。

ヴィルさん曰《いわ》く、戦えないわけじゃない……らしいけど、こりゃあ敵の気配に一層気をつけないといけないな。警戒に警戒を重ねておいて悪いことはないからね！

改めて気合を入れ直した私の視界の端を、青白い光が霞《かす》めた。そこに、私たちじゃない誰かがいた証拠だ。

それと同時に目の前を埋め尽くす真っ赤なアラートが……！

「ヴィルさん！」

「ああ！」

たいした言葉はいらなかった。名前を呼んだだけで、歴戦の冒険者はきちんと反応してくれる。目の前に躍り出たヴィルさんが、目にも留まらぬ速さで大剣を突き出した。銀色の刃に縫い留められた空間を中心に、肌をビリビリ震わせながらナニカが走り抜ける。

な……なに、コレ……っ!?　感覚としては、太鼓の演奏を間近で聞いている時みたいな……腹の底まで震わされる感じというか……。

『大丈夫ですか〜〜〜？　今のは断末魔の声、ですね〜〜〜〜』

「え？　今の振動みたいなのが？　声みたいなものは聞こえなかったけど」

思わず目を白黒させる私と、瞳孔《どうこう》をかっぴらいて耳も尻尾《しっぽ》もピンと立てたごまみその周りを、青い魚がくるくる泳ぐ。

『海の生き物の声は、陸の方には聞こえないことが多いもので……でも、ちゃんと音を発してるんです』

『魔物や魔生物の場合～、そこに魔力が乗りますから～。それが衝撃として伝わるんですよ～～』

あ、あ～～～……！　確かに、イルカとかクジラの鳴き声って、私たちの耳には聞きとれないけど、音というか音波というかは出てるっていうもんね。今回のは、それの強化版みたいなことなのかな？

ラズくんとセレちゃんの説明に聞き入っている間に、ドサドサと何かが落ちる音と衝撃が足元から伝わってきた。こっちは、ヴィルさんのいる方からだ。

「うわっ！　長いね、この魚……！」

「……へび、みたい……」

剣を収めたヴィルさんの足元には、身体に穴が開いた魚が落ちていた。長さは二メートルくらいかな？　見た目はタチウオに似てるかも。でも、それより口が大きくて、牙も鋭い。

完全に絶命したみたいで、今はもうピクリとも動かない。生存戦略《サバイバル》さんのアラートも、危険がないことを示すように赤から青に変わっていた。

「ふむふむ。ミラーフィッシュ、かぁ。海中の探索も侮れないなぁ……」

生存戦略《サバイバル》さん曰く、周囲の光景に自身を溶け込ませて獲物を襲う魔物なんだって。今回は、敵が夜光虫に触れた時の発光と、生存戦略《サバイバル》さんのアラートで露見したから助かったけど……もしそういう兆候がなかったら、気付くのが遅れてたかも。

横たわる魚を眺める私の目の前で、絶命した魚体全体が淡い光に包まれたかと思うと、見る間に経木に包まれた魚肉に変わっていく。

「………ちなみに、リン。こいつは食えるのか？」

「小骨は多いようですが、なかなか美味しいようです！」

まじまじと魚肉を観察する私に、期待を隠し切れない様子でヴィルさんが声をかけてきた。

ミラーフィッシュの細長くて真っ白な身には、粗目ではあるけど包丁が入れられている。小骨が多いから、その対策……骨切処理がされているんだろう。

ドロップ品は、下ごしらえされたお肉が落ちるから便利なんだけど……どうしてこんな仕様になってるのか、深く考え始めるとちょっと怖いような気がするよね！

………まぁ、「ゲームの仕様です」って言われたら、「はいそうですか」って納得するしかないんだけどさ。

「これなら、唐揚げでもムニエルでも照り焼きでも……どう料理したって美味しく頂けると思いますよ」

「唐揚げ！」

私が挙げたメニューに、みんなの瞳がキラキラ輝いた。一際大きな声を上げたヴィルさんが、ぐっと拳を握る。

わかるー。ムニエルも照り焼きも美味しいけど、唐揚げは別格ですよねぇ。探索中は体力を消耗するだろうし、よりカロリーを求めたくもなるだろうしね。

小骨が多いといっても油で揚げちゃえば問題ないし、むしろ、骨周りの旨味ごと味わえるからより美味しいのでは？

「それじゃあ、とりあえずこれは確保しておく……ってことでいいですか？」

「ああ。むしろ、こちらからお願いしたいくらいだ」

「美味しいご飯になれば、コイツも浮かばれるんじゃないかなー？」

探索の時はいつも背負ってるボディバッグから風呂敷《ふろしき》を取り出して、ミラーフィッシュを確保する。長さが長さだった分、ドロップ品の重さも結構あるねぇ……。ずっしりしたその感覚は、おみそよりも重い感じがする。

加護で守られているからあまり感じないけど、周りの海水は結構温度が低いらしい。それなら、時代劇でよく見かける行商さんみたいに、ミラーフィッシュを背中に背負ってもそうそう傷まないんじゃなかろうか。あとで適当な場所で野営車両《モーちゃん》を呼び出して、冷蔵庫にしまおうっと。

だって、さすがにこの狭い通路で野営車両《モーちゃん》出したら邪魔になるじゃん？　召喚した瞬間に敵が出たりしたら、二進《にっち》も三進《さっち》もいかなくなっちゃう！

だから、ちょっと重たいけど、適当な場所が見つかるまでこれは自分で持ち歩きますとも。なにしろ、ほら。私ってばこのパーティの荷物運び《ポーター》ですから？

最近、ご飯係の役目にばっかり注目されてますけど、ギルドに登録した役職は〝荷物運び《ポーター》〟ですから？

「大丈夫ですか、リン？　だいぶ重そうですし、持つのを手伝いましょうか？」

「ありがとうございます、セノンさん。でも、戦闘メンバーに荷物を持ってもらうわけにはいきませんよー！」

心底心配そうな様子で、セノンさんがそっと手を差し伸べてくれた。でも、本当にお気遣いなくです！

命のやり取りする人たちにとって、手荷物なんて邪魔なだけじゃないですか！　これでも【暴食の卓】の荷物運び《ポーター》なんですから、どうか私に職務を全うさせてください！

渋々という様子で引き下がってくれたセノンさんに改めて感謝を告げて、眼の前の回廊に視線を走らせる。

「さて……ここが最初の分岐点かぁ」

「そういえば、ここは元の神殿だと、どのあたりに相当する場所なのでしょう？」

ミラーフィッシュを背負いながらいくらも歩かないうちに、目の前に壁が立ち塞がった。目の前で途切れた通路は左右に延びているものの、その先は薄闇に飲まれていて詳しい構造は窺《うかが》えない。

コンコンと壁を叩《たた》くエドさんの隣で、セノンさんがヴィルさんのそばを泳ぎ回る青い魚に向き直る。

『ここは〝祈りの間〟があった場所ですね～～～～。本来なら、こんな壁なんてなくて、入り口からする～～っと泳いでこられるんですよ～～～』

『そうなんです。本当は通路ももっと広くて、明るくて……入り口から、女神さまのお姿を拝することができるんです！』

尻尾で海水を掻き回しながら、神殿の守役は解説の役目を果たしてくれた。どんなに姿形が変わっても、感じるものがあるんだろう。

セレちゃんとラズくんの語りには、熱が籠《こも》っていた。この神殿の祈りの間は、この子たちにとって自慢の場所だったんだろう。それをめちゃくちゃにされたら……どれだけ悔しくて、どれだけ恨めしいことか……！

「ふむ……それなら、入り口から直通ではなくなったのかもしれませんが、この左右の通路のどちらかに、祈りの間に通じる扉のようなものができているかもしれません」

「ん。探索、してみる？」

顎《あご》に手を当てて考え込んでいたセノンさんの提案に、パッとアリアさんが顔を上げた。

確かに、そうだ！　構造が変わったっていうなら、入り口自体が移動した可能性だってあるよね！

セレちゃんとラズくんもそのことに気が付いたのか、尾びれの揺れ方がさっきより嬉《うれ》しそうになってるし！

「アリア、リン。右と左、どちらが安全そうだ？」

「……………んー…………どっちも、どっち……？」

「ん、んんん？？？　正直、左右どっちも、同じような黄色の要注意レベルアラートなんですよねぇ」

スキルを発動させた私も、索敵をしていたアリアさんも、ヴィルさんの言葉にほぼ同時に首を傾《かし》げてしまいましたよ……。

だって、アリアさんの言う通り、どっちもどっちなんだもん！

どっちの通路も敵の気配がないわけじゃない。でも罠らしい罠がある気配はない。変な温度変化や重力変化も感じない……って感じ！

「これは、なんというか………判断に困るな」

「危険度が同じくらいであれば、どちらを選んでもいいのでは？」

「それはそうかもしれんが、もう一手、決め手が欲しくはないか？」

「ヴィル……貴方の慎重な姿勢も悪くはありませんが、そうやって事態を膠着《こうちゃく》させる方が不毛でしように」

眉根《まゆね》を寄せて腕を組むヴィルさんに、困ったように眉尻を下げたセノンさんが声をかけている。

セノンさんの言うことも、間違ってないんだよね。危険度が同じくらいなら、どっちを選んだってかまわないだろうし……。

でも、ヴィルさんが言ってる「決め手が欲しい」っていう気持ちも、わかる。決定するのはあくまでも自分だけど、そのためにちょっと背中を押してほしい、っていうかさ。

「あ！　それじゃあさあ、ごまちゃんの野生のカンに賭《か》けてみる〜、っていうのは？」

「おや。それもいいかもしれませんね。ほら、ヴィル。お望みの〝一手〟ですよ？」

この硬直した事態を打破する一手は、猫の手の形をしてやってきた。

眉根を寄せるヴィルさんとは裏腹に、私の肩からごまみそを抱え上げたエドさんと、それを見てころころと笑うセノンさんは非常に楽しそうだ。

喧々と意見が飛び交う中で、自分の名前が呼ばれたのがわかったんだろう。エドさんの手で頭上高く掲げられたごまみそが、わさわさ翼を動かしながら堂々と四肢を突っ張り、胸を反らす。

『朕なー、みぎ！　みぎがいーとおもう！　しらないけど！』

「えええぇぇぇぇ……野生のカン、頼りなさすぎでしょ」

ずいぶんと偉そうに尻尾をぶんぶん揺らす仔猫《こねこ》の託宣は、非常に心許《こころもと》なかった。

適当なことを言う親戚《しんせき》のおじさんみたいになってますけど～？　野生～、息してる～～～？

「………それじゃあ、右に進んでみるか。貴重な猫の一手だからな」

『むふー！　朕、しっぱいしないからなー。まちがいないからなー』

でも、そんな緩さが、今のリーダーには必要だったみたいだ。ほんの僅《わず》か、眉を緩めたヴィルさんが、止めていた足を右の通路に向けて踏み出した。

エドさんの手からすり抜けて、ヴィルさんの頭に飛び乗ったごまみそが、得意げな顔で翼を揺らす。

おお！　いつの間にそんなに仲良くなったんだろ？

「祈りの間、入れるといいねぇ」

『祈りの間は、中央に女神さまの御尊像が安置された祭壇があるんです』

『時々、加護を受けていない小魚たちが御神像の周りを泳ぎ回ってたりもして……ちょっと微笑《ほほえ》ましくないですか？』

捕食者《ごまみそ》がいなくなったからかな？　ラズくんとセレちゃんが私の周りでスイスイ泳いでる。声をかけると、それはもう弾んだ音が返ってきた。嬉しそうに、楽しそうに語ってくれる二人にとって、〝祈りの間〟はそれだけ大事な場所だったんだろうな。

女神像の周りで小魚が遊ぶ光景……想像するだけでも平和な感じがするね。

『祈りの間もきれいですが、部屋の奥から行ける宝物殿も、とっても凄《すご》いんですよ！　この騒動が落ち着いたら、ぜひ見ていただきたいなぁ』

『部屋の壁も、珊瑚《さんご》とか硨磲《しゃこ》とか……他にも、いろんな宝石で飾られていて～、〝自ら光を放つ〟と称されるくらいにきれいなんですよ～～』

「わぁ！　珊瑚に硨磲に宝石……七宝《しっぽう》で飾られてる感じかな？　それはぜひ見てみたい！」

ん？

キャッキャしながら二人が語ってくれたのにつられてはしゃいじゃったけど、これ、結構重要な情報じゃないか？

今回の最大の目的〝慈愛の宝珠〟があるのはこの神殿の宝物庫で、その宝物庫に入るためには……。

「〝祈りの間〟に入らないことには、宝物庫にも辿《たど》り着《つ》けない、ってことか！」

「それは何としてでも、中に入る扉を見つけないといけませんね」

思わず叫んだ私の隣で、同じように事態を把握したらしいセノンさんが表情を引き締めて頷《うなず》いた。

これでまた一つ、先に進まなきゃいけない理由が増えたな！　手早くみんなに情報を共有して、一刻も早く中に入る扉を見つけないと！

「この先は、アリアとリンだけじゃなく、エドとセノンもできる範囲でいいから周囲を見ていてくれ」

「ええ、もちろんです。壁や床に、中に通じる扉の手がかりが隠されているかもしれませんし」

「わかってるよ〜！　今は、少しでも目が多い方がいいもんね〜」

ヴィルさんのアドバイスを受けて、セノンさんとエドさんが任せろ、と言わんばかりに頷いた。

本当に、うちのパーティは結束力が強い！　スゴイ！

「おみそも、〝これなんだろうな〟っていうのがあったら、教えてね？」

『ん！　朕に、おまかせ！　シュッシュッてする！』

「いや、シュッシュはやめて。手を出す前にちゃんと教えて」

それに引き換え、私の仔猫の不安さときたら……！　「面白いもの見つけた！（ポチッとな！／躊《ちゅう》躇《ちょ》なし）」とかやらかさないよね？　大丈夫？

一抹の不安を抱えつつ、隊列を崩さないよう、小さな手がかりも見落とさないよう、右の道を進んでいく。少し歩いた先で、道は左に折れていた。でも、そこに行くまでに、脇道があったり他の分岐があるようには見えない。

壁は相変わらず海産物で覆われていて判別しにくいけど、隠し扉がありそうな謎の切れ目とかも見当たらない。そもそも、罠《わな》ならともかく、ギミックに関しては生存戦略《サバイバル》さんも反応してくれないんだよなぁ。

食べられるものとか、売却価値の高そうなものをお知らせしてくれるんだから、攻略ポイント発見とかのお知らせも出てくれればいいのに！

「……なんか、道自体は思ったよりも素直な感じですね」

「確かにな。もう少し入り組んでいるものと覚悟していたが……」

『もともとこの場所は、迷いようのない一本道だったんです』

『それがこんなに曲がり角ができて～～……むしろこれでも、道が増えた方なんですよ～～～』

元がシンプルな分、構造が変わっても複雑になりようがない、ってこと？　いやまさかそんな……………ねぇ？

でも、警戒しながら曲がった先も一本道っぽいし、複雑に分岐してる様子もないし……構造がシンプルなダンジョンになってるっていうのは正解かもしれない。

問題なのは、相変わらず祈りの間への扉は見つからないってこと。

私たちが入ってきた入り口と通じていた正面部分と、そこから進んだ右側面。さらに曲がった背面部分を見たことになるけど、入り口っぽいものはこれっぽっちも見つかんない。私だけじゃなく、みんなで探して、だよ？

……これで残るは左側面部分だけ、なんだけど……。

「…………中への入り口、なくないですか？」

「……しかけっぽいのも、みつかんなかった……」

左の側面でも手がかりらしいものは見つけられず、かといって他の場所に通じていそうな通路も仕掛けも見当たらず……何の手がかりもないまま、私たちは正面部分に戻ってきてしまっていた。

わかったのは、本来あった〝祈りの間〟を取り囲むように、通路ができてしまっているということ、その通路には中の部屋に通じる扉がないことだけ……。

〝回〟の字に似た構造……って言って、通じる？　真ん中の小さい〝口〟が祈りの間。それを取り囲む大きな〝口〟が通路ってこと。

「え、詰んだ？　いやいやまさかそんな！　何か見落としてる手がかりがあるはず！」

ああああ！　こんなことなら、ノアさんから攻略方法とかもしっかり聞いておけばよかったなぁ！　イベント一覧とか解決のための最短ルートは教えてもらったけど、一つ一つのダンジョンの仕掛けとかまではそこまで詳しく聞いてなかったよ！

……いや……。そもそもノアさんも「もうずいぶん記憶が曖昧《あいまい》だから、忘れちゃってるイベントもあるし、ギミックを忘れたダンジョンも結構あるんだよね」って言ってたな……。てことは、仮に聞いたとしても、教えてもらえなかった可能性もあるわけで……。

やっぱり、そうそう楽はできない、ってことかぁ。自力で頑張るしかないな、こりゃ！

というか、この世界の基になった『野薔薇《のばら》の乙女』は、ノアさん曰《いわ》く〝一世を風靡《ふうび》した〟乙女ゲームだ。クリアできないシナリオを実装してるわけがない！

だから、ちゃんと探せば解決策があるはず！

「こういう時の手がかりって、意外とすぐ近くにあったりするもんだしなぁ……」

「どうした、リン。何かありそうか？」

「こういう時、生存戦略《サバイバル》さんが反応してくれればいいのになぁ、とは思いますねぇ」

『朕のおめめでみっかんないとか！　なんにもないいんじゃなーい？』

初心に返って正面の壁を調べ始めた私を見て、ヴィルさんが腰を上げた。隣に並んで、一緒に壁を探ってくれる。私の肩に戻ってきたごまみそを見て、ラズくんとセレちゃんはパッと身を翻しちゃった。

うーん、残念！

気を取り直して謎のウネウネがへばりついた壁を軽く手で払うと、付着していたマリンスノーがふわりと舞って周囲の水が白く濁る。こういう光景を見ると、ホントに水の中にいるんだな……って思う。加護のおかげで忘れがちだけどね。

「ん？　あ、これ……」

丹念に壁を見ていくと、様々な付着物に埋もれるようにして丸い何かが嵌《は》め込まれていた。自然にできたものとは思えないほど、均整の取れたきれいな球形だ。よく目を凝らせば、その球の周りの壁面には円状のレリーフが施されている。

生存戦略《サバイバル》さんの警告アラートが出るわけじゃないから、罠……ではないと思うけど……。自分なりに安全を確認しようと指を伸ばしてみても、警告アラートは出てこない。

伸ばした指を寸前で引っ込め、また伸ばし……を繰り返しているうちに、ヴィルさんも謎の球を見つけたようだった。

「これはまた……〝押してくれ〟と言わんばかりの代物だな！」

「なんというか、ここまでこれ見よがしだと、かえって躊躇しちゃいますね、これは……！」

「とはいえ、ようやく見つかった手がかりだ。リン。ちょっと押してみてくれ」

「ええ!? 私がですか!?」

ヴィルさんの、ほんのちょっぴり呆《あき》れの滲《にじ》んだ笑い声と、素《す》っ頓狂《とんきょう》な私の悲鳴が聞こえたんだろう。わらわらとみんなが集まってきた。

「だって、リンちゃんが見つけたんでしょ? 発見者の特権だよー! 押しちゃえ押しちゃえ!」

「それに、〝もうこれしかない〟という感じではありませんか。結果がどうあれ、誰もあなたを責めませんから、ね?」

「ん! むしろ、押すしか……ない! 押せ、押せ、Go! Go!」

うぅん……みんなノリがいい!

……でも、このノリのよさは、私の精神的な負担を少しでも軽くしようとしてくれてるんだろう、っていうのは容易に想像がつく。うちのパーティ、みんな優しいからなぁ。

ここまで心を砕いてもらったら、やらない方がかえって失礼だよね!

「……それじゃ、お言葉に甘えて! ………………行きます!」

みんなが固唾《かたず》を飲んで見守る中、レリーフに囲まれた球体に指を押し付けた。感触は、思った以上に軽い。

カコッと小さな音がして、半球がほんの少し壁にめり込んだ、瞬間。

「え……あ、うわぁぁぁ!!!!!」

身体が突然上に引っ張られた。ゴボゴボと空気混じりに水がどこかに抜ける音が、鼓膜を通って脳髄を激しく揺さぶる。

なに……なに、コレ⁉　罠の気配は、なかったのに！　押した瞬間も、アラートは出なかったのに！！！

これが罠じゃないって言うなら、こうなることが正解ルート、ってことなの⁉

「な、なんです、この流れは⁉」

「アリア！」

「エディ！」

私たちは洗濯物じゃないんだぞ！！！　思わずそう叫びたくなるくらい翻弄《ほんろう》されてる最中に、ちらりと見えた天井は、あちこちが大きく開いていた。

もしかして、この水の流れって……その穴に水が出入りしてるせい⁉

荒れ狂う水音に混じって、悲鳴にも似たみんなの声がする。無事を確認したくても、激しい水の流れにもみくちゃにされて、もう目を開けていられない。

「うわっ、あ……うあああ！！！」

『にー！　みゃ～～～～～～～～～～～～～～～～～～～！！！！』

いくら考えても正解がわからないまま、ぐるぐる視界が回る。仔猫の爪が皮膚に食い込む。耳元でガボゴボ水が叫ぶ。

縋《すが》るものを求めてとっさに伸ばした腕が、温かい何かに掴《つか》まれる。

「クソッ……リン、こっちだ！」

珍しく焦ったようなヴィルさんの声を最後に……ぶつんと視界が真っ暗になった。

◆
◇
◆

「ん……うぇぇ…………なんかまだ世界が回ってる気がする……」

冷たい床の上に俯《うつぶ》せで転がってるんだと気が付いてなお、視界が定まらない。起き上がろうと力を入れるだけで、すうっと血の気が引いてぐにゃりと世界が撓《たわ》む。

仕方ないから、頭を少しだけ上げて、寝っ転がったまま周りを見てみた。加護の膜の淡い光が、ぼんやりと私の周囲を照らしてくれる。

周りの風景は、先ほどと同様、建物の中のように思える。違うのは、壁とか床の色。さっきの場所は汚れていても白っぽい壁だったのに、今いる場所はだいぶ黒っぽい。材質も違うらしく、指の腹で探ると地はつるりと滑らかなのがわかった。

周囲の明るさも落ちているらしく、私を包む世界は深い深い青色だ。

そんな黒と青の世界の中に、茶色いなにかがぽつんと落ちていた。

薄茶の身体に散る焦げ茶の胡麻斑《ごまふ》。

だらりと落ちた一対の翼。

靴下を履いたように先だけ白の足が、力なくぐったりと伸びてて……。

「ごま！　ごまみそ！！！」

勢い任せに起き上がったせいで、頭の芯《しん》がズキズキ痛む。ぐわんぐわんと世界が回って、いまにも倒れそうだ。あの柔らかそうなお腹《なか》が動いているかどうかだけでも確認したいのに、視界はちっとも定まってくれない。

笑う膝《ひざ》を必死で抑え、駆け出した足がもつれる。でも、そんなことに構っている余裕はなかった。

私の！　私の、仔猫《こねこ》が！！！！

『んにゅぅ………ちん、もうたべらんにゃい……♡』

震える手で抱き上げた子猫は、なんともだらしのない寝顔でベタな寝言を呟《つぶや》いた。むにゃもにゃと口を動かしながら、ゴロゴロ喉《のど》を鳴らしている。

「お、おま……おまえぇぇ……っっ！　私の心配と、シリアスな空気を返せ！！！」

込み上げてくる安堵《あんど》と、空回りした虚しさと恥ずかしさ、ふつふつと沸く怒り……。

いろんな感情が混ざりに混ざり……最終的に震える膝から力が抜けた。それでも、腕の中の温もりを放り出す気にはなれず、ごまみそを抱えたままヘナヘナとその場にへたり込む。

『……ん～～～？？？　あれー？　ちんのごあんはー？』

「……起きた、おみそ？　このおぉぉ！　心配かけさせてぇぇぇ！！！！」

『しんぱい？　朕、なんかしちゃったー？』

「うーん……したような、してないような……？　なんにせよ、おみそが元気そうで本当によかった……！」

ついつい腕に力が籠《こも》っちゃったんだろう。ひげを震わせながら目を覚ましたごまみそが、ぷにりと私の顔に肉球を押し付けてくる。にゃはーと笑うその顔は、無邪気そのものだ。

……いや。命に別状がなくて何よりだけど！　怪我もしてなさそうで安心したけど！！！

ちくしょう！　心配して損した！　心臓に悪すぎるわ、おバカ！

「もー…………今後はさぁ、こんな心労かけさせないでよねぇ……」

『んんん？　よくわかんないけどなー。なんかあったらなー、朕のこと、たよってくれていいからなー！』

……だから、ぷにぷにの前脚で頭をぽふぽふされて心の底から安心したとか、おみその腹毛に顔を埋《うず》めて吐き出した声が涙混じりだったとか……そんなことはないんだから！　ないったらないの！

『んにゃ？　なーあ、なーあ。ここ、どこー？』

「……それがわかれば苦労はしないんだわ。ごまみそ、他に誰か見なかった？」

『朕なー、いまおきたばっかり！』

「それもそうだ！」

ようやく完全に覚醒《かくせい》したらしい仔猫が、きょとんとした顔で周囲を見回した。いつも通り私の肩にぴょいと飛び乗ってくる。

思い付きで聞いてはみたけど、返ってきたのは真っ当かつ元気なお返事だけ。

……確かに、今まで寝ていた私たちが他の誰かを見かけていたとしたら、それはそれで怖いな。

寝てるはずなのに、いつ見たんだ……って話になるじゃん？

「うーん……一縷《いちる》の望みをかけてたんだけど、やっぱりはぐれちゃったか……」

しっかり持っていたミラーフィッシュは、幸いにもごまみその近くで見つかったけど、見渡す限りの周囲に知ってる顔はいない。

現実を目の当たりにし、ちょっぴり遠い目になってしまった私の腕の中に、ごまみそが戻ってきた。その身体をぎゅむっと抱きしめてみると、水流であれだけもみくちゃにされたにもかかわらずフワフワのままだ。

私の服も全然濡《ぬ》れてないし……女神さまの加護って凄《すご》い！

『朕がなー、いるからなー！　ごあんしん！』

「そうだね、貴重な戦闘要員！　期待してるよー？」

現状を理解してるのか、していないのか……キャッキャとはしゃぐ仔猫に頬ずりすると、弾《はじ》けるような笑い声が返ってくる。今は、このおみその明るさが救いだなぁ。

幸い、というか、なんというか……。無理やりにでも起き上がったおかげで、脳みそに十分血が廻《めぐ》ったみたいだ。おかげで、さっきよりも細かく周囲を観察できている。

「道は、こっちの方が広そうだね。まぁ、床がひどすぎて、野営車両《モーターハウス》で走るのはちょっと無理そうだけどさ」

道幅も、天井も、今いる空間の方がだいぶ広かった。これなら、悠々と野営車両《モーターハウス》も走らせられそうなんだけど……そうは問屋が卸さない。

こっちの建物は、床の状況がだいぶひどいんだ。見える範囲でもタイルらしきものが捲《めく》れていたり、穴が開いているところもある。私とごまみそがいる場所はまだマシなんだけどね……。

それさえなければ、野営車両《モーターハウス》でみんなを探し回るんだけどなぁ。

『んぅ？』

腕の中の仔猫が、急に身体を起こすと耳をそばだてた。私の耳にも、何かが瓦礫《がれき》を踏む音が届く。

暗闇に散る青白い燐光《りんこう》は、そこに何かがいる証《あかし》。

警告アラートは出ていない。それじゃあ、敵じゃない？　敵じゃないなら、仲間？

とっさの判断ができず、固まった私の腕から飛び出したごまみそが、光の軌跡を描きながらその身を躍らせる。

「リン！　ごまみそ！　無事だったか！」

飛びかかってきた仔猫を受け止めたのは、我らがパーティリーダーだった。

抱きとめられたごまみそはといえば、ヴィルさんに抱えられた途端に、腕の中で動きを止めておとなしくしてる。その様子から見ると、飛びかかる前から足音の正体に気付いていてたんだろう。猫って耳がいいって聞くしさぁ。

これ以上ないほど力強い味方の姿に、涙腺《るいせん》が緩みそうになったけど……。ごまみそを抱え直して足早に駆けてくるヴィルさんは、ぱっと見でもわかるくらいに肩の力が抜けていた。今、こうして再会するまで気を揉《も》み続けていたのであろうリーダーに、これ以上心配をかけたくないじゃんか！

「ヴィルさんも！　ご無事で何よりです」

引き攣った喉をどうにか宥《なだ》めてあげた声は、震えてはいなかったと思う。

意地だって、虚勢だって……張り続けてたら真実になるさ！

『ああ～～。こちらにいらしたんですね～～。見つかってよかったです～～～！』

「セレちゃん！　ヴィルさんと一緒だったんだね！」

滲《にじ》みかけた涙をこっそり拭《ぬぐ》った私に向かって、こちらに向かってくるヴィルさんの後ろから青い光が抜け出してくる。身体の中心に一本黄色い横縞《よこじま》が入った、青い魚……セレちゃんだ！

ちょっぴり間延びしたセレちゃんの声が、じんわりと心に染みる。

「リンも……どこも怪我はしていなそうだな」

『にんげんさんも……ねこさんも、生きててよかったですね～～～』

ごまみそを抱いて私の前に立つヴィルさんにも、セレちゃんにも怪我らしい怪我は見当たらない。そして、ヴィルさんの方も私とごまみそもピンピンしてることがわかったみたいだ。眉《まゆ》を開いて笑うヴィルさんが差し出してきた拳《こぶし》に、私も握った手を打ち合わせた。

再会を祝するように、セレちゃんが燐光を振りまきながら私たちの周りをくるくる回る。それを見るごまみそは、ちょっとだけ獲物を狙う目をしてるけど……ちゃんと私の言うことを聞いて、セレちゃんに手を出さないでいてくれる。

「それにしても、ごまみそがリンのそばにいてくれてよかった。戦力がいるのと、いないのでは大違いだからな」

『朕なー、つおいからなー！　さいきょうだからなー！　シュッシュッてできるからなー！』

「寝言っていうのは、寝てから言うもんだよ、おみそ」

再会を祝って、少し落ち着いて……二人と二匹で、なんとはなしに壁際に寄った。道の真ん中で話すより、安心感が段違いなんですよ！

ヴィルさんの腕から私の肩に戻ってきたごまみそが、リーダーに頭を撫《な》でられて嬉《うれ》しそうに胸を張る。小憎らしいくらいのドヤ顔だ。

本当に、この仔猫は言うことが大きいというか、なんというか……いや。ついさっきまで、ベタな寝言を言いながら寝てたんだもん。もしかして、ごまみそ……まだ寝てるんじゃ？

「さっき、リンの手を掴んだと思ったんだが、気が付いた時には姿が見えなくて……正直焦ったぞ」

「溺《おぼ》れる者は藁《わら》をも掴む……じゃないですけど、私もヴィルさんの手、掴み返しておけばよかったです」

「あの時は、お互いに溺れていたようなものだしな。加護のおかげで呼吸はできたとはいえ、生きた心地がしなかったぞ……」

なるほど。気を失う寸前、何かに掴まれたと思ったけど……あれはヴィルさんの手だったんですね！　納得！

だったら、私もしっかり握り返せていたらよかったなぁ。そしたら、離れずにすんだかもしれないのに……。

「まずは、俺とリンたちだけでも再会できたのは僥倖《ぎょうこう》だ。あとはエドたちだが……」

「アリアさんとエドさんはお互いに抱きつき合ってたのが見えたんですが……こうなってくると、

一人離れていたセノンさんが心配ですね……」

「………まぁ、あいつは妙に運がいいからな。こういう状況の時に、総合すると一番得をしてるパターンが多いんだ……」

話は、まだ合流できていないメンバーに向く。引っかかる思い出でもあるんだろうか。鼻面にシワを寄せるヴィルさんの内心はともかく、ダンジョン内にソロで取り残されてるかも……っていう状況は危惧《きぐ》すべきですよ！

正直、ヴィルさん&私ｗｉｔｈおみそ組とアリアさんとエドさん組は、索敵と攻撃を分担できるし、なんならヴィルさん&私ｗｉｔｈおみそ組は休憩までとれちゃうけど……もしセノンさんが一人なら、そういうわけにはいかないじゃん！　攻撃も索敵も一人でやんなくちゃいけなくて、休む暇なんてないんじゃ……？

……というか、セノンさん、補助魔法とか回復魔法を使ってくれているところはよく見るんだけど、直接攻撃ってできるんだろうか？

……ダンジョン攻略のためだけじゃなく、セノンさんの命を守るために早く合流しないと！

「ねぇ、セレちゃん。今この場所の見当って、つく？　さっきの回廊から上層に引っ張られたように感じたけど……」

「というか、そもそもこの神殿に、もともと上層階はあったのか？」

『いいえ〜〜〜。上層も、下層もありません〜〜。女神さまの御神像が御座《おわ》す祈りの間と、そこから続く宝物庫があるだけです〜〜〜』

ゆったりと尾びれを揺らすセレちゃんの返事に、私とヴィルさんの眉間《みけん》に深いシワが寄った。

「うわぁ……新しい階層ができてるってことじゃん！」

「ダンジョン化しているだけのことはあるな……」

まさかの新規階層追加である。

もともとあった建物を利用したわけじゃない、まっさらな場所にいるってことは……セレちゃんが知っている神殿情報を頼りに、マップ予想とか現在地換算ができなくなったってことだ。

新規ダンジョンを一から攻略するようなもんじゃん！　え、えぇぇぇぇぇぇ……ど、どこから探し始めればいいんだ？

『あ！　でもでも～、ラズがいる場所はなんとなくわかりますから～～。まずは、そちらに進んでみませんか～？』

セレちゃん的には当たり前のことだったんだろう。

いつもと変わらない明るい調子で放たれたその言葉は、頭を抱えそうになった私たちには天啓だった。

ラズくんの場所がわかるって、どういうこと⁉

「えっ⁉　それは、加護を持つ者同士は惹《ひ》かれ合う……みたいな感じ？」

『はい～～。それに、わたしとラズがきょうだいということもあるんでしょうね～～。なんとなくお互いの位置がわかるんですよ～』

「なるほど！　加護の力と、きょうだいの絆《きずな》と……関係が深い分、繋《つな》がりやすいんだろうね」

セレちゃんとラズくん、どっちが上かわかんないから、姉弟《きょうだい》なのか兄妹《きょうだい》なのかはわかんないんだけどさ。

「ちなみに、今、ラズくんってどのあたりにいるかわかる？」

『んん～～～…………方角的には、あっちですねぇ～～～』

「ふむふむ。そっちの方面ね！　了解！」

くるくると頭をいろんな方向に向けたセレちゃんが指示したのは、今いる場所から右斜め前方。目の前の道はまっすぐにしか進んでいないから、どこかに分岐があるんだろう。

居場所はわかるけど、そこまでの最短ルートとか、最適ルートがわかる……っていうわけではないのか。

……というか、もともと二匹の職場はこんなに複雑に分岐してなかったっぽいし、そのくらいで十分だったんだろうな。そもそも、海の中にこんな道があること自体が稀《まれ》だろうしさぁ。「ラズが（セレが）こっちにいそう！」っていう方向に泳いでいけば、それですんなり会えたんだろうな、って。

ちょっと、ナビみたいなものを期待したんだけど…………………ん？

一瞬、肩が落ちかけたけど……その代わり、ふと頭に閃《ひらめ》いたものがある。

「ナビ！　そうだ！　野営車両《モーターハウス》にナビがあるじゃん！」

探し物は人だから、経路検索はできないかもだけど、倍率をいじればこのマップの全体像とかが把握できるかもしれない！

「どこに分岐があるのかがわかれば、攻略難易度はかなり下がりますよね？」

「確かにな！　上手《うま》くいくかどうかはやってみないとわからんが、それが使えればかなり楽になる！」

幸いにして、こっちの階層は野営車両《モーターハウス》を出しっぱなしにしておける程度の余裕はある。今、私たちがいる床は丈夫そうだし、車体の重みにも耐えられそうだ。

それなら、試さない手はないよねー！

「よーし！　おいでませ、野営車両《モーちゃん》！！！」

テンションが上がったあまり、両手を突き上げて声を張り上げたけど……これ、冷静になったら黒歴史になるんじゃ……？　いや、ヤメヤメ。考えないようにしよう！

「エンジン起動してー、ナビつけてー……？？？」

海の中でも軽快なエンジン音を立てる車内で、四つの頭がナビを覗《のぞ》き込んだ。見慣れたナビ画面に、見慣れない平面地図が表示されている。

「なるほど……建物とかがないから、ダンジョン内の道ってこんな感じになるんだなぁ……」

普通なら、周囲の建物名とか道路の名前とかが表示されるはずなんだけど、いまみんなで見ている画面にそういうものは一切ない。ただ、のっぺりした白い画面に、道筋を表すんだろう様々な太さの黒線があちこちに走ってる……って感じ。

……まずは、ざっくりと居場所――方向？――がわかってる子から調べようと思って。検索画面で「ラズくん」って打ってみたんだけど……。

『ルート　ヲ　表示シマス』

そんな電子音声の後。ポーンと高い音と共に、白と黒の画面に鮮やかな画面が加わった。マップを広域に切り替えると、画面の端っこ……このマップでいうところの太い通路から分岐した細い道の先に、赤いピンが立てられている。

確かに方向的には、セレちゃんが指示した通り〝現在地の右斜め前〟方面だ！

「やりました、ヴィルさん！」

「……………リンのスキルは、本当に規格外だな……！　だが、正直今は、その規格外さがありがたい！」

予想外の事態に、車内がワッと沸いた。これは嬉しい誤算ですよ！　まさか、人名でもルートが検索できるなんて！

わー！　この機能、誰かの居場所を探したい時にもの凄《すご》く便利なんじゃない？　依頼任務中にみんながバラけちゃった場合とか！　野営車両《モーターハウス》の特性上、屋外かつ人目がない場所でしか使えないけど！

「あ！　あ！　それじゃ、もしかして……！」

興奮のあまり震える指で〝アリアさん〟と打ってみた。

これまた『ルート　ヲ　表示シマス』と声がして……。

「あれ？　もしかして、ラズくんとおんなじ場所ですかね？」

「ああ。赤いマークは同じ位置に見えるな」

道の走り方といい、他と比べてちょっとだけ広そうな感じがする場所といい……ラズくんを検索した時に出た場所とおんなじなんじゃない？

次々にエドさんとセノンさんの名前で検索をかけたけど、ピンが動いている様子は全くない。

それは、つまり……。

「わー！　みんな一緒にいるってことだー！　やった～～～～！！！」

『なんかよくわかんないけど、やった～～～！』

『やりました～～～～～！』

歓喜とも安堵《あんど》ともつかない感情に突き動かされ、両腕が天に向かって突き上がった。快哉《かいさい》が口から迸《ほとばし》る。

私の浮かれ具合が伝染したのか、ごまみそとセレちゃんのテンションもうなぎ上りだ。肩の上では仔猫《こねこ》が手ぬぐいを被《かぶ》っているわけでもないのに踊り出し、身体の周りで青い魚が舞い踊る。

うーん！　なんて超自然的で面白い光景！

「しかも、あっち組は探索役と戦闘役と補助回復役が揃《そろ》ってるってことですよね？　バランスが最高なのでは？」

「ああ。物理攻撃と魔法攻撃のどちらも揃っているし、短期間ならそこそこ耐えられるだろうな」

「短期間……ああ。あっちのチームは、長くなればなるほど補給ができなくてジリ貧になりますものね」

セノンさん、エドさん、アリアさんチーム……略してセノエアーは戦力バランスに優れるけど、兵站《へいたん》部門が弱いのが玉に瑕《きず》だ。仮に敵を倒して食材がドロップしても、みんな料理できない、っていうし……。戦えば戦うほど消耗して、回復ができなくなっちゃうわけですよ！

その点、私たち食いしん坊同盟は、野営車両《モーターハウス》で補給と休憩をし放題！　しかも、ヴィルさんとごまみそがいるから戦力面も問題ないっていうね……。

「……少しでも早く合流した方が良さそうですね」

「ああ…………大丈夫だとは思うが……万が一、ラズがあいつらの腹に納まっていたりしたら、どう償えばいいのかわからん……！」

「さすがにそこまではしないと思いますが……」

「いや、だが、極限状態に陥ったら……なぁ？　何をしでかすかわからんぞ……？」

ヴィルさんの苦々しい呟《つぶや》きに、思わず戦慄《せんりつ》が走った。視線が、セレちゃんをこっそり追ってしまうのを止められない。

……いや、まさか……そんな、ねぇ？

「…………いや、あのな……俺としても食うつもりはさらさらないんだが…………セレみたいな魚は食えるのか……？」

「うーん……それはですね～～……」

不謹慎な考えが止められない私の耳元に、内緒話でもするようにヴィルさんが口を寄せてきた。

極限まで潜められた声を聴いて、思わず視線が泳ぐ。

セレちゃんもラズくんも、大きさはともかく、姿形はルリスズメダイにそっくりなんだよね。で、そのルリスズメダイの仲間には、食べて美味《おい》しい「スズメダイ」っていう魚がいるわけよ。となると、「スズメダイの仲間なら食べてみたら美味しいのでは？」って思わんでもないのよなぁ……。

尤《もつと》も、地球産のルリスズメダイは生体でも一口サイズで可食部がほとんどなさそうだから、実行に移したことはないけどさぁ。

……でもさぁ……地球産のルリスズメダイより大きいラズくんとセレちゃんなら、唐揚げとか、てんぷらとか……最悪、塩をしてこんがり焼くだけでも…………とかね？

「……生存戦略《サバイバル》さんで確認して、〝美味〟って出るのが怖くて……あの子たちに関しては、説明文を薄眼でしか見てないです……スミマセン」

「気にするな、リン……気持ちはわからんでもない……」

「これに関しては、ちょっとお口にチャックしておきましょうか！」

せっかく懐いてくれた子に、怯《おび》えられたくないもんね！

お互いに暗黙の了解を取り付けたところで、こちらを不思議そうな顔で眺めていたセレちゃんがこてりと身体を傾けた。

『？？？？　どうかしましたか～～～～？』

「いいや、なにも！」

「ううん、なんにも！」

食欲にまみれた私たちの密談は、どうやら聞こえてなかったようだ。きょとんとした様子で身体を横倒しにするセレちゃんは、「なんでもない」という私たちの言い分を素直に信じてくれた。

うわー！　心が……良心が痛む！

ラズくんが犠牲になる前に、どうにかセノエアーと合流しなくちゃ……！

その点に於《お》いて認識を強固に一致させた私たちは、仔猫と戯れる青い魚に気付かれないよう、こっそりと頷《うなず》き合った。


確認できる限りの道をメモ帳に書き写した私たちは、今、そのメモを頼りに道を進んでいる。隊列はほぼ横並び……というより、ヴィルさんと並んで歩く私の肩にごまみそが乗って、セレちゃんは私たちの周りで回遊してる……っていうのが、正解。

セノエアーの方も私たちを探してるだろうから、ある程度進んだらナビで場所を確認しよう、って話になっている。お互いに動いた結果生じる齟齬《そご》を修正しないと、延々と探し回ることになっちゃうからね。

「ちなみに、ヴィルさんはどのあたりで目が覚めたんですか？」

「そうだな……確かあの辺りだ」

歩きがてら話を振ってみると、ヴィルさんがさっきまでいた場所のすぐ近くに指で円を描く。距離的には、思ったよりも近くにいたんだなぁ。

ただ、あちこち曲がったり、分岐してたりも多いから、それで合流までに時間がかかったんだろう。

「目が覚めた時、セレも床に落ちていてな…………これはもう死んでるんじゃないかと……」

『ああ〜〜。あのせつは、ご心配をおかけしました〜〜〜』

その時のことを思い出したのか、思わずという様子で苦笑を浮かべるヴィルさんに、セレちゃんがゆらりと尾びれを揺らす。

うーん……デジャヴュ。似たようなことやってるなぁ、私たち。

そんな他愛《たわい》ない話をしているうちに、道は分岐に差しかかった。メモに従うなら、右に曲がるのが最短ルートだ。

「あ！　そこの分岐を右です。ちょっと先見てみますね！」

「ああ。頼むぞ、リン」

罠《わな》がないか、敵がいないか……。曲がり角からほんの少しだけ顔を出して、進むべき道の先を覗き込んだ。思いっきり覗き込んで、敵に見つかったりしたら元も子もないからね！

スキルのアラートは、黄色。これは、〝直接的に命の危険はないけど、危ないことがないわけじゃないから注意しろ〟って意味。

確かに、パッと見はなんにもいないように見えるけど……さっきのミラーフィッシュの例もあるわけだし。〝なにもいない〟は〝敵がいない〟ってわけじゃないんだよなぁ。

「当座のところは大丈夫そう、です」

「わかった。引き続き、警戒を続けてくれ」

なにかあってもすぐに動けるよう、周囲に気をつけながら分岐に足を踏み入れる。心なしか、ヴィルさんの声も少し硬いように思える。

なにしろ、ここの通路、これまでの通路以上にボロボロだし、ところどころに瘤《こぶ》みたいな塊ができてるしで、歩きにくいことこの上ないいん、だ……よ……？

「……ん？　んんんん？？？　生存戦略《サバイバル》さんが反応してる？」

足元や壁が瘤だらけ……かと思ったんだけど、その上に浮かぶのは黄色アラートだ。

【ディープブルーアバロン（非常に美味）

海底に生息する巻貝の一種。別名【悪食鮑《グロスイーター》】。ヤスリ状の舌で、魔素や魔力を周囲の材質ごと舐《な》め取ることで捕食、吸収する。そのため、ディープブルーアバロンに捕食されたものは多少なりとも強度が落ち、脆《もろ》くなってしまう。

非常に美味だが、生息地域が地域だけに捕獲が非常に難しい。海辺のダンジョンで発見されることもあるが、それも稀《まれ》であり、市場に出回ることはほとんどない。

文献に『王侯貴族の大宴会に一つだけ供されたことがある』と記載される程度には希少な逸品。

大きければ大きいほど味がいいが、吸盤状の身肉で張り付いているため、剥《は》がすには力が必要。

ネコ科の魔獣に食べさせると耳が溶けるという俗説があるが、これは迷信であり、実際は食べても健康被害はない】

…………え……？　希少な逸品……？　しかも、非常に美味、だって⁉

この、足元とか壁にへばりついてる、コレが？？？　え、えぇぇぇぇぇぇぇぇ？　外見からは、とてもそうは見えないんだけど……生存戦略《サバイバル》さんが嘘ついたことはないしなぁ。

というか、〝ディープブルーアバロンに捕食されたものは多少なりとも強度が落ち、脆くなってしまう〟って説明に書いてあるじゃん！　ここの階層の床と壁がボロボロなのって、確実にこいつらのせいでしょ！

おのれ……よくも野営車両《モーターハウス》が走れないほど床を脆くしやがって！！！

「ヴィルさん、ヴィルさん！　この足元とか壁の瘤、高級食材らしいので獲っていきましょう！　決して八つ当たり、っていうわけじゃないんですけど！」

「こうきゅ……っ、この瘤がか？」

『これ、たべる？　たべるの？』

「ええ。生存戦略《サバイバル》さんによると、貝の一種らしくて……味も非常にいいみたいですよ」

私たちの視線の先にはあるものは、床にへばりついてるひときわ大きな瘤状の塊。

これが高級食材っていうなら、あんだけ大きかったらどれだけの価値があるんだろう？　しかも、大きい方が美味しいっていうなら、アレは絶品って言ってもよさそうじゃない？

おみそに食べさせても大丈夫っぽいし、これはもう駆逐して気分をすっきりさせるよりほかにないくない？

『朕！　朕が、いっぱい、とる！！！　シュッシュッてする！』

目を輝かせたごまみそが、床の瘤めがけて意気高らかに前脚を振るう……けど……。

「…………ごまみそは苦労してるようだが、アレはいったいどうやって獲るんだ？」

猫パンチを受けても一向に動く気配のない……それどころか、一層強固に床にへばりついた瘤を見て、ヴィルさんが首を傾げる。

「多分、こう……ヘラ的なものを突っ込んで、貝が防御反応を示すより先にくっついてるところから引き剥がすんだと思うんですよ」

カサガイとかを獲る時みたいに、貝が油断してる隙を狙ってテコの原理で引っぺがすんだと思うんだ。一撃で剥がせないと、今のごまみそみたいにしっかりと張り付かれてどうしようもなくなるんだろうなぁ。

言って、私も磯釣りの関連動画で見たことがあるだけなんだけどもさ。

そんなことを思いつつ、身振り手振りを駆使して伝えてみれば、ヴィルさんは得心がいったようだった。

背負った大剣を構えて狙いを澄まし……。

銀色の光が瞬いたかと思うと、次の瞬間にはヴィルさんの手元に瘤が……特大のディープブルーアバロンが収まっていた。

まさに電光石火。目にもとまらぬ早業って、こういうのを言うんだろうね。

「なるほど……ポコッと外れる感触が、なかなか面白いな」

「わー！！！　ひっくり返すと確かに貝っぽい！　アワビとか、そんな感じのアレだ！」

殻の中で、クリーム色の身肉がむにょんみにょん蠢《うごめ》いてるー！　見るから肉厚で美味しそう、ではあるのかな？

「次の休憩の時には、これを使って一品作ろうかな？　お刺身とか、炊き込みご飯とか……バターでソテーするのも美味しいかも……！」

「なるほど？　それなら、もっとたくさんあった方がいいな」

……あ……。ヴィルさんの目が、完全に獲物を狙う目になった！　ごまみそも相変わらず腕をシュッシュッて振ってるし。高級食材恐るべし……！

「悪いが、俺たちの夕飯にでもなってもらうぞ！」

『ごはん！　朕の、ごはん！』

ヴィルさんの剣がアワビもどきと地面の間にするりと潜り込んだかと思うと、瘤が面白いように白い身肉を晒《さら》してひっくり返る。それを猫パンチで私の方まで転がすのはごまみその役目だ。

食べ物のことになると、いつも以上に力を発揮する食いしん坊同盟メンバーのおかげで、床と言わず壁と言わず……引っついていた瘤があっという間に駆逐されていく。

『そいつら、壁とか床の材質ごと魔力と加護を吸い取っちゃうので、建物が脆くなっちゃうんですよ～～。へばりつく力が強いし、わたしたちだけじゃ除去するの大変だったんです～～～！』

陸じゃあ高級品だろうけど、女神さまの加護と威容で保ってる神殿から魔力と加護を吸い取る生物なんて、普通に害獣扱いだわな。ちょっと怒ったようなセレちゃんが、こちらに転がってきたアワビもどきにぺちぺちと体当たりを繰り返す。

なるほど。さっきの階でアワビモドキを見かけなかったのは、元々の建物でセレちゃんとラズくんがこまめに取り除いてくれていたおかげで、個体数が少なかった、ってことか！

二人ともエラい！　超エラい！

『ここは神殿じゃないですけど、ちょっとスッキリしました〜〜！　ありがとうございます〜！』

瞬く間に数を減らしていくアワビもどきに、セレちゃんが快哉《かいさい》を叫んだ。ちょっぴり黒いオーラが出てるような気がするけど、このアワビもどきにだいぶ手を焼いてたような雰囲気がビシバシ伝わってくるし……多少は仕方ないか。

そりゃあもういい笑顔でヴィルさんたちがドでかアワビを狩っていく様を、セレちゃんは嬉《うれ》しそうに見守ってる。ざまあみろの精神というか、因果応報の心というか……私たちはご飯の材料を獲ってただけなんだけど、少しでもお役に立てたなら幸いですな。

ちなみに、私の今のお仕事は、転がってきたアワビを顕現した野営車両《モーターハウス》の中に放り込むことですよ！　野営車両《モーターハウス》の仇《かたき》だ！　お前らみんな美味しいご飯にしてやる！

「これで、食えそうなやつはだいたい狩りきれたか？」

『むふー！　朕、がんばった！』

大した時間も食わず、見える範囲の瘤がきれいさっぱり駆除された……といっても、へばりついてたのが結構大きい個体だったせいか、個数自体はそんなでもない。

汗一つかいていないヴィルさんの足元で、ご満悦そうにごまみそが胸を張っている。

「このくらいなら、私たちだけで食べきれちゃいそうですねぇ」

高級品と聞いて、たくさん獲れたらギルドで買い取ってもらおうかとも考えたんだけど……このくらいなら、みんなと合流できた後の晩ご飯で食べきれちゃうんじゃなかろうか。

山賊焼きだか、海賊焼きだか、っていうんだっけ？　生きたままのアワビを直火にかける調理法。焼き立てのところにバターとお醤油《しょうゆ》落として、肝ごと切り分けた身を食べたら濃厚で美味《おい》しいと思うんだよねぇ。

それでももし余ったら、とろ火で煮貝にしてもいいかな？

「美味しい上に、セレちゃんと通路の仇も取れて。一石二鳥だなぁ」

『ありがとうございます！　あいつらを除去するたび、この光景を思い出して頑張ります～～』

鮮やかな青色が、嬉しそうに私たちの周りをくるくると泳ぐ。

「あ。野営車両《モーターハウス》を出したついでに、あっちのチームの動向を確認しておきますか」

「そうだな。あれから何か動きがあったかもしれないしな」

せっかく野営車両《モーターハウス》出したんだし、すりあわせをしない手もないか、と。ヴィルさんと私はドアを開け放ったまま野営車両《モーターハウス》に乗り込んだ。セレちゃんとごまみそは、海と加護との境目のギリギリで、出たり入ったり……平和なチキンレースを楽しんでいる。

「ん？　あれ？　アリアさんたち、さっきの場所から動いてないように見えるんですが……消耗を防ぐべく、私たちが来るのを待ってる、とかですかね？」

アリアさんたちを示す目的地のピンは、さっきと同様、少し開けた場所から動いていなかった。

私としては、補給ができない分、動き回って体力を消耗するよりその場に留まって私たちを待つことを選んだのかな、って思ったんだけど……ヴィルさんはそうじゃない、って言う。

「あいつらは、俺たちとはぐれたことがわかっているのに、補給ができないからといって同じ場所に留まり続けるほど消極的なやつらじゃない」

「……ってことは、あそこに留まり続けている理由がある、ってことですよね？」

「ああ。おそらくな。それも、そこそこ長い時間あそこに釘付《くぎづ》けにならざるを得ない理由が、だ」

ヴィルさんの言葉に、背筋が震えた。自分の顔から、さっと血の気が引いたのがわかる。

みんな一緒にいるから安心できる……って思ってたけど、事態は私が思ってる以上に悪いのかもしれない。

「回復魔法が使えるセノンがいる以上、誰かが怪我をして動けない……という線は少ないだろう」

「逆に、回復役のセノンさん自身がひどい怪我をしていて目を覚まさない、とか？」

「その可能性もあるし……………もしくは、そこから動けないほどの敵に包囲されてる……か？」

うわー！　ダメだ！　想像の中のアリアさんたちが、どんどんボロボロになっていく。

ほかの可能性を考えようと頑張っても、悪い方にばっかり意識が向いちゃうよぅ！

あああ……こんな時、野営車両《モーターハウス》で走れれば、みんなのところにすぐに着けるのに！　アワビもどきのせいで床がボロボロで走れないなんて……！

気ばかりが焦る私の足に、てしっと重みがかかる。

『なーあ、はやくココ、行きたいのー？』

落ちた視線の先では、足元に座ったごまみそがアーモンド形の目をキラキラさせて私を見上げている。

……いや、可愛《かわい》いよ？　可愛いと思うけど！　今はそれどころじゃないんだよぅ！　座り込んでるごまみそには悪いけど、一刻も早く出発しなくっちゃ！

「うん！　可及的速やかに！　できる限り早く！　だから、ほら……行くよ、おみそ……」

『ふぅん。それじゃあなーあ、朕にのると、はやいよー』

「んぇ？　ちょ、ちょっと、ごまみそ⁉」

仔猫《こねこ》を抱き上げようと伸ばした腕は、ずいぶんと中途半端なところで止まってしまった。成獣サイズのごまみその背中が、そこにあったせいだ。しなやかな筋肉を覆う柔らかな毛に、掌《てのひら》の全部がもふりと埋まる。

肩乗りサイズだった仔猫が、いきなり虎みたいなサイズになったらびっくりするんですけど！

確かに、ミール様の騒動の時とか、ドラーウェアム戦の時に〝大きくもなれる！〟って本猫が言ってたけど……今回はなんでおっきくなったのさ？

『んふふ～～！　朕なー、ちょーとっきゅーだから！』

「いや、超特急ってなに……ぇ、うわっっ！」

「待て、ごまみそ！！！」

少々厳つくはなったけれど、得意げに胸を張るその顔は仔猫の時の面影を色濃く残していた。

頭に浮かんだ疑問が解決する前に、伸びてきた尻尾《しっぽ》で足を掬《すく》われた。バランスを崩した身体は、そのまま下に滑り込んできた大きな身体に乗り上げる。

続いて背中に走る衝撃は、引っ張られてきたヴィルさんが私の後ろに倒れ込んできたことによるものだ。肩越しに振り返ると、困惑しきったイチゴ色の瞳も私を見つめている。

思うことは同じだ。

――コレは、マズかろうと……！――

『みんななー、ちゃんとなー、つかまっててなー！』

ハテナマークで埋め尽くされていた頭が、ごまみその言っていることを理解した瞬間。本能的に身体が動いた。

私がすぐそばでふよふよと泳いでいるセレちゃんを捕まえて、ヴィルさんが私をがしりと抱えた直後に、ごまみその広い背中がしなやかに丸まる。

そこからは、あっと思う間もなかった。

『にゃは～～～～！　朕はやーい！』

「――――っっっ！！！！！！」

全身をばねのように使って、ごまみそがロケットのように走り出した。どっしりした足が軽やかに地面を蹴ったかと思うと、大きな翼がはためいてより強い推進力を生む。

翼の浮力があるおかげで、最小限の接地で済んでいるせいもあるんだろう。足元の悪さを気にも留めず、ごまみそは楽しそうに回廊を駆け抜ける。

その速さたるや、引き攣った喉《のど》から迸《ほとばし》る悲鳴すら置いてけぼりにしているようだ。景色も、悲鳴も、飛ぶように流れ去っていく。

「う、うわぁ……凄《すご》い……！」

『んはは～～！　朕すごいでしょー？　はやいでしょー？』

ぐんぐんと水を切って進むごまみそに乗っている私の視界は、不思議なくらいにブレなかった。

これだけ激しく走ってるなら、ガクガク揺れてしかるべきなのに、だ。

私をちらりと振り返ったごまみそが、なんとも無邪気な顔で笑う。その顔は〝ペカーッ☆〟という擬音でも付いていそうなくらい。

身体は大きくなったけど、精神的には全く変わってないな、おみそ……。

「ごま！　ごまみそ！　今のとこ右だった！　止まって止まって～～～！」

『んぇ～～？　朕、なにかまちがっちゃったぁ？』

鬣《たてがみ》を引っ張って制止をかけると、それはもう不思議そうな顔で振り返った猫がぴたりと足を止めてくれた。太くて長い尻尾がバランスを取るように大きく左右に揺れる。

慣性の法則とか空走距離とか……もろもろの物理法則を無視した急停止の衝撃は、思っていた以上に小さい。

「ぅひゃあ！　お、思った以上にすぐに止まってくれた……！」

「うおぉっっ!?　あのスピードからの急停止とは……器用なものだな！」

それでも、衝撃がなかったわけじゃない。ヴィルさんが押さえていてくれなかったら、おみその背中から転げ落ちるところだった！　掌の中に囲ったセレちゃんも、潰さなくてよかった！

手を開いてセレちゃんを解放する。最初のうちは何が起きたかわかってないのか硬直しっぱなしだったけど……すぐに我に返ったのか、猛スピードでその場をぐるぐる泳ぎ始めた。

『わ～！　わ～～～‼　なんですか、アレ！　すごかったですねぇ！』

セレちゃんも、だいぶ興奮してるみたいだ。

はしゃぐ魚が作る水流になぶられながら、手元のメモで現在地を照らし合わせる。ごまみそがすぐに言うことを聞いてくれたおかげで、ほんのちょっと戻るだけで進む予定のルートに戻れそうだ。

「ありがとね、おみそ。おかげで、ずいぶん早く進めたよ」

『あれ～？　おりちゃうの～～～？』

存外に乗り心地の良かった特急ごまみそ号から降車すると、途端にしょんぼりと尻尾が落ちた。

こてりと小首を傾《かし》げて私を見上げるごまみその額を指先でひっかくように撫《な》でてやると、気持ちよさそうに喉を鳴らす。その音はずいぶん野太くなったけど、ご機嫌そうな様子はちっとも変わらない。

「うーん。確かにごまみそは速かったけど……無理をさせたいわけじゃないからねぇ」

確かに、ごまみそが走ってくれたおかげでかなり距離は稼げたよ？　稼げたけど……別に、ごまみそ一人に頑張ってほしいわけじゃないんだもん。

バスケットボールサイズとはいえ、仔猫時代を知ってる……というか、いまだって十分仔猫なのに、いきなりこんなに大きくなって……！　身体に負担だってかかってるだろうなぁ、と思うとさあ……。

確かに、ごまみその背中に乗るのは楽しかったけど、このまま乗り続けるには罪悪感が凄すぎる……！

「だから……ほら。おいで、ごまみそ」

ひょいと腕を広げると、傾いでいた翼山猫《ウイングリユンクス》の首がしゃんと直る。厳《いか》つい顔が見てわかるくらいにふにゃと破顔したかと思うと、私に向かって地を蹴った。

私の腕をいっぱいに広げても足りない大きな身体が、滞空中にどんどん小さくなっていく光景は、よくできたアニメでも観ているような気分だ。

あっという間に私の腕に納まるサイズに戻ったごまみそを、抱き留めついでに抱き締める。海の中なのにフワフワの腹毛を吸い込むと、温かい太陽の匂いがする。

「お疲れさま、ごまみそ。ありがとうねぇ」

「ああ。ごまみそのおかげで、予想以上に距離を稼げた。ありがとうな」

『んふふ～～♡　朕なー、ゆうしうだからなー！』

私に抱かれごまみそはドヤァと胸を張ってるけど、急に大きくなったり全力で走ったりした疲れが出たんだろう。私とヴィルさんに次々頭を撫でられているうちに、その頭がこくりこくりと船をこぎ始める。

「気持ちはね、すごく嬉しかったよ、ごまみそ。ありがとう」

『ん……ちん、がんばった、でしょぉ……』

「頑張った、頑張った！　今はちょっと寝てなー？」

小さくなった身体を揺すってやると、ごまみそがうにゃもにゃ言いながら顔をこすりつけてくる。

ごまみその頑張りを無駄にしないためにも、早くみんなと合流しなくちゃなぁ……。

腕の中の塊をぎゅうっと抱きしめながら、改めてそう思った。


ヴィルさんと私がメインメンバーの食いしん坊チームは、ごまみそが道を曲がり損ねた以外は、特に大きな問題もなく進むことができていた。

『朕なー、いいこだったもんなー』

さっきまでぷーすか眠っていたおみそは、すっかり元気を充電できたようだ。私の肩の上で、むふんと胸を張り四肢を突っ張って、得意げに翼と尻尾を揺らしている。

でも、それだけの権利がごまみそにはある。おみそのおかげで、思ったよりも短時間で距離も稼げたわけだもんねぇ。

ありがたいことに厄介な敵も今のところは出てきてないし、この分だと想定してるよりも早くセノエアーチームに合流できそうかも！

「大丈夫か、リン。ずいぶん重そうに見えるが？」

「このくらいなら大丈夫です！　見た目は大きくなってますけど、意外と軽いんですよ」

心配そうにヴィルさんが視線を送る先は、バスケットボールよりも一回りほど大きくなっていたごまみそだ。

出会った時と比べて見た目は大きくなったけど、起きている時は魔力による自重操作ができるせいか、羽根みたいに軽いんだ……なんて。自分がこんな少女漫画のヒーローみたいなことを考えることになるなんて思わなかったぜ……！

まさか、今後はごまみそが桜に攫《さら》われないよう気をつけたり、パンを咥《くわ》えたごまみそと曲がり角でぶつかった後に学校で再会したり、「あー！」ってお互いを指さして叫ばなきゃいけない場面が出てくるとか、ないよね？　え？　そもそも古すぎるって？　ほっといて！

仔猫の健やかな成長をしみじみと感じつつ、ごまみそが曲がり損ねた道まで戻ったところで、損傷が少しマシな床に野営車両《モーターハウス》を顕現する。

ルートの確認がてら、みんなの居場所を再確認しておこうと思ったんだけど……。

「あ！　あ！　見てください、ヴィルさん！　向こうのチームが移動を開始してます！」

「本当か、リン！」

「はい！　しかも、進行方向は私たち方面です！　きっと、向こうのラズくんがセレちゃんを目指して先導してくれてるんだと思います」

さっきまで、ちょっとした小部屋というか広場的な場所にいたはずのセノエアーチームが、その先の通路まで移動していた。しかも、現在進行形で動き続けてるじゃん！

「ピンが動いている、ということは、あいつらは無事、ということか」

「ええ。その通りだと思います！」

動く点Pよろしく画面内を移動する赤いピンを見て、ヴィルさんがわずかに表情を緩めた。安堵《あんど》したように息を漏らす音が耳に届く。

そりゃ当然か。ヴィルさんの立場からしたら、みんなのことが心配で仕方なかっただろうしなぁ。

まぁ、みんなの居場所をナビで確認するとちゃんと表示されるし、セレちゃんもラズくんの気配を感じる、って言うから、まだ生存してる……ってことだと思うし！

行程が問題なく進むことで、ヴィルさんももっと安心できるようになってくれればいいんだけど……。

「それにしても、瞬時にあいつらの所に行く道が表示されるとは……相も変わらず規格外だな、リンのスキルは……！」

ヴィルさんが驚いたように目を丸くするけど、私も本当にそう思います。野営車両《モーターハウス》も、生存戦略《サバイバル》さんも、我がスキルながら本当に優秀なんだよなぁ……！

だからこそ、それをもっと生かせるよう、使い手の私はもっと精進しないと！

「そこの足元ダメです、ヴィルさん！」

突然視界に現れたアラートに、反射的に声を上げた。

瞬時に反応してくれたヴィルさんが足を引いた途端、ヴィルさんが足を乗せた床がボコリと抜け落ちる。

あと一瞬遅かったら、そのまま落ちてたんじゃなかろうか？

見た目は何の変哲もない床だったのに、そこまで脆《もろ》かったたなんて！

「ん。すまん、リン。助かった」

「見た目以上にボロボロになってる床もありますね……野営車両《モーターハウス》を召喚する場所も気をつけないい

と」

『きっと、あのアワビモドキのせいです～～！　あいつらめ～～～～！』

ひゅ、と息を飲むヴィルさんのそばで、セレちゃんが憎々しげに呻《うめ》く。

気持ちはわかるよー！

私も、「あいつらの妨害がなければ、野営車両《モーターハウス》でガーッと走れたのにー！！！」って思うもん！

……っていうか、この穴がアワビモドキの仕業ってことは、あいつらに捕食されると表面から浸食されるだけじゃなく、内側もボロボロになっちゃうわけ？

いや。内側もボロボロになるっていうより、床の継ぎ目とか、そういう構造も脆くしちゃうんだろう。『材質を脆くする』みたいなことが書かれてたし。

……てことは、見た目は大丈夫でも、実際に歩こうとしたらさっきみたいに床が落ちたりする可能性があるってことじゃん！　……えええぇぇぇ……ちょっとヤバすぎない？

ごまみそってば、よく床を抜け落ちさせずに走れたもんだよ！　今さらながら凄いって思った。

幸い、いざっていう時は生存戦略《サバイバル》さんがさっきみたいに反応をしてくれるみたいだし、今後はそれにも気をつければいいか！

さっき、野営車両《モーターハウス》のナビで確認した限りでは、お互いに正解のルートを選んでいけばもう少し先で合流できそうだった。向こうが道を逸れても、私たちが適宜ルートを修正すればいい話なわけだし。

「……ともかく今は、いろんなことに気をつけながら先に進みましょう！」

「ああ。トラブルが起きることを心配するより、はぐれたあいつらと合流するのが先決か」

そう。私たちにできるのは、ともかく先に進むことだけ！　まずは、この見るからにぼろい回廊を攻略しないと。

足元にも、頭上にも、霞《かすみ》がかかったように見えにくい回廊の先も……全方向に視線と神経を張り巡らしながら、その上でできる限りのスピードで進む。

……うぅん……！　みんなこんな高等技術を駆使していっつも依頼をこなしてんのか！　集中力エグいなぁ。

まだまだ慣れていないせいか、気を抜いたら何かをうっかり見落としちゃいそうで怖いよー！

頼みの綱の野営車両《モーターハウス》も、今進んでるところが荒れ放題なせいで怖くて出せないし！

「さっき確認した限り、方向はこっちで合ってると思うんだけど……確証が持てないなぁ」

「安心しろ、リン。進んでいることは事実なんだ。あいつらもこちらを探しているんだろうし、もうすぐ会えるさ」

『そうです、そうです～！　ラズの気配も近づいてますから、大丈夫ですよ～～！』

地図代わりのメモ帳片手に首を傾《かし》げる私の背中に、ヴィルさんの手とセレちゃんの胸びれが当てられる。

ヴィルさんも、セレちゃんも。自分だって仲間とか片割れのことが心配だろうに、私のことを励ましてくれてるんだなぁって思うと、胸の奥にジワリと温かいものが滲《にじ》む。

「ヴィルさんも、セレちゃんも……ありがとうございます！」

『そー！　朕がついてるし！　だいじょーぶ！』

「ごまみそも、ありがとうね！」

てしてしと尻尾《しっぽ》で背中を叩《たた》いてくるごまみそも、私の頬っぺたにグリグリと頭を押し付けてくるし。

心強い仲間に後押しされて、目の前の角を曲がった途端。

「……ん？　あれ？　なんか、どこかから物音が聞こえませんか？」

硬い何かがぶつかるような音や、人の声らしきものが聞こえてきた。通路の中で音が反響し合うせいで、音の発生源は特定できない。

でも、この声は……！

「これ、アリアさんたちじゃないですか⁉」

「ああ！　おそらく、戦闘中なんだろう！　急ぐぞ、リン！」

「急ぐって言っても、音の出所が……今、野営車両《モーターハウス》出して確認を……」

音が聞こえるくらい近くに、みんながいる！　気ばかりが焦る私たちの前に、すうっと青い魚体が泳ぎ寄ってきた。

『このくらいの距離になれば、ラズの気配がはっきりわかります～～！　すぐ近くまでご案内できますよ～～～！』

黄色い縞《しま》の入った魚体を揺らし、セレちゃんがクルクルと泳ぎまわる。表情こそ変わらないけど、纏《まと》う雰囲気が一気に明るくなってる！

……そういえば、魚は特有のレーダー器官・側線があるもんな！　水圧とか、水流だけじゃなく、水の振動なんかも感じることができるから、戦闘の気配を私たちより敏感に感じ取れるんだろう。

この側線ってやつは繊細な器官でさぁ。岸を歩く時の振動も感じ取れちゃうから、魚を警戒させたくない釣り人にとっては厄介な器官なわけよ。

まさか、厄介者扱いしていたその側線に、今回は助けられるなんて……！　魚が生きていくために大事な器官、っていうのが、実感として理解できた気がする。

『ヴィルさん、リンさん、ねこちゃんも～～！　さあ、いきますよ～～～！』

ラズくんが……ひいては、セノエアーチームがいるであろう方向目指して、セレちゃんがダッシュする。

それを追いかける私たちの足は、どうしても鈍りがちだ。すぐ近くに仲間がいることがわかって、一刻も早く合流したいのは私たちもおんなじだけど……足元の悪さがネックなんだよぅ！

「あ！　あ！　ここダメ！　あそこも⁉　え、こっちはＯＫ？」

必死にセレちゃんを追いかけてても、目の前にアラートが出れば本能的に危険を察知した身体が固まって動きが止まる。

こういう時は、足元の悪さは関係ないセレちゃんが羨《うらや》ましいなぁ。

『なーあ。さっきみたいに、朕がおっきくなったげよーかぁ？』

おっかなびっくりの私の足元を軽やかに駆けるごまみそが、また巨大化するそぶりを見せる。

あー！　確かに、さっきみたいにごまみそに乗せてもらえば足元の心配はないんだろうけど……。

「今は大丈夫！　それより、敵がいたら倒すの手伝ってあげてほしいな」

「ああ。ごまみそは、今は力を温存しておいてくれ。この場は俺たちが踏ん張るさ」

移動で力を使うより、戦闘面で力を発揮してもらった方がいいかな、って。

確かにちょっともたついてはいるけど、前と比べれば、アラートに対する反応速度は格段に上がってるし、セレちゃんも、時々こっちを振り返りながら先導してくれてるから迷子になる心配もないし。ごまみそに負担をかけなくても、そこそこ迅速に進めると思うんだ。

デコボコの道を必死で駆け抜け、あちこちの角をいくつも曲がって……。

「ヴィルさん、ヴィルさん！　音が近づいてる気がしませんか？」

「そうだな。この分だとかなり近いぞ！」

腹の底に響く振動と、複数の人が口々に何かを叫ぶ声。それらが、反響してててもどっちから聞こえてくるのかわかるくらいになってる！

もう少しで合流できると思うと、地を蹴る足に力が籠《こも》る。踵《かかと》の下の床がぼろりと崩れ落ちたのが伝わってくるけど、落ちるかも……という恐怖はもう感じなかった。

それよりも、みんなに会いたい気持ちが勝ったせいだ。そんなに長時間離れていたわけじゃないけど、みんなの顔が見たくてしかたなかった。アリアさんの、エドさんの、セノンさんの……もちろん、ラズくんの声が聴きたかった。

みんなで顔を見合わせて、再び走り出したその瞬間。ぐわんと頭の中が撓《たわ》むような衝撃と、パァンと何かが破裂するような甲高い音が私たちに襲いかかってきた。

先頭を行くセレちゃんが床に落ち……次いで、私の足元を駆けてたごまみそが勢いよく床の上に倒れ込む。

「セレちゃん！　ごまみそ！」

『う～～～……頭がガンガンします～～～……！』

『おみみいたい～～～～！　朕のかあいいおみみ～～～～‼』

この衝撃と音は、私ですらしばらく耳がキーンとしちゃったくらいの威力があった。ヴィルさんも耳を押さえて呻いてる。

突然の事態だったとはいえ、思った以上にダメージを受けちゃってるじゃん！

側線があるセレちゃんと、ただでさえ耳がいいごまみそにはもっと痛手だっただろう。二人（二匹？）とも床の上に転がって、ゴロゴロと身悶《みもだ》えてるし……！

片腕でおみそを抱き上げ、もう片方の掌《てのひら》でセレちゃんを掬《すく》った私の横で、不快感を振り払うようにヴィルさんが頭を振りたてる。

「…………魔法の音でも、アリアの糸が出す音でもないな」

「っっ……！　急ぎましょう、ヴィルさん！」

眉根《まゆね》を寄せたヴィルさんの表情が一気に曇る。確かに、エドさんやセノンさんの魔法でも、アリアさんの操糸でもないとなれば……この音の正体は敵の攻撃の可能性が高い。

身構えてたけど、あんなに大きな音はあれっきりだ。戦闘が終わったのか、それとも……。

「――っっ、あ、うわぁぁっっ！」

不吉な考えに支配されたまま、すぐ近くの角を勢いよく曲がろうとして……向こうから来た何かにドスンとぶつかっちゃった！　出会い頭の正面衝突な上に、反動で尻《しり》もちをついちゃうくらいの勢いって……！　もしこれが車に乗ってる時だったら、ひどい事故になってたじゃん！

せめて正体を確認しようと顔を上げた私を見下ろすのは、驚いたように丸まった薄氷《うすらい》の瞳《ひとみ》。その後ろには、天上の青と若葉の緑を宿した瞳も並んでいて……。

「あ、アリアさん……？　エドさんと、セノンさんも……」

「り……リン……リン！」

あまりに予期せぬ再会に、思わず目が瞬いた。だって、だって……！　こんな突然に合流できるなんて思わなかったんだもん！

え？　え？　これ、私に都合の良い幻覚とかじゃない、よね……？

あまりに信じられなくて、間抜けにもぽかんと口が開きっぱなしになる。そんな私の前で、息を弾ませた可愛《かわい》い系の美人さんがかくりとひざを折った。

「ぶじ……ぶじだった……リンも、ヴィルも、無事だった！！！」

「アリアさんも……アリアさんたちも、みんなご無事で何よりです！！！」

伸びてきた細い腕が私の身体に巻き付いた。おずおずと抱きしめ返す掌に、ひやりとした冷たさが伝わってくる。

……夢じゃ、ない……！

今ここに、ほんとにアリアさんがいるんだ！　私の幻覚なんかじゃない！！！

今度こそ、込み上げてくるものを殺せなかった。再会に沸く青色が二つ、喜びのままにくるくると踊りまわるのが滲んで歪《ゆが》む。

「エド！　アリア！　セノン！　無事だったか⁉」

「ヴィル～～～～！！！！　やっと会えたあああああ！」

「まさか分断されるとは思いませんでしたよ！」

床に座り込んで抱き合う私たちの頭の上で、ヴィルさんたちも再会を喜んでるみたいだ。三人が拳《こぶし》を打ち合わせる音が聞こえてくる。

「そういえば、さっき凄《すご》い音が聞こえてきたんですが、みなさんは大丈夫なんですか？」

「ああ、リンたちにも聞こえていましたか」

「そーなんだよ、リンちゃん！　ちょっと厄介な相手に遭遇しちゃってさあ！」

アリアさんを立ち上がらせたエドさんが顔中にクチャッとシワを寄せると、私に手を貸してくれたセノンさんが困ったように眉《まゆ》を下げる。

この口ぶりからすると、セノエアーチームは何かと戦ってたせいで足止めされてたっぽいな。

「私たちだけでは、どうにも決定打に欠けてしまって。隙をついて眠らせて、逃げ出してきたんです……なかなか上手《うま》くいかないものですね」

「皆さんの居場所を調べた時に、ずいぶんと立ち止まってるなぁ……と思ったんですが。ずいぶんと厄介な相手と戦ってたんですね」

音が止まったのは、戦闘から一時離脱したせいか！　みんなが怪我して戦闘不能になった、とかじゃなくてよかった……！

倒せなかったことが悔しかったのか、はたまた別の感情か……。眉と肩を落とし、平素よりちょっとしょぼくれているセノンさんが、当時の状況を教えてくれた。どうりで長い時間あそこに釘付《くぎづ》けになってたわけだ。相性が悪すぎて膠着状態《こうちゃくじょうたい》になってたのかぁ……。

申し訳ないけど、納得のあまりうんうん頷《うなず》いちゃったよ。

「…………ってことは、今は少しでも相手を振り切らなきゃまずいってことですよね！」

「そういうことになるな！　俺たちが来た方向なら敵もいなかったし、そちらに抜けるか」

声を上げた私に賛同してくれたヴィルさんと一緒に、アリアさんたちが走ってきた方向に目を凝らしてみた。闇に飲まれている回廊の奥は、今は不気味なくらいに静まり返ったままだ。

セノンさんたちが戦っていた何かが追いかけてきてる気配はなさそうだけど、敵がいつ出現するかなんて、ダンジョンの中じゃわかんないもん。いきなりワープしてくる、なんてこともあるかもしれないしさ。

さっきまで息を切らしていたアリアさんたちも、ちょっとは落ち着いたみたいだし、一刻も早くこの場を離れた方が良さそう、かな。

「ちょっと戻りますけど、野営車両《モーターハウス》が置けた場所があったんです。そこで休憩して、体力を回復させましょう！」

多少息が戻ったとはいえ、完全に回復したわけじゃない。少しでもみんなを鼓舞するとっかかりになれば、と思って休憩を提案してみたら……。

「うぅ……そういえば……おなか、へった……」

「リンちゃんが【暴食の卓《ウチ》】に来てくれてよかったよぉ〜〜〜！」

「ええ、本当に。命が助かります」

効果は覿面《てきめん》だったよね！　ボロボロのヘロヘロだったセノエアーチームの目に、一気に光が戻ってきた。

「食材も途中で調達できてますし、お腹いっぱいになるまで食べてくださいね！」

「リン……！　サイコー！！！」

感極まったアリアさんに押し倒されそうになったところを、すんでのところでヴィルさんに支えられて事なきを得る。

モンスターハズバンドの視線は痛いし、微笑《ほほえ》ましく見守ってくれる長命種《エルフさん》の視線も心に刺さるけど……とにもかくにも、みんな無事に合流できてよかった……！

「なので、あとはご飯番にお任せです！」

ここからは、荷物運び《ポーター》の私じゃなくて、ご飯番の私の出番ですよ！

比較的足場がしっかりしているところに野営車両《モーターハウス》を召喚し、中のキッチンでグイッと袖を捲《まく》り上《あ》げる。

「さーて！　まずはミラーフィッシュからいきましょうかね！」

まず手を付けるべきは、下処理をされてるミラーフィッシュから。これを食べてもらってる間にアワビモドキをどうこうしよう、って算段ですね！

幸い、周囲が低温っぽかったおかげで、鮮度が下がってる感は全くない。身もきれいな白身だし、これは美味しそうですよぉ！

「バター焼きとかムニエルも美味しそうだけど、もう少しカロリーが欲しいよね？」

かといって、ガチの揚げ物は大変だし……フリッター風の揚げ焼きとかならちょうどよく折衷できるんじゃなかろうか？

「リン。何か手伝うことはあるか？」

「ヴィルさん！　それじゃあ、お皿と飲み物用意してもらってもいいですか？」

「ああ。任された！」

ヴィルさんが冷蔵庫から麦茶を取り出したりコップを用意してくれたりしてる間に、元が魔物だなんて信じられないくらいにおいしそうな白身をぶつ切りにする。あとはこれに軽くお醬油《しょうゆ》絡めーの、スターチをちょっと混ぜた小麦粉をベースに作った衣をつけーのして……たっぷりめの油を入れたフライパンで一気に焼き揚げるわけですよ！

「おみそには端っこ方をあげるとして、切り身の数は十六個か……」

あまりそうな一個の行方を気にしつつ、ミラーフィッシュを油の浅瀬に放流してやった。

ジュワアッと景気のいい音を立てて油が踊る。香ばしくてありがたーい匂いがぶわっと周囲に広がる。

揚げ焼きは、ガチ揚げ物と比べると跳ねが少ないように思えるのがありがたい、かな。

「んふふ……良い色になったねぇ！」

衣の表面が固まった頃合いを見計らって、クルリクルリとひっくり返してやって……。

油の海を泳ぐ切り身の中で、そこそこの大きさのものを菜箸《さいばし》でひょいと摘まみ上げた。箸《はし》先から
ジジジ……と微かな振動が伝わってくるから、中まで火は通ってる感じ。

まぁ、生存戦略《サバイバル》さんには鮮度がよければ生食も可能、って書いてあったし。表面にさっと熱が入って、中はレアとかでも美味しいと思う。加熱されたところと、半生のところで一粒で二度おいしい、っていうかさあ。

「…………ま、そこはね。確認してみればいいかー」

余り一個の証拠隠滅……もとい、火が通ってるかの確認は大事よな。

下心を満載して、揚げたてのじゅわじゅわ言ってるところをぱくりと口に放り込んだ。

「あふ！　ふは、はふっっ……！」

湯気があがる衣を噛《か》み破ると、歯の芯《しん》がギュッとなるくらいに熱かった。さっくさくの衣の隙間から閉じ込められていた熱い蒸気が噴き出て、一気に口の中を灼《や》く。

そんな灼熱《しやくねつ》状態でも、ミラーフィッシュは美味しかった。

ホロホロと崩れる身はきめ細かくて、小骨なんて全然気になんない。噛みしめるそばからじわっと濃い旨味が滲《にじ》み出《で》てきて、舌の根にまとわりつく。

直にお醤油を絡めたおかげで生臭さもないし、何もかけなくても美味しいんだけど！！！

口の中の熱気をハフホフ吐き出しつつ、揚がったフリッターを皿に盛っていく。

「ミラーフィッシュ美味ぁ！　これならみんなのお腹もとりあえずは満たせるかな？」

「ずいぶんといい匂いがしますね、リン」

「セノンさん！　いいところに！」

鼻をひくひくさせながらひょっこりと顔を出した美形エルフさんに渡すのは、狐色に揚がったフリッターが山盛りのお皿。アツアツの揚げ物の熱が、お皿越しにじんわり伝わる。

山盛りのフリッターにセノンさんが嬉《うれ》しそうに目を細めて……私の横に置かれた小皿――こっちには一人前のフリッターが盛られてる――に気付いたのか、青い瞳が怪訝《けげん》そうに丸くなった。

「あの、リン。その作業台の上のそのお皿は？　もしかして、一緒に食べないんですか？」

「目ざといですね、セノンさん！　お察しの通り、私は作りながら摘まみます！」

勘のいいセノンさんに、〝まだ作りたいものがあるのだ〟と。アワビモドキを手に胸を張ってみせると、形の良い眉《まゆ》がしょんぼりと下がる。

正直、食卓と調理台は目と鼻の先……というか、ほぼ隣り合ってるわけで……。一緒に食べてるようなもんですよ！

……と、私は思ったんだけど……。

「おや……それは少し残念ですね。一緒に食卓を囲めると思ったのですが」

私にとってはほんの数十センチなんだけど、セノンさんからすればだいぶ離れてるように感じるらしい。

その上で、「どうかご一緒しませんか？」なんて。腰を折って私の顔を覗《のぞ》き込んでくる。私よりはるかに上背があるのに、あざと完璧《かんぺき》な上目遣いになってるんですけど！！

あー！　困りますお客様、そんな縋《すが》る子犬のような目で見られたら、あー！　困りますお客様、あー！　あー！　お客様ー！

「ひじょ〜〜〜に心苦しいですが、あと何品か作っておきたいんです。すぐ近くにいますから、色々話しかけてください！」

「残念。フラれてしまいましたか。ですが、リンのご飯と聞いたら止めることはできませんね」

「ふふふ。腕によりかけて、美味しいもの作りますね！」

「ええ。楽しみにしています」

とはいえ、盛大に鳴き声を響かせる腹の虫には勝てなかったみたいだ。困ったように微笑んで、セノンさんがフリッターが満載された皿をキャビンのテーブルに置く。

見張りやら武器の点検をしていたメンバーも、揚げ物の匂いにつられたのか、もうすでにソファーに陣取ってるし！　エドさんがお皿配ってくれて、アリアさんがカトラリー渡してて、ヴィルさんがお茶注いでて……。見事な連係プレーですね！

「いただきます！」

「はーい！　めしあがれー！」

みんな、そうとうお腹が空いてたんだろうね。食前の祈りもそこそこに、歓声が聞こえそうな勢いでフォークがフリッターに伸びる。熱いものは熱いうちに食べるのが最高だもんね、わかる。私だってそうするもん。

「おいしい……！　ミラーフィッシュ、おいしい！」

「揚げたてのせいでしょうか？　舌だけで身がほぐれてしまうのですね」

「サックサクの衣と、ほこほこ柔らかい身のコントラストがサイコー！」

「塩気の具合がちょうどいいな。ほのかに香ばしい感じもして……いくらでも食えそうだ」

熱のこもった息をはふほふ吐き出しながら、みんなが口々に快哉《かいさい》を叫ぶ。気に入ってもらえてよかった、という安堵《あんど》が胸を満たす。

卓上には塩とかコショウとかお醤油とか――変わり種でケチャップとかマヨネーズも――、味が薄かった時用の調味料を置いてるけど、それに手が伸ばされてる様子はない。

見る間に減っていく皿の上のフリッターに、喜んでばかりはいられない。腹ペコさんたちの胃袋を満たす必要があるんだよぅ！

作りたいメニューは数々あれど、圧倒的に時間がなさすぎる！　凝った料理はまた今度、って感じ！

気合を入れついでに、自分用に取り分けておいたフリッターをもう一つ口に放り込んで。シンクの中に放り込んでおいたアワビモドキと対峙《たいじ》する。捕獲した時に、ヴィルさんが洗浄魔法をかけてくれたおかげかな、アワビモドキは殻ごとピカピカだ。洗う手間が省けるのって、急いで料理したい時には本当にありがたいよね！

心の中で感謝をささげつつ、アワビモドキの中でも小振りの――といっても、ヴィルさんの握りこぶし二つ分よりまだ大きい――ものを選んで、殻と身の間にテーブルナイフを突っ込んだ。

「ん、んん？　思ったよりも柔らかい！　もっと硬いと思ったのに」

思いきり力を籠《こ》める覚悟をしていたのに、テーブルナイフの丸い刃先がいとも簡単に身と殻とを切り離していく。

そういえば、魔物とか魔生物は、取り込んだ魔素とか魔力を身体に巡らせることで防御力を上げる……って、前に誰かが説明してくれたっけ。このアワビモドキも、元気な頃はそうしてたんだろうなぁ。

「ま、キンキンに冷えた冷蔵庫に入れられたら、その元気もなくなるかぁ」

活〆……とまではいかないけど、野営車両《モーターハウス》の冷蔵庫に入れられていたアワビモドキはあまりの寒さに活動限界を迎えてるっぽい。そのせいで、上手く魔力も扱えなくなってるみたいだ。

「おおお！　凄《すご》い！　サクサク捌《さば》ける！　楽ちん！」

アワビモドキが大きいおかげで、細かい部分がとっても見やすい。身は柔らかいし、作業してる部分は見やすいしで、身の裏についている内臓を傷つけずに殻から外すことができる。

ここまでしてしまえば、あとは貝ヒモと肝を剥《は》がして、硬い口を取り除いて……下処理は完成！

憎きアワビモドキがサクサク捌かれているこの光景を見たら、ラズくんもセレちゃんも喜びそう……ではあるかな、うん。

さすがに疲れちゃったのか、今は二匹寄り添って眠ってるんだけどさ。

「ん～～……もう二、三個剥《む》いておくかぁ」

あっという間に一個目のアワビモドキを剥き終わり、二個目に手を付ける。みんなのお腹を満たすには一個じゃ足りなかろう、って思ったんだよぅ！

「お刺身よりは、ソテーの方が食べごたえはあるかな？　炭水化物も欲しいから、炊き込みご飯……リゾットもいいなぁ！」

「……だいじょぶ、リン？　なんか、手伝うこと……ある？」

手を動かしたままアレコレメニューに考えをめぐらす私の後ろから、アリアさんがひょこりと顔を出した。

もうフリッターがなくなったのかなー……って思ったんだけど、ちらりと視線を向けた先の皿には、まだミラーフィッシュは残ってる。

……もしかして、まだ食べてる途中なのに私に気を使って手伝いを申し出てくれた、ってこと⁉　え、愛じゃん……！　BIG LOVE……♡

「ありがとうございます、アリアさん！　冷蔵庫前の籠にレモンがあると思うので、またそれ切ってもらってもいいですか？」

「ん！　がってん！！！」

その気持ちは、無下にできなかったよね！

幸いレモンはフリッターにも使えるし、次作る予定のソテーにも使えるし。用意してもらって損はないもんね！

意気揚々とアリアさんが糸を振った気配がした直後、車内に柑橘《かんきつ》の匂いが混ざる。この爽《さわ》やかな香り、一気に肺が浄化される気がするなぁ。

……まあ、おみそは早々に私の足元に逃げ込んできたけどもさ。

「ああ。ネコ科は柑橘ダメなんだっけ？　大丈夫、おみそ？」

『んむ〜〜〜………朕、このにおいイヤー！』

「ありゃ。でも、直接果汁がかかったわけじゃなさそうだし、ちょっと我慢してねー？」

『も〜〜〜〜！！！！　朕のこともっとだいじにして！　せかいでいちばんかあいがって‼　ごたいとーちしてあがめたてまつって！！！』

三個目のアワビに手を付けながら、私のすねにグリグリと頭をこすりつけてくる仔猫《こねこ》をあしらう。

途端に憤慨しきりという声が足元から湧き上がってきて……打てば響くってこういうことなんだろうな、って思うよ。

それにしても、五体投地て……。涅槃《ねはん》仏の如く横たわった仔猫の前に膝《ひざ》をつく姿を、一瞬想像しちゃったじゃんか！　どんだけ尊いつもりなんだろうなぁ、うちの仔猫は……。

もし私が君の前に膝をつくとしたら、君を崇めるんじゃなくて君の腹毛を吸う時だ！　覚えておきな！！！

もうちょっとごまみそに構ってたいけど、次の工程は揚げ物ほどじゃないけど油を使うわけで。油が跳ねて火傷《やけど》させるのも気の毒だし、ちょっと離れててもらうかぁ。

「ほら、ごまみそ。おみそのご飯用意したから、みんなと一緒に食べといでー」

「おや。それなら、今ヴィルがリンが座る予定だった椅子に移りますから。私の隣が開きますよ。ここで一緒に食べましょうね」

「おい、セノン！　何を勝手に……いや、移動するのはやぶさかではないが……」

「いらっしゃい、ごまちゃん！　ごまちゃんもフリット食べるー？　衣剥いであげよっか？」

朝使った魚の切れ端と、さっき取り分けておいたミラーフィッシュの切れ端とを皿に盛っている間、お兄さんたちがおみその世話を焼いてくれる。

ヴィルさんの席替えがあったり、我が物顔でセノンさんの隣に陣取るおみそにエドさんから差し入れが来たり。さすがは〝人類総下僕化〟を推進してやまないお猫様の一族よな。

ちやほやされてご機嫌な仔猫の喉《のど》鳴きをＢＧＭに、私はコンロに向き直る。

「バターソテーと、リゾットで炭水化物と脂質攻めだな！」

フライパンに入れたバターが蕩《とろ》け、ジュワジュワ音を出し始めた頃合いで、細かい格子状に包丁を入れておいたアワビモドキを二匹分、ドドーンと投入する。途端に弾《はじ》けた脂が肌を焼くけど、火傷するほどじゃない。

隠し包丁を入れてた時に、伝わってきたのはコリコリと硬質な感触だけど……これが加熱することでどう変わるか……興味深いところですね！

焦げ付かないようにちょっと火を落として、弄りたいのをこらえて火を入れて……。

「んむ、頃合い！」

「……これは……バターの香りと海の匂いとが混ざって、どうにも腹が空く匂いだな……！」

「海産物が灼ける匂いって、本当にたまんないですよね……」

確認のためちょいと裏返したアワビには、こんがりといい焼き目が付いてた。我慢した甲斐《かい》がありましたー！

色づいたアワビモドキをくるりとひっくり返すと、磯の香りがいっそう強くなる。なんとも胃袋を刺激する匂いだなぁ。

ちらりと後ろを振り返ると、スンと鼻を鳴らしたヴィルさんがきゅうっと目を細めるのが見えた。みんなも、匂いにつられたのか食べる手を止めてるし。

でも、これで終わりじゃないんですよ！

「フランベ……は怖いからやめといて……でもお酒は使いますよー！」

「わー！　ごーかーい！」

フライパンに景気よく酒を注ぐ私の背後で、やんややんやと囃《はや》す声が沸き上がる。Ｈｅｙ　Ｂｒｏ！　フロアの盛り上がりは最高潮だぜ！

そんな熱気を閉じ込めるべく、ここですかさず蓋《ふた》をして酒蒸し状態に。こうするとお酒が全体に回って柔らかくなる……ような気がする！

蓋の隙間や空気穴からシューシュー蒸気が抜けるようになったら、またちょっぴり火を弱めて。

「ま、こんなところかなー？」

だいたい良さそう、と勘が囁《ささや》いたところで火を止める。これはこのまま放置して、ちょっと冷ましておくよー。

で。アワビ入りのフライパンを脇に退《ど》けたところに、深型タイプの炒《いた》め煮用フライパンをまた火にかけるわけですよ。

「やっぱり、探索には炭水化物も必要ですよね！　力《ちから》　イズ　パワー！」

「確かに。最終的には力がモノを言うことが多いな……」

「わかります。己の腕力なり体力なり知力なり……真に頼れるのは、自分の〝力〟ですからね」

あ。冗談のつもりだったのに、ヴィルさんとセノンさんが乗ってきちゃった！　これ以上ややこしいことにならないうちに、メインを作ろうそうしよう！

今回のリゾットのキモは、アワビモドキの肝！　いや、冗談とかじゃなく！　生存戦略《サバイバル》さん曰《いわ》く【ディープブルーアヴァロンの肝は旨味が濃く、珍味としても珍重される。また、取り込んだ魔素や魔力が凝縮されているため、食べた者の魔力の回復に繋《つな》がるが、あまりにも濃すぎるため素材そのままで食べることはお勧めできない。スープや炒め物など、他の素材と組み合せ、適度に魔力を薄めると良い】っていうから！

たっぷり詰まった旨味と魔力とをスープに煮出して、それを思う存分お米に吸わせてやろう、っていう寸法よぉ！

たっぷりめのバターで肝を炒め崩して、そこにお米を加えて……ソテーの酒蒸しエキス半分とスープとで炊き上げてく……って感じ。真っ白なお米があっという間に深緑に染まって……匂いは美味しそうなんだけど、視覚的にはなかなかクるものがあるね、うん。

味付けは塩コショウだけなんだけど、肝の旨味とか微かな苦みがいい感じの深みを出してくれてさ。これだけでも十分に美味しい！

くつくつと煮え立つリゾットが焦げ付かないよう適宜混ぜながら、残しておいたアワビの身を切り分ける……んだけど……。ソテーはしっかりめに火を入れたけど、こっちは余熱で半生に仕上げたいんだよね。だから、あんまり大きいと火が通りにくいだろうし、かといって小さすぎると食感も何もなくなっちゃいそうだし。

「思ったより増えたけど、アワビモドキがおっきかったからか」

〝ほどほど〟という言葉を意識しながら賽《さい》の目《め》にしてみたら、予想以上の山になっちゃった。嬉《うれ》しい誤算を噛《か》みしめながら、これを緑のリゾットの入れて大きく一混ぜ。

あとはまたフツフツ煮えるまで火を入れたら……。

「余熱で仕上げて、チーズ散らせばいいかな！」

チーズを入れて火を止めたら、あとは一気呵成《いっきかせい》に仕上げと行きますか！

休ませておいたアワビのソテーは、程よく冷めてるのにプリンプリンに身が張ってる。包丁を入れると、さっきとは打って変わってむっちり吸いつくような感触になってるし！

フライパンに残った蒸し汁にお醤油《しょうゆ》を入れて煮詰めたら、ソテーのソースも完成だ。

大皿にそぎ切りのアワビソテーを盛って、これはテーブルにて各自で取り分けてもらう。リゾットも鍋《なべ》ごと出して、好きなだけ食べてもらおうかな。多分それが一番手間がない気がするし。

「それじゃー、メイン行きます！　テーブル空けてくださいねー！」

「よし、わかった」

「いつでもいいよ、リンちゃん！」

準備万端の食卓に、大皿とフライパンをドドーンと載せる。空いたお皿は私と入れ違いにシンクに向かったヴィルさんが持ってってくれたようだ。

いつの間にかご飯を食べ終わっていたごまみそが、するりとソファーから降りてくれたから、今度は私がそこに座らせてもらう。いつもはヴィルさんとアリアさんの間に座るから、アリアさんと向かい合うのは新鮮な気分かも！

「アワビモドキのソテーと、リゾットです！　ソテーとリゾットは単品で食べてもいいですし、味変がてらソテーをリゾットに載せても美味しいんじゃないかと……」

料理の紹介はしてみたけど……リゾットを見たみんなの反応がいまいちっぽい……？　やっぱり食欲をそそる色味じゃないせいかな？　味はいいと思うんだけど……。

「……なんか、前にヴィルがこんな色の煮込み作んなかった？」

「作ってましたねぇ……エグくて苦くて……胃に押し込めるのにひどく苦労しましたよ」

「…………寄ってたかって忘れたい過去を暴くな！　お前らも人のことを言えた義理じゃないだろうが！」

お互いに顔を見合わせながら肩を竦《すく》めるエドさんとセノンさんと、苦虫《にがむし》を嚙み潰したような表情のヴィルさんと……。あ、なるほど。過去のトラウマ的なアレですか。

……というか、いったい何作ったんですか、ヴィルさん⁉

みんなの食指が動かないようだけど、こういう時はやはり作った人間が先陣を切るのがベストかなぁ、と思うわけですよ。

「ううう……見た目が、アレだけど…………いい匂い……美味しそう！」

「ちょっと味見しましたけど、美味しく仕上がったと思いますよ」

「………リンがそう言うなら、食べる……！」

スープ皿にリゾットを盛り付ける私の顔と、リゾットとの間で視線を彷徨《さまよ》わせていたアリアさんが、意を決したようにお皿を差し出してくれた。

「待ってよ、アリア！　〝食べない〟とは言ってないよ〜〜〜！　リンちゃん作なら絶対美味しいもん！」

「そうですよ！　ヴィルが作ったものならともかく、リンの手によるものなら味は保証されているに決まってるじゃないですか！」

「セノン……お前は何か一言言わないと死ぬ病気か何かか？」

悲鳴にも似た声と共に伸びてきた手には、しっかりとお皿が載せられていた。思わず込み上げてくる笑いをかみ殺しつつ、四つに増えたお皿の上にリゾットを均等に取り分ける。

濃厚な潮の香りと馥郁《ふくいく》たるバターの薫香に混ざるのは、香ばしい醤油の匂い。取り分け用のスプーンを動かすたびに、胃袋を刺激する匂いが鼻先を掠《かす》める。

「改めまして、いただきます！」

パチンと両手を合わせて、リゾットにスプーンを突っ込んだ。無造作に持ち上げただけなのに、ちゃんとアワビの身が入ってる！

「……ん！　んん!!　リゾット……なめらか、うまぁ！」

「表面は柔らかいのに、芯《しん》の部分に歯ごたえが残っていて……噛むたびに旨味が滲《にじ》み出《で》るな」

「脂の甘みと、コメの甘みと……それだけではクドくなりそうなところを、肝のほろ苦さが中和してくれて……！　これはダメです……手が止まりません」

「あー！　リゾットも美味しいけど、ソテーも美味しいよぉ……！　むっちりでしっとりしてて……いつまでも噛んでられる！」

百聞は一見に如《し》かずじゃないけど、実食に勝るものはなし、よな。かくいう私も手が止まんないよぅ！

アワビの旨味を一滴残らず吸い込んだお米はふっくらトロトロに炊けてて、するんと喉を落ちてく。余熱で火を入れたアワビモドキは、表面はもっちり、中はコリコリで、噛むたびに食感が変わる。じわあっと旨味たっぷりのエキスが溢《あふ》れて、舌に染み込む感じがまた……！

ソテーはソテーで狙った通りの出来上がりだしさあ！

さっくりと歯が通るけど、しっとり吸い付いてくるような弾力と歯ごたえがあって、バター醤油の濃厚さに負けないくらい旨味が濃くて……。アリアさんの切ってくれたレモンを搾ると、その酸味と香気で舌がリセットされて、次の一切れがまた美味しく頂けてしまう。

しかも、ソテーをリゾットに載せるとですね……お米とバターとお醤油と海鮮の旨味が口の中で大爆発を起こすわけですよ！

うわぁぁあぁ……なにコレ贅沢《ぜいたく》～～～……！

「……これは……作ってる最中にリンが歌いだすのもわかる美味さだな」

「え……そんなことしてました、私？」

「ん。ごきげん、だった」

ソテーを飲み込んだヴィルさんの呟《つぶや》きに、嫌な汗が背中を流れる。微笑《ほほえ》ましいものを見る目で私を見つめるアリアさんの笑顔に、嫌な方向に確信が深まっていく。

「なんだったかなぁ？『バターに溺《おぼ》れるアワビのレバー、フライパンの中広がる緑《ハラー》、加える白い米炒めつけてベター』とか言ってた気がするよー？」

「ずいぶんと上手に韻を踏むものだなあと思っていたんですよ、リン」

「ミッツッ」

にこにこ笑ってるエドさんとセノンさんに、とうとうトドメを刺された。

私は覚えてないんだけど、フライパンを振りつつ楽しそうに歌ってたらしい。背後を置いてけぼりにして夢中で料理をする私を眺めながら、「楽しそうだねー」なんて会話をしてたんだそうな。

いや、指摘して？　そんな変な歌口ずさんでたら教えて？

我に返った後、確実に†黒歴史《ダークネスヒストリア》†になっちゃうじゃないですかヤダー!!!

というか、その時の私は何考えてたんだ⁉　陽気でご機嫌な韻《ライム》刻んでる場合じゃねーんだわ!!!

「まあ、なんだ……気付いてないかもしれんが、けっこう色々と歌ってるぞ、リン」

「楽しそうだから、いいかな……って」

「…………うう……次からは言ってください……」

アワビモドキもミラーフィッシュも好評だったのは嬉しいけど、それを上回る勢いで打ちのめされたんだが？？？

顔を覆って蹲《うずくま》った私の背中を撫《な》でてくれたのは、果たしてセノンさんだったのかヴィルさんだったのか……それすらわからないくらい、ただただ羞恥《しゅうち》の熱で脳みそが茹《ゆ》で上《あ》がるばっかりだった。

◆◇◆

私にとっては大荒れの……ほかのメンバーにとっては和やかな食事休憩が終わったところで、やるべきことは別れていた間の情報共有だ。

「カニ、ですか？」

「うん。めちゃくちゃ、大きかった！　攻撃しても、ぜんぶ弾かれるの！」

特に何事もなかった食いしん坊チームと比べて、先に見敵して戦闘までしていたセノエアーチームの情報はかなり貴重だ。なんでも、魔法攻撃をバンバン無効化しちゃうバカでかいカニと戦ってたんだそうな。

「もー！　そいつさぁ、ハサミをガチンって打ち合せて、オレとかセノンの魔法相殺しちゃうんだよね！」

「糸で絡めて、動き止めようと思っても……わたしの方が、引きずられちゃって……！！！　くやしい！！！！」

「エドや私の攻撃を打ち消せるということは、あちらの攻撃を私たちの魔法で打ち消すこともできる……ということなのですが……」

「どうにも決定打に欠けたんだよねぇ！　あー、腹立つ！」

麦茶を一気に煽《あお》ったエドさんとアリアさんが、怒りと恨みに染まり切った声を上げた。魔法の無効化と、アリアさんの糸を弾《はじ》くほどに硬い甲羅か……。どちらかというと魔法攻撃力に優れるセノエアーチームに対して、相当相性が悪い敵だったんだろうなぁ。

いつもは冷静なセノンさんまでもが悔しそうに眉《まゆ》をひそめてて……相当手こずったんだっていうのがありありと伝わってくる。

幸い、〝このままじゃジリ貧〟っていうところで、エドさんの魔法の陰に隠れてセノンさんが打った睡眠魔法と麻痺《まひ》魔法がどうにか効いてくれたらしい。そのまま戦闘を続けるっていう選択肢もなかったわけじゃないけど、続行するにはみんなかなり疲弊してて……。万が一攻撃が通らなかった上にカニが起きたら本格的にマズいってことで、戦略的撤退を選んだんだって。

「あの大ガニ……次会ったら絶対焼きガニにしてやる……」

「ええ。次はありません……次は必ず沈めます……」

「…………必ず、殺すと書いて……必殺……」

うぅん、恨み骨髄に徹する……って感じ。誰かの歯ぎしりも聞こえた気がする……。

「でも、エドさんたちの言う通り、その大ガニ、厄介そうですねぇ」

「確かにな。探索を続けるなら、俺たちの体力があるうちに対峙《たいじ》した方がいいだろう」

「疲れたところで見敵したら、前回の二の舞いになりかねませんもんね……」

だって今ならフルメンバー揃《そろ》ってるし、ご飯休憩してみんなの体力も戻ってるし！　超耐久系のボスと対峙するなら、これ以上ないタイミングだと思うんだ。

そしてこれは、私だけじゃなくてみんなそう思っていたようだった。まずは〝あの厄介そうなカニを倒そう〟という方向で話がまとまった。そのあとで、大手を振って探索しよう……って寸法よな。

「リン。エドたちが言っているカニとやらを、さっきのようにスキルで探せないか？」

「あ！　それができたら便利ですもんね！　やってみます」

ヴィルさんの要請を受けて、運転席に乗り込んだ。ナビをつけて、探してみるけど……。

「んん……エドさんたちが対峙してたカニっぽいのは、目的地の対象になってないですねぇ」

眼の前のナビはうんともすんとも言ってくれない。

〝カニ〟で検索しても〝敵〟とか〝ボス〟とかで検索しても……ナビさんが反応してくれることはなかった。ただ、平坦《へいたん》な図面を映してるだけだ。

「エドたちは設定できたのに、カニは無理……何か法則があるんだろうな」

「あー……正式名称を知ってたりとか、もしくは乗車設定をしてる人たちじゃないと探せない、とかですかね？」

すっかりその存在を忘れていた野営車両《モーターハウス》のマニュアルを読んでみたけど、詳しいことは書いてなくてさあ。ただ、【乗車設定した人の魔力やら生命紋——その人その人で違う波動のようなもの

――を認識して云々《うんぬん》】みたいな一文があったから、乗車設定してる人たちを探せる、っていうのは間違いないみたい。

その他に考えられる条件としては、私が見知ってる人、もしくはモノじゃないと効果を発揮しない、とかかなあ。

「見つけられたら手間が省けるかと思ったんですが……そう上手《うま》くはいかないもんですねぇ」

「何を言うんですか、リン！　ダンジョン内にもかかわらず、こうして安全に食事と休憩が取れるのは、あなたのスキルあってこそです」

「そうそう！　これだけでも十分凄《すご》いことなんだよ？」

思わずため息をついてしまった私に、口々にフォローを入れてくれるみんなの優しさの染みること……！

でも、一番ありがたかったのはみんな全然落ち込む様子がない、ってことだった。

「ほんとは、ああいった敵は、身も心も削って、一から探すもの……だし……。居場所なんて、わかんないのが……普通！」

「ああ。本来であれば、分断された時点でもっと時間を食わされたはずだ。それが、あっという間に合流できて、休憩まで取れて……これ以上何を望むことがある？」

アリアさんやヴィルさんの話を聞く限り「ダンジョンで倒すべき敵や攻略すべきギミックは、自分の足で見つけ出すもの」っていう認識を、みんな持ってるんだろう。

だからこそ、私のスキルで敵の居場所を探れなくても、いつも通り探索すればいいだけ。落ち込むことなんて何もない、って考えてるらしかった。

「了解です！　そういうことであれば、気分を切り替えていこうと思います！！！」

「ああ。気合十分だな、リン」

なら、私にできることは、私なりに探索を頑張ることだけだ。

生存戦略《サバイバル》さんで警戒して、時々野営車両《モーターハウス》で休憩して、ご飯作って。戦闘じゃあほとんど出る幕はないけど、みんなのバックアップなら任せとけ、よ！

「……さて。それじゃあ……あのカニの行きそうなところは見当がつくか？」

「そうですね。あの大ガニは、侵入者に対してやけに執着しているように……いえ。執着というより、入り込んだ者を必ず殺すという一念があるように思えました」

「あそこを自分の縄張りだと思ってるのかもね～～。だとしたら、あそこから動いてない可能性が高くない？」

「もしくは、ヤツが大事にしている何かを守っている、という可能性も考えられるな……」

ヴィルさんの発言を皮切りに、エドさんとセノンさんの口から次々に言葉が放たれる。

実際戦った際の感想を踏まえて、さらに一歩進んだ推察を付け加えて。どんどん考察が出てくるうちの男性陣は凄いなぁ……。私だって考えてないわけじゃないけど、男性陣の頭の回転の方が一歩も二歩も速いんだよね。

「さっきまでエドさんたちがいた場所はメモしてありますし、行くだけ行ってみますか？」

「そうだな。仮にそこにいなかったとしても、何か手がかりになるようなものがあるかもしれん」

幸い、さっきまでの小部屋へのルートは物理的に残ってる。アリアさんたちと合流した場所とか、野営車両《モーターハウス》を召喚した場所も、簡単にではあるけどマークしてあるし。

現在地からその場所に向かうのは難しくない、はず！

そもそも、さっきの場所自体は地図を縮小すれば位置を確認できるし、私たちの現在地も表示されるわけだから、ルートを探すにはまったくもって問題ない。

例のカニが、その場所にいればの話だけどね！

「いずれにせよ、行く手に立ちはだかるやつは叩《たた》き潰《つぶ》すのみ、ですね！」

「フルメンバー揃ったわけだし、次は絶対引いてやんねぇからな！」

「ん！　ボッコボコに、する！！！」

「え、あ……が、がんばれー！」

「ん？　お、おぅ……！」

復讐《ふくしゅう》する気満々のエドさんとセノンさん……そしてアリアさんにつられるように、私もついつい握った拳《こぶし》を振り上げた。私と同じように雰囲気に飲まれたらしいヴィルさんもまた、怪訝《けげん》そうな顔ながらもギュッと拳を握っている。

決起集会というには少々締まりがなかったけど、だいたいの方針は決まった。

あとはもうただひたすら立ち向かうのみ！

「みんなー、そろそろ出発するよー？」

『ふわぁぁ～～………しゅっぱつ、ですかぁ～～？』

『ん、ん……おかげさま、で……ちょっと回復、できました』

『んぅぅ……ちん、まだねむぅい……』

「セレちゃんとラズくんが元気になってくれてなにより！　ごまみそも、気持ちはわかるけど起きて～？」

ぐっすり眠っていたセレちゃんとラズくん……そしてごまみそを揺り起こす。ぱっちりお目覚めのラズセレコンビとは裏腹に、まだ寝足りない様子のごまみそにちょっとだけグズられたけど、心を鬼にして起きてもらったさ！

前脚で眠そうな顔をクシクシ拭《ぬぐ》ったごまみそが、甘えるように足に身体をこすりつけてくる。もうすっかり馴染《なじ》んだ『抱っこして』のサインだ。腕を伸ばすと、すぐさまぴょいっと飛び込んでくる。

……だが、私は知っている！　私に抱っこさせて、移動中も惰眠を貪《むさぼ》ろうという算段なんだ、ってことをなぁ！

「もー……野営車両《モーターハウス》降りたら起こすからね！」

『ん～～～～♪』

「んもー……人の話聞いてないな？」

グルグルゴロゴロ喉《のど》を鳴らす仔猫《こねこ》の背中を撫でながら、キャビンの窓から外を覗《のぞ》く。

……見える範囲に、敵はいなそうかな？　生存戦略《サバイバル》さんのアラートも出てないし。

「……………うん。大丈夫、そう……！」

「了解です！　みなさん、ＧＯ！」

私が細く開けたドアの隙間からスルリと外へ躍り出たアリアさんが、周囲を警戒したまま私たちを手招きする。私の役目は、アリアさんの合図とともに大きくドアを開け放ち、みんなを外に出すこと。そして、最後に飛び出て野営車両《モーターハウス》をしまうこと。

野営車両《モーターハウス》のスキルを切ると、大きな車体が音もなく掻《か》き消える。それと同時に、隊列を空けて待っててくれたみんなのもとへと駆け込んだ。

「リン。例の部屋への最短距離は覚えているか？」

「ルートは頭の中に叩き込んであります！　とりあえずは直進で、二つ目を右折ですね」

「よし。道はリンに任せるぞ」

「はい！」

ポンと背中を叩かれて、改めて気合が入った。念のため、道順はみんなと共有してるけど、メモを持ってるのは私だしね！

…………そう思って、探索を再開したんだけど……。

「順調、と言っていいのでしょうね……今のところは」

「まあな。体力が温存できていることを喜ぶべきか」

訝《いぶか》しむようなヴィルさんたちの会話が、聞くとはなしに耳に飛び込んでくる。

……二人の疑念も尤《もっと》もなんだよねぇ。あまりに順調すぎて怖いくらいなんだよぅ！

カニがいるであろう場所までは、距離はあるけど道はそれほど複雑じゃない。敵や罠《わな》を警戒して進むのも、アリアさんと一緒ならそれほど苦にならない。

途中で敵に遭わなかったわけじゃないけど、アリアさんの操糸とヴィルさんの大剣であっけなく真っ二つにされて終わっちゃった。

この後、何か大きなどんでん返しがあるんじゃないかって疑いたくなるくらい順調なんだよう！！！

「ねぇ、リン……コレ、見て……」

グルグル回る思考回路に、涼やかな声が割り込んだ。白い指が指し示す先には、赤を纏《まと》った銀色のナニカがゆらゆらと揺れてる。

「……魚の頭？　こっちは内臓っぽいですね……頭のサイズから考えて、元はけっこう大きい魚ですよ」

「ん。さっきから、あっちこっちに落ちてるの」

通路に落ちてたのは、魚の頭だった。スーパーで見かけるブリのアラよりもうちょっと大きいくらいかな。

拾い上げると、微かな潮の流れにパッと血が混じって周囲を赤く染める。目が白くなってもいないし、エラも真っ赤だし……新鮮そのもの、ついさっき殺《や》られました、って感じ。

切断面はぐちゃぐちゃで、なんていうか……何かが急いで食い散らかしてった後みたい……。

「……そういえば、何か転がってるな……とは思ってましたが……他に気を取られてました」

「わかる。最初はね、誰でも……そう。いっぱい、いっぱい。でも、こういうちっちゃい変化も、気をつけられるといいよ！」

「んふふ。ご指導ありがとうございます、先輩」

ぺこんと頭を下げる向こう側で、アリアさんが得意げに胸を張っていた。

ごうごうと先輩風を吹かせる美人可愛《かわい》い系人妻曰《いわ》く、頭とか尻尾《しっぽ》とか……魚や貝殻の生々しい残《ざん》骸《がい》が、ちょっとずつ増えてってるらしい。

……足を進めるたびに増える新鮮な残骸…………大きいカニ…………戦闘の後…………………あ、なんかヤなこと閃《ひらめ》いた！

「……これもしかして、例のカニの食べ残し、ってことなんじゃ……」

「え？　あの、大カニの？」

「アリアさんたちと戦って消耗したから、目についたものを襲って、食べて、体力を回復しようとしてるとか……？」

ぱちくりと瞬く氷色の瞳を見つめつつ、恐る恐る口を開く。

瞬間、シンと場が静まった。みんなの視線が否応なしに私に集まってる。

誰かがごくりと唾《つば》を飲むような気配がした。目の前のイチゴ色の瞳が軽く閉じられて……一呼吸後にゆっくりと開かれる。

「…………考えられなくはない、な……」

「だとしたら、早く見つけないと！　これ以上回復されるのは面倒です！」

「げぇぇぇ……オレらはオレらで消耗したけど、あっちだってそこそこ疲れさせたと思ったのに！」

「無駄足になるの、腹立つ！！！」

対峙《たいじ》してた組の圧が強い！

……っても、〝体力ゲージはそこそこ削ったはず〟って思って本腰入れたら、いつの間にか回復してました～～……ってなったら……そりゃ腹も立つよね。

「幸いというか、なんというか……さっきの場所はもう目と鼻の先ですし。一気に行っちゃいましょうか？」

「そうだな……俺たちが敵と遭っていないのも、おそらく例のカニが食いつくしたんだろう」

「共食い的な感じですか？　見境なくなってる感じがしますね」

ヴィルさんの言う通り、カニが体力回復のために手あたり次第食べちゃったっていうなら、この見敵数の少なさも納得だわ。

カニの体力が回復してることを恨めばいいのか、そのおかげでこっちの体力が温存できたことを喜べばいいのか……。なかなか複雑な気分！

「……うわ、見事に食い散らかされてる」

「ん……進むごとに、増えてる……ね」

「だとしたら、進行方向は間違ってないってことですね！」

敵のことは考えず、罠や足場にのみ気を配って足を速める。進むごとに通路に転がる残骸の数が増えてって、時にはまだピクピク痙攣《けいれん》してるようなのまで落ちてるほどだ。

「もう、すぐ…………ん、まって……！」

鼻面にしわを寄せたアリアさんが、角を曲がろうとして…………ぴたりと壁に張り付いた。

……そう。残骸を追うのと先に進むのとに夢中になってて気が付かなかったけど、目の前の角を曲がったその先こそが、例の場所だ。

アリアさんに倣って止めた足の裏から、硬い何かがザカザカ床を穿《うが》つような振動が伝わってくる。

ちらりと覗き込んだその先は、通路と比べて格段に拓けた場所だった。天井も高くて丸みを帯びてて……ちょっとした半球形のドームっぽくなってる。

――――…………その中央に、ソレはいた。

見るからに硬そうな殻に覆われた大きな身体と、その身体の横から突き出してる四対の脚と、一対のバカでかいハサミ……。

「うわ、思った以上にでっかい⁉」

思わず叫んでしまった私の目の前に、生存戦略《サバイバル》さんが情報を提示してくれた。

【フラゴールクラブ（非常に美味）
岩礁地帯に好んで生息するカニの魔物。フラゴーとは、古い言葉で「爆発」を意味する。
その名の通り、巨大な鋏《はさみ》を打ち合わせ、雷属性を纏った衝撃波を発生させることで有名。物陰に潜んで待ち伏せし、近づいてきた獲物にその衝撃波を浴びせることで獲物を捕らえる。
脱皮を繰り返すことで成長し、中には住み着いた沈没船の客室から出られなくなってしまうほど大きく育つ個体もいるという。大きな個体が打ち出す衝撃波はそれだけ強力で、より遠くまで届く。

硬度と弾性を併せ持った殻は非常に丈夫で、防具の素材に利用されるほど。

胴体部分に詰まったミソと呼ばれる部分に麻痺《まひ》毒を持つ個体もいるため、内臓部分は食用には適さない。

その一方で、巨体に似合わずしなやかで柔らかい舌触りの脚部の身肉や、繊維が密にずっしりと詰まっている肩肉やハサミの部分など……部位ごとに異なる食感と、きめ細かく旨味が濃い肉質は非常に美味で人気が高い】

衝撃波！　……ってことは、合流前に聞こえてた破裂音は、このカニが原因だったのか！

いろんな種類のカニの姿が混ざったような姿だけど、まさかテッポウエビっぽい要素まで持ってるとか……どんだけ欲張りなの、コイツ！

「あ、あ～～！　ハサミを打ち合わせることで衝撃波出して、エドさんの魔法を相殺してたのか！」

殻の方も、硬い上にしなやかさもあるみたいだし……糸で切るのは難しかろうて……。確かにこれは、セノエアーチームにとって相当相性が悪いわ。

「行くぞ、構えろ！」

ヴィルさんの声を皮切りに、一斉に角から飛び出した。

それとほぼ同時に、開けた視界のその奥で、大きなナニカがぐるりと身体を巡らせて私たちを捉《とら》える。

シルエット自体はころりとしてて毛ガニに似てるかな。けど、がっしりした太い脚とか、鋭いトゲが身体のあちこちから飛び出てるところはタラバガニっぽさも感じる。ハサミの根元に、もっさり毛が生えてるところはモズクガニみたいだし……。ちょっとお腹のトコが膨らんでる気もするけど……もしかして、あれって卵？

見たことのない大きさだけど、部位ごとには確かに見覚えがある。

「セノンは、リンを守りながら適宜補助魔法を」

「ええ、わかりました」

「アリアは操糸でアレの気を引いてくれ」

「ん！　りょう、かい！！！」

指示を飛ばすヴィルさんの前に立ちはだかった巨大ガニ……フラゴールクラブは、改めて圧倒される大きさだった。長い脚に負けず劣らずの横幅もさることながら、体高だってヴィルさんと比べても頭一つ分は高い。

特に目を引くのは、衝撃波を生み出すっていうバカでかいハサミ！　名は体を表す、って言葉があるように、その大きさたるや、身体の半分くらいはあるんじゃないか、っていうくらい。

……その大きさが仇《あだ》となって、機動面では私たちに優位性があるだろうけど、殻は相当硬そうだし……。

『んもー！　ボーッとしてないで！　朕の後ろにいて！！！』

私の腕の中から飛び出したごまみそが、フーシャーうなりながら全身の毛を逆立てた。四肢を突っ張り背中を丸めてぴょんぴょん飛んだり、跳ねたり……おお！　これが噂のやんのかステップ！

ちょこまか飛び回るうちにどんどん身体が大きくなってて……私を守るように目の前に立ちはだかる。

「ボーッとしてたわけじゃなくて！　ちょっと考えごとしてたんだって！」

うーん。前に、生きたカニの締め方を調べた気がするんだけど………どうやるんだったかなぁ？

大剣を抜き放ったヴィルさんの背中を眺めながら、必死で頭を捻《ひね》る。

確か、殻が硬かろうと何だろうと、一発でシメる方法があったハズなんだよ！

「ねー、ヴィル。オレは～？」

「エドは、あいつの衝撃波が来たら魔法で相殺してほしい」

「あいよ～～～」

私が脳内の海馬を漁《あさ》っている間にも、戦闘はどんどん進んでいく。

自分を睨《にら》みつけたまま一歩も引かないヴィルさんを、敵と判断したんだろう。カニのハサミが、こちらに向けて目にも留まらぬ速さで振り下ろされるのが見えた気がして……咄嗟《とっさ》に、近くを泳いでいたラズくんとセレちゃんを抱え込んだ。ごまみそが、踏ん張るように前脚に力を入れる。

耳を塞《ふさ》ぐ間もなくぐわんと空気が揺れて、衝撃が襲ってきた…………けど…………正直、耐えられないほどじゃないんだけども……？

むしろ、最初に体験した音と衝撃の方が、威力が強かったような気がする。その証拠に、さっきは床に落ちちゃうくらいダメージを受けてたセレちゃんも、ごまみそも……わりと平気そうな顔してるし。

んぇ……あの巨体から繰り出される衝撃波なら、もっと強烈だと思ったんだけどなぁ？

「は〜〜〜？　お前、ハサミパッチンしか攻撃方法ないわけぇ？　ワンパターンだねぇぇ？」

「攻撃が来るとわかっていれば、それに対して防御を固めるだけですからね」

片眉《まゆ》を上げたエドさんと、顎《あご》を上げたセノンさんが、それぞれ杖《つえ》を構えてせせら笑っている。

おぉん……うちのパーティ、意外と煽《あお》り力高いんだよなぁ……。

挑発されてることに気付いてるとは思わないけど、それでも怒ったようにハサミを打ち下ろすカニに合わせるように、エドさんとセノンさんも杖を振るう。そのたびに、私たちとカニとの間で、目に見えないナニカ同士がブチ当たって弾《はじ》け消える軌跡と、ベールのような膜が私たちを守るように包み込むのが見えるわけですよ！

こうして見ると、カニの衝撃波もエドさんやセノンさんの魔法も、エネルギーの塊なんだな……っていうのがよくわかる。

何たるスペクタクル〜〜〜！

「一番最初に体験した音と衝撃がやけに強かったと思ってたんですが、今はセノンさんの魔法で衝撃の余波が弱められてるんですね」

「……ああ、なるほど。先ほど私たちが戦っていた時のことですね？　守りがない分、モロに喰《く》らってしまったんですね……今はどうです？　不調が出ている様子はありますか？」

「ありがとうございます！　今はもう、すっかり大丈夫です！」

防御魔法を使いながらもこちらを気遣ってくれるセノンさんに、ぐっと親指を立ててみせた。セノンさんのおかげで、今は耳が痛くなることも脳みそが揺れることもないですよ！

私たちの無事を実感してくれたのか、セノンさんがにこりと笑ってくれた。ついさっき、カニ相手に肝が冷えそうな微笑《ほほえ》みを投げてた人と同一人物とは思えないほどに優しい笑顔だ。

そんなほのぼのとした空気を破ったのは、硬いものが弾かれるような音。ヴィルさんの大剣が、甲羅に弾かれた音だ。

「クソ……この甲羅、硬いだけじゃないないな！　僅《わず》かに弾力があるせいで跳ね返される！」

「そう！　わたしの糸も、それで弾かれるの！」

無念そうなヴィルさんの声に、憤ったままのアリアさんが腕を……糸を振り回しながら応える。

時折聞こえてたヒュンヒュンピシパシっていう音は、アリアさんの攻撃が弾き返されてた音か！

ただ硬いだけの甲羅なら単なる力で叩《たた》き割れたかもしれないけど、多少の弾性がある、ってのがやらしいよね！　硬い甲羅で攻撃やら何やらを物理的に受け止めつつ、ある程度の力とか衝撃を逃がすことができる……ってことでしょ？

しかも、ちょっとやそっとじゃ近寄れない遠距離攻撃持ちとか！　ちょっとズルくないです？

マジでやらしいな、このカニ！

一気に打開する方法はないもんかな……？　餌を食べ散らかしてる様子からして、体力も回復してるっぽいし、なんなら今も口のあたりもごもごしてる、し……。

「そうだ、口！　口んとこ！」

釣り関連の動画で、カニの口にアイスピック突っ込んで締めてるの見たことある！　神経系を一気に壊すことでどうの……みたいなことも言ってた気がする！

確かに殻は硬いかもしれないけど、口のトコとか、身体の中はそうはいかないよね？

「ヴィルさん！　口！　口のとこ狙って、一気に身体の中まで突き通してください！　多分それで倒せるはずです！」

「口⁉　ああ、わかった！　やってみよう」

「カニ肉ドロップしたら、盛大に海鮮パーティしましょうね！　腕によりかけますから！」

「なるほど？　それは楽しみだ……！」

ぐっと何かを貫くようなジェスチャーと共に、できうる限りの大声で叫んだ。拙くはあったけど、歴戦のパーティリーダーはそれで察してくれたらしい。

イチゴ色の瞳が、ほんの一瞬獰猛《どうもう》な色を宿す。

「聞いたか？　リンが盛大な夕飯を作ってくれるそうだ」

メンバー一人一人の顔を見回したヴィルさんが、にまりと唇を吊《つ》り上《あ》げた。薄く開いた唇の隙間から、いつもは隠れてる真珠色の牙《きば》がちらりと見える。

それを受けて、みんなの身体から闘志のようなものがぶわりと湧いたように見えたのは気のせいかな？

「エド、アリアは陽動に注力。セノンも攻撃に加わりつつ、適宜補助を！　ごまみそはそのままリンとセレたちを守ってやってくれ」

「えぇぇ？？？　陽動だけでいいのー？」

「べつに、倒せるなら……やっちゃっても、いいんでしょ？」

「ええ。目にもの見せてやりましょうねぇ……！」

「……まったく……やる気は十分なようで何よりだ」

珍しくギラつくリーダーにつられたのか、溜《た》まり切っていたヘイトが爆発したのか、はたまたその両方か……。皆さんとってもイイ笑顔ですねぇ……。

殺《や》る気満々なメンツで、ご飯係は心強いばっかりです、ええ。

「一番、頂き……っ！」

「あ、待ってよアリア！　オレもやる〜〜〜！」

まず躍り出たのはアリアさんだ。腕を振るたびに糸が水を切る音が高らかに響く。どうやら甲羅の部分じゃなくて、関節の柔らかい部分を繰り返し狙ってるみたいだ。

前回の失敗が生かされてますね、アリアさん！

ほとんどの攻撃が弾かれる音がするけど……時々鈍い音が混ざり始めた。やった！　効いてるっぽい！！！

その後を追ったエドさんが、短杖《ワンド》を振るって魔法を撃ち放つ。もちろん、カニもハサミを振って魔法を無効化しにかかるから、そのたびに両者の間でエネルギーがぶつかって弾けて……水中でエネルギーのカケラがキラキラ輝く様子は、まるで花火みたい。

「ほら！　こちらも忘れないでくださいね！」

「俺たちがいることを忘れるなよ？」

アリアさんたちには強化《バフ》を。カニに対しては弱体化《デバフ》を。操糸と魔法の合間を縫うように補助魔法を使い分けるのは、長杖《ロッド》を操るセノンさんだ。巧みな杖さばきで魔法の弾道を調整してる。

いったいどれだけ訓練すれば、この乱戦で誤射することなく当てられるんだろ……？

もちろん、ヴィルさんだって負けてない。ドームの端に寄った私たちのところまでガイン、ガインと鈍い音と衝撃が伝わってくる程度の重い一撃を次々に加えてる。

『みなさん、すごいですね〜〜〜！』

『一人一人がバラバラに動いてるようで、全体を見ると見事にまとまってます……！』

ごまみその陰に隠れたセレちゃんとラズくんが、手に汗握る戦闘をキラキラした目で見てる。わかる。わかるよ！　私も、みんなの戦闘を見てると、ただただ圧倒されちゃうもん！

自分の役目がしっかり理解できてる上に、その役目を完璧に務められてるんだろうね。その上で、他の仲間が動きやすいように立ち回って……って考えると、まじでうちのパーティ凄《すご》くない⁉

「うん。凄いよね！　自慢の仲間なんだ！」

『なーあ？　なーあ？　朕はー？　朕だってすごいでしょー？』

「そりゃもちろん！　ごまみそだって頼りにしてるよー！」

ちょっぴり拗《す》ねたような顔でこちらを振り向く翼山猫の背中を撫《な》でてやると、満足したようにわさりと翼を動かした。

大きくなっても、こういうところが可愛《かわい》いんだよな……この子は。

非戦闘組が戦闘に見とれている間にも、四方八方からの攻撃に翻弄《ほんろう》されたカニの動きがどんどん鈍くなっていく。

そりゃそうよ。カニだってエサ食べて回復したかもしれないけど、私たちだってしっかりご飯休憩しましたから？

それに、強制転移直後の右も左もわかってなくて準備もままならないで突入した欠員戦闘と、しっかりと心積もりをした上でのフルメンバー戦闘じゃあ比べ物にもなりゃしないって！　レベルが違うのだよ、レベルが！

『あ、あ！　大きい人が動きます～！』

ひときわ大きい黄色い歓声に顔を上げると、ヴィルさんの大剣が、膨らんだカニの腹をしたたかに打ち付けるところだった。弾かれた勢いを殺さぬまま、一度、二度……連続して攻撃が打ち込まれる。

とうとうよろめいたカニめがけて絡みつくのは、ここぞとばかりに腕を振ったアリアさんの蜘蛛《くも》糸だ。雁字搦《がんじがら》めになったカニの関節がギチギチと軋《きし》む音が、こっちにまで聞こえてくる。

「いいぞ、アリア！　そのまま押さえててくれ！」

「ん！　ぜったい、離さない！！！　このまま、関節ごと……ブチ切ってやる……！！！」

「ああ、その意気だ！　頼んだぞ！」

弱ったとはいえ、カニはなおも抵抗を緩めない。さすがに力負けしてるのか、ズルズル引き寄せられてるけど……すかさずエドさんがフォローに入ってくれた。

後ろからアリアさんを抱きしめて……これは……姫ドラ様の依頼でナマズを釣りに行った時に使

ってた、重力操作魔法？

さすがに動きが弱ったカニの真上めがけて、ヴィルさんが床を軋ませるほどに蹴りつけながら高く跳び上がった。

『うわ、すご……女神さまの加護があるとはいえ、水の中でよくあれだけ動けるなぁ……』

「さ、さすがヴィルさん！　竜鬼《ドラグール》の身体能力は侮れないな……！」

ラズくんが思わず見とれちゃうくらい、高く高く……天井スレスレまで跳び上がったヴィルさんが、垂直に剣を構え直す。

「セノン、俺に負荷荷重の効果魔法を！」

「ええ、わかっています！」

セノンさんが杖を振るうのと、ヴィルさんの剣がカニの口を貫くのはほぼ同時だった。〝グシャッ〟とも、〝ガキッ〟とも言えない音が周囲に響く。

負荷荷重ってことは……カニに剣を突き刺しやすくなるように、ヴィルさんが重くなるような魔法をかけた、ってことか！

果たして……口から剣を生やしたカニが、ビクンと一度大きく跳ねあがり……。

「コレは……やったか？」

「やった、と思いま、す……けど……」

剣から手を離したヴィルさんが後ろに跳びすさるや否や、どうと仰向けに倒れたカニの脚が、バラバラに動き出した。一本が宙を掻《か》くようにビクビクと痙攣《けいれん》したかと思うと、その反対の脚は無意味に曲げたり伸ばしたりを繰り返す。その隣の足が泳ぐような動きを見せる半面、ハサミが手招きするようにぴょこぴょこ動いて……。

動画で見た時と同じような反応してる！　神経を潰《つぶ》せたんだと思う。

……ただ、なんか……カニが倒れる瞬間に、腹のあたりからなんか白いのがシュッと抜けてった気がするんだよなぁ？　私の見間違いかな？

首を捻《ひね》る私を見て、まだトドメには至っていないと判断したんだろう。二人仲良くくっついたままのエドさんとアリアさんの方に、くいとヴィルさんが顔を向ける。

「最後の最後で、何か白いのが逃げてったような気がしたんですけど……ヴィルさん見えました？」

「いや、すまん。突き刺すことで手一杯になっていてな……だが、リンがそう言うなら念には念を入れた方がいいだろう。エド、トドメは任せた！」

「あいよー！　それじゃあ、今まで相殺された分、たっぷり喰らえよなァ！！！」

アリアさんを抱きしめたままのエドさんの手から、間髪容れず青白い光が迸《ほとばし》った。それは、アリアさんの糸を伝わって……。

この時のエドさんの表情を、どう表現すればいいんだろう。無邪気なようで、そのくせ嗜虐性に溢《あふ》れてて……そんな筆舌に尽くしがたい顔で、エドさんが笑う。

「あああ～～！　電撃魔法！！！」

バチバチと激しい火花に包まれるカニから、香ばしい匂いが漂い始めた。これは……感電というか、電気パンというか……なんにせよ、大変上手に焼けてますね、うん！

ヴィルさんの剣も青白い光に包まれてるし、電気を通すのに一役買ってるみたいだ。

「どんなに表面が丈夫でも、身体の中から焼かれたらひとたまりもないだろう？」

「科学実験を見てる気分ですね！」

絶え間なく放たれ続ける容赦ない魔法に、カニがとうとう痙攣すらしなくなった。エドさんの魔法が潮のように引いた後に転がっているのは、ほこほこと香ばしい湯気を上げる真っ赤なカニの巨体だけ……。

でもそれも、あっという間に真っ黒な霧になって視界を暗く染め上げた。

「わ！　わ！　立派なカニ爪ですよ、ヴィルさん！　わー！　肩肉と足の部分もある‼」

「さすがにあの大きさだと、ドロップも多いな。持てるか、リン？」

「うわ、爪だけでも凄く重いです！　これは身が詰まってるやつです！」

潮の流れが霧を押し流した後に残っていたのは、フラゴールクラブの由来ともいえる巨大なカニ爪が二本と、太い脚が付いたままの肩肉の部分が二セット。

大きさはともかく、形自体は通販とかで見たことあるやつだー！

甲羅は……残ってないかぁ……。まぁ、カニミソは食べられないみたいだしね。その分、足がドンとドロップしてくれたと思えば！

ああ、それにしても、このカニどうやって食べようかな？？？？

「ふふふ。甲羅が残れば防具に加工できるかとも思ったのですが……見事に肉の部分ばかりですね」

「ま、その方がオレらしいじゃん？　リンちゃんもやる気みたいだしさあ。これなら、夕飯も期待できそうだね！」

「ん！　防具も、悪くない、けど……リンのご飯、超大事！」

キャッキャとカニ肉を拾い集める私の耳に、防具がどうこうっていう話が飛び込んだ。

……そういえば、生存戦略《サバイバル》さんの説明に防具になるって書いてあったっけ……。カニ肉に浮かれてすっかり忘れてた！

でも、まぁ、なんていうか……続く会話から察したけど、皆さんの私に対する理解度が高くて何よりです！

ええ！　ご期待に沿えるよう、美味しいの作りますとも！！！！

「リンと俺とでカニ脚を積み込む間、アリアたちでこの部屋に何かあるか調べてもらえるか？」

「ん。がってん！」

「餌を食べながらも、結局この場に戻ってきていたくらいですからね。何か理由があるんでしょうね」

「この場所に、妙に執着してたもんね～～。さて、なにが出るかな～～？？」

さっと散開する三人を見送って、野営車両《モーターハウス》を呼び出した。今はまだ探索の最中だし、とりあえずは車内に積み込むだけにしておこうと思う。

「…………あの、ヴィルさん。ものすごく今さらなんですが、ここがダンジョン化したのって、あのカニが原因、みたいな話でしたよね？」

「そういえば、そんな話だったな。あのカニが現れたせいで、魔素やら魔力やらのバランスが崩れたんだと思っていたんだが……」

「カニ……倒したのに、ダンジョンのままですね……」

すべてのカニ脚を積み込み終わっても、野営車両《モーターハウス》をしまった後も……ダンジョンが揺らぐ気配がまるでない。

私の乏しい異世界ダンジョン知識だと、ダンジョンはボスを倒すとかダンジョンコアを破壊するとか……そういったことで踏破扱いになるんじゃなかったっけ？

おみそと出会った時はダンジョンコアの破壊。王都付近の隠しダンジョンは、ボスのドラーウェアムの討伐でクリアになったと思ったんだけど？

『あの……これはあまり考えたくはないのですが……』

『慈愛の宝珠が、ダンジョンの核になっている可能性……ありませんか～～？』

「…………あ……！」

お互いに体を寄せ合ったラズくんたちが、震える声で空恐ろしい予感を告げる。その悲愴《ひそう》ぶりたるや、青い身体がさらに青く見えそうなくらいだ。

慈愛の宝珠……地上に加護を贈る際に使われる、女神の至宝。残滓《ざんし》とはいえ、海の秘宝に気が遠くなるほどの長い時間をかけて積み重なった魔力や加護は、膨大な力になるだろう。

「ありえない話では、ないだろうな……」

「もしそうだとしたら、このダンジョンをどうにかするためには、慈愛の宝珠の破壊が必須……ってことですか？」

『まさか、そんな……！　慈愛の宝珠を壊すなんて……』

『でも～、ここから出られないのも困ってしまいます～～……』

嫌な汗が背中を流れる。

女神さまの加護を地上に贈るには慈愛の宝珠が必要で……でも、このダンジョンから出るには慈愛の宝珠の破壊が必須条件で……？

「待て。宝珠がダンジョンコアになっているとは限らないだろう？　もしかしたら、他に何か……別の条件があるかもしれん」

「た、しかに……まだ、そうと決まったわけじゃないですもんね！」

ヴィルさんが絞り出した声に、私も乗ってはみたけど……この雰囲気を払拭するまでには至らない。それはそうだよね。今まで自分たちが守ってきて、今も必死で探してる宝物を壊さなきゃいけないかも……って言われたら…………こうなっちゃうのも無理はないなぁ、って。

でも、正直なところ、別の方法がある……っていう方がしっくりくるんだよなぁ。

例えば……【宝物殿をダンジョン化させた黒幕を、まだ倒してない】とかさ。

カニの腹から抜け出ていった謎の白いモノ……あれが頭に引っかかってしょうがないんだ。

「ヴィル！　リンちゃん！　こっちこっち！！！」

「床に扉のようなものがありました！　もしかしたら、ここから下の階に抜けられるかもしれません！」

思考の渦に飲み込まれる寸前に、エドさんたちの声が意識を引き上げてくれた。

そう。そうだ。まだ、宝珠を破壊しなきゃいけないって決まったわけじゃない……！　未確定な要素を確定要素にするためにも、今は先に進まなきゃ！

ヴィルさんと顔を見合わせて頷《うなず》き合って……私たちに向けて手を振ってるエドさんたちの所に駆け寄った。

「ほら、コレ！　装飾は、さっき下の階で見た扉のものと似てない？」

「ずいぶんとボロボロになっちゃってますけど、確かにそっくりですね」

エドさんが指さす床の一角に、それはあった。ほかの部分とは明らかに材質が違う、一メートル四方の四角い蓋《ふた》のようなもの。

カニが爪か何かを使ってこじ開けようとしたんだろうか……装飾や文様が欠けたり崩れたりしている。でも確かに、一面に施された海藻が絡み合ったようなレリーフは、下の階の壁で見かけたものだ。

これで下の階層と関係ないです、っていうのはちょっと無理があるよねぇ。

「この爪痕《つめあと》……もしかしたら、カニがこの下に行きたがってた可能性、あると思います？」

偶然と言うには多すぎる床の傷と、この場から離れようとしなかったカニの行動。そこから閃《ひらめ》いたのは、この扉をどうにか通ろうとするカニの姿だ。目的はわからないけど、この場所にだけ傷がついてると、さぁ。何かあるんじゃ……って思っちゃうよね。

まぁ、あのカニの大きさだと、この小さな扉はそもそも通れないだろうけどさ。

「ふむ……確かに、ありえない話ではないな」

「生存戦略《サバイバル》さんの危険アラートは出てませんし、ちょっと引っ張ってみますか？」

「…………ああ。開けてみるか」

私が指さしたのは、四角形の上辺付近に取り付けられていた石造りの丸い輪だ。大きさとしては、ちょっと太めのペットボトルって感じかな。もしもカニがこれを見つけられたとしても、この輪の中に嵌《は》められる脚がなかったんじゃなかろうか？

少し考え込んだのち、ヴィルさんがノッカーのような石の輪を引き起こす。途端に、埃《ほこり》のような細かい粒子がぶわりと舞い上がって、周囲の海水を濁らせる。

「エド。この板を対象に重力操作魔法をかけてくれるか？」

「オッケー☆　任せてー！」

「よし…………っ、フッッ……！」

ヴィルさんが短く息を吐く音と同時に、足裏に微かな振動が伝わる。足元の深いところで、石と石が擦《こす》れるような感じだ。その振動は一度として途切れることはなく、震源が浅くなるにつれてヴィルさんが引っ張ってる分厚い板が徐々に持ち上がっていく。

最後に、ズゴンッと重いものが抜ける音と共に、床にぽっかりと穴が開いた。四角に開いた口からは柔らかな光が零れていて、下は真っ暗……っていうわけではなさそう。これ幸いと言わんばかりに、アリアさんと一緒に下を覗《のぞ》き込んだ。

開いた穴は、下の階の端の方らしい。床までは三、四メートル……ってところかな。壁らしきものので囲まれてるところから鑑みて、下の階もちょっとした広間になってるようだ。

「………ん……割と広い感じ……で、部屋の真ん中に、なんかある」

「アラートも出てませんし、着地点に罠《わな》とかはなさそうです」

目視できる範囲では、部屋の真ん中に像のようなものが立っている以外には、特に目につくものはない。危ないところではなさそうな印象だ。

「……あ！　もしかしてここが、探してた祈りの間なんじゃないですか？」

「そうかも！　像、あったもんね！」

ほぼ同時に顔を上げた私とアリアさんは、お互いに顔を見合わせた後でこれまた同じようなタイミングで背後の仲間を振り返った。

その瞬間、私たちの横を青い弾丸が駆け抜けていく。

『わ〜〜！　間違いないです〜〜！　祈りの間です!!』

『女神さまの像もご無事でした！　みなさん、早く早く！』

下の階に飛び込んで、またすぐに戻ってきたセレちゃんとラズくんが興奮しきった様子で私たちの周りをぐるぐると泳ぎ回る。

歓喜に満ちた声を弾ませる二匹の勢いにつられるように、アリアさんが穴の中に身を躍らせた。

エドさんがすかさずその後に続き、ヴィルさんとセノンさんがその背中を追う。

え？　私？　さすがにこの高さをひょいと飛び降りる勇気も身体能力もないよ！

さあどうするかと逡巡《しゅんじゅん》する私のすぐ下に、先に飛び降りたごまみそが大きくなって迎えに来てくれた。バサリと一度翼を打ち下ろしただけなのに、翼山猫の巨体は揚力とか浮力とか……諸々の物理法則を無視して宙に浮いている。

恐る恐る背中に乗り移っても、急に落下する……なんてことはなかった。私を乗せたまま、ゆっくり安全に地上に降り立ってくれる。

『むふふ！　朕なー、こんかいメッチャおやくだち！』

「偉い、ごまみそ！　MVP！」

得意げに尻尾《しっぽ》を揺らすごまみその頭を撫《な》でながら、足を向けるのは騒ぎの中心……優美な女神像だ。

優しげな笑みを湛《たた》えて二枚貝の玉座に腰かける女神さまのお姿が、緻密《ちみつ》かつ繊細に彫り出されている。波打つ髪も、身体を覆うローブのドレープも……石でできているのに、今にも潮に靡《なび》きだしそうだ。

『あら～？　ほんとは、この部屋の奥に宝物庫への入り口があるのですが……？』

「まて、セレ！　近づくな！」

しばしうっとりと神像を眺めていたセレちゃんが、何かに気がついたんだろう。怪訝《けげん》そうに像に泳ぎ寄ろうとするのをヴィルさんの鋭い声が制止した。慌てて周りを見渡せば、みんなそれぞれ武器を構えて厳戒態勢を取っている。

……何が起きたか、正直よくわからなかった。だって、敵の気配なんて、さっぱり……。

あっけにとられる私たちの前……女神像の足元の空間が、不意に歪《ゆが》みだした。

……歪む、というより、白いモヤのようなものが突然現れて、揺らぎながら形作っていく。

『チカラ……チカラ、ガ……欲シイ……』

「うわ、しゃべった！！！」

それは、老人のようにも、子供のようにも、男にも、女にも、大勢の声でありながら、たった一人で喋《しゃべ》っていようにも聞こえて……ただ一つ確かなのは、鼓膜をひっかくような不愉快な声だ、っていうことだけ。

【リゾーセファ（非食用）

様々な生物に寄生することで移動・繁殖を行う寄生性魔物の一種。リゾーセファ自体はさほど強くなく、強さは寄生している宿主に依存する。

自身の魔力を寄生した宿主の身体に行き渡らせることで行動を操る。宿主の成長に伴って魔力を蓄え、十分に魔力が溜まれば今の宿主を捨ててより強い生物に寄生するという成長サイクルを繰り返す。また、その際、元の宿主の魔力は根こそぎリゾーセファに吸い取られるため、あとに残るのは抜け殻状の死体である。

ただし、宿主が他の生物に捕食されそうになった時などは、その体を捨てて逃げることが多い。その際は、宿主の身体に行き渡らせていた魔力を回収できず、弱体化してしまう】

……は？　寄生、生物……？　もしかして、さっきカニの腹から抜けてった白いのって、コイツだったわけ⁉

『モット、チカラヲ……！　女神ノ、チカラヲォォオオォォ！！！』

生理的に嫌悪感を煽《あお》る声が鼓膜を揺らす。

力を欲しがってるのはわかったけど、なんでこいつはこの場所にいるんだろ？　寄生生物っていうくらいだから、宿主が必要なんじゃないの？

カニがやられたっていうのに、新たな宿主を探してる……って感じではなさそうじゃん？

首を傾《かし》げかけた私の横で、ラズくんとセレちゃんの纏《まと》う雰囲気がガラリと変わった。肌がピリピリするようなこの感じは……もしかして、怒り？

『ま、まさか……目的は、慈愛の宝珠!?』

『確かにアレは、リューシア様のお力を纏ってますけど～～！　お前みたいなヤツに使わせるためじゃないです～～！！！』

威嚇するようにバッと大きくエラを広げたラズくんとセレちゃんが、渾身《こんしん》の力を込めて吠《ほ》えたてる。職場を荒らされた上、目の前で【これから宝物を奪います】宣言されたら、誰だって激怒するわ、うん。

……………なるほどなぁ……。こいつの目的は、慈愛の宝珠に蓄積された加護や魔力。それを奪って、自分の糧にしようとしてるのか。魔力を溜めることで格上の生物への寄生を可能にする……って書いてあるし。

ただ、生存戦略《サバイバル》さんの説明を読む限り、コイツそのものはかなり貧弱そうだし……だから、宿主の大ガニを操って、どうにかしてココに入り込もうとしたんだな？

それなのに、カニ自体がそこそこ強い個体だったせいで宝物庫がダンジョン化。そのせいで、まだ本来の目的を果たせてないんだ！

だとしたら、あいつに操られてたカニがあの場所に執着してたのもわかる。だってあそこには、この場所に……宝物庫に通じるらしい祈りの間への扉があったもんね！

「……なるほど。つまり、今回の事件はあなたが元凶、ということですね？」

「中途半端に宿主を見捨てて逃げたせいで、宿主に回してた魔力も回収できずにボロボロじゃーん」

「よくも、よけいな、こと……して……っっ！！！」

……うぅん。初戦でカニと戦わせられたセノエアーチームのヘイトが凄《すご》い。戦略的撤退を余儀なくさせられたことがかなり響いてるっぽいなぁ。

『チカラ、ヲ……カラダヲ、ヨコセェエエエェェ！！！』

「させるかよ、バーカ！　燃えつきろォォ！」

前衛のアリアさんを狙ったんだろう。うねる触手が伸ばされるが、怒気をはらんだエドさんの魔法がそれを叩《たた》き落《お》とす。

カニと戦った後だけど、エドさんの魔法はキレッキレだ。疲れてる様子なんて全く見えない。

「ん……遅、いっっ……！」

一瞬怯《ひる》んだ様子を見せるリゾーセファの胴体に絡むのは、アリアさんの糸だ。腕を振った勢いのまま、ぐるりと身体を回転させ…………おぉっと！　これはまさか……全身のひねりを加えたトルネード投法!?

遠心力につられ宙に投げ出された寄生生物の軌道上に待ち受けるのは、長杖を構えたセノンさんだあああ！

「今のあなたに、魔法を使うまでもないでしょう？　これで終わり、です！」

「まー、抵抗を減らすための重力操作はかけさせてもらうけどねー」

ジャストミートォォォォ！！！

セノンさんが振り抜いた長杖は、過《あやま》たずリゾーセファを打ち抜いた。エドさんの魔法がかかっているおかげか、水の中だというのにもの凄い勢いで魔物の身体が飛んでいく。

哀れな寄生性魔物は、叩きつけられた先の壁で物言わぬ花となった。飛び散った無数の破片が、見る間に黒い霧となって波に攫《さら》われ消えていく。

「やったー！　スッキリ‼」

「いやあ、舐《な》められっぱなしは性に合わないよねー」

「ええ。とても晴れ晴れとした気持ちです！　今日はよく眠れるでしょう」

見事リベンジを果たしたセノエアーチームは、心の底から満足したようだ。弾《はじ》ける笑顔でハイタッチを交わしている。

『すごいです～！　おみごとです～！』

『ものすごくスッキリしました！　目にもの見せてくれてありがとうございます！』

職場を荒らした犯人であり、この騒動の元凶が討伐されるところを最前列で観戦していたラズくんとセレちゃんの喜びぶりは、改めて言うまでもないか。二人でキャッキャとはしゃぎながら、セノエアーチームの周りを泳ぎ回っている。

祝賀ムードに沸く一角を微笑《ほほえ》ましく見守っていると、不意に部屋全体が激しく揺れ動いた。

「んぇ⁉　あ、わ……っっ！」

「元凶が消えたことでダンジョン化が解除されかけているのか⁉　散らばるな、集まれ！」

すぐ隣から、焦りの滲《にじ》むヴィルさんの声がする。表情を引き締めたアリアさんたちが、セレちゃんたちを捕まえてこっちに走ってくるのが見える。

それと同時に、足元からもの凄い勢いであぶくが上がってきて、思わず庇《かば》うように頭を抱えかけて……。突如として、神像の台座から光が溢《あふ》れた。汚《けが》れのない白い光は神々しいだけじゃなく、どこか優しさも感じる。

「ヴィルさん、あそこ！」

「女神像の足元……？　いや、悩んでいる暇はないな！　あそこに飛び込め！」

あそこに飛び込めば、大丈夫。確信めいた予感を、みんな感じてたんだろう。ヴィルさんの声を皮切りに、一目散に光に駆け寄っていく。

私も、ヴィルさんと一緒に光の中に飛び込んで……優しい波が全身を包み込んでくれるような感覚の中、ほんの一瞬意識が遠のいた。

足の裏が、床に着いた。痛いところがあるわけでも、息が苦しくなっているようなこともない。

恐る恐る目を開ければ、周囲を取り巻くのは柔らかな光と清浄な雰囲気。

壁のあちこちに煌《きら》めく宝石が埋め込まれてて、部屋の中は照り輝いてる。

ここがどこかなんて聞かなくても見当がつく。話に聞いていた女神様の宝物庫だ。

「…………っっ、うわぁ……」

キラキラ光る貝殻や、見事な枝振りの大きな珊瑚《さんご》。珍しいものがあちこちに安置されているけど
……ソレの存在感は段違いだった。

巨大な硨磲《しゃこ》貝の殻に納められた、一抱えはありそうな丸い真珠。ツヤツヤ輝く滑らかな表面には、傷一つない。

『ああ、無事だった！　よかった……本当によかった！』

『これが、慈愛の宝珠です～！　海に落ちた星屑《ほしくず》を核に、月の光を重ねて層にした……って言われてます』

真珠をヒレで撫でるラズくんと、真珠に頬ずりするセレちゃんは、見るからに嬉《うれ》しそうだった。

しっとりと落ち着いた乳白色の輝きは、確かに月光に似てるかも。

「どうやら無事なようだな。女神の許《もと》に一度戻って、取り戻した旨を伝えた方がいいのか？」

『はい！　おれたちがリューシア様に伝えに行きます！』

『皆さんは、どうぞここで休んでいてください！』

宝珠の前に並んだラズくんとセレちゃんが、私達に向かってペコリと頭を下げた。そのままお互

いに顔を見合わせると、ラズくんとセレちゃんが壁の一角……光がカーテンのようになっている所めがけてスイッと泳いでいく。

ぶつかるんじゃ……と眉《まゆ》をひそめた私の目の前で、ラズくんたちはスルリと壁の向こうに抜けてった。

「え……は？　壁、すり抜けた⁉」

「……そういえば、もともとは女神像の奥に宝物庫の入り口があると言っていたものな。ここがそれ、ということか」

「ああ、なるほど。ダンジョン化してたのが元に戻ったなら、建物のつくりも元通りになってるはずですものね！」

もともとの建物を知らない上に、ダンジョン化したり戻ったりしたせいか、現在地の把握がいまいちできてないなぁ。

まあ、あとは女神さまを待つだけだし、その間にゆっくり散策させてもらおうかな。

ラズくんたちの後を追うように、私も光のカーテンに足を踏み入れてみた。特に何かにぶつかったような感じとか、進行を邪魔されたような感じはしない。

エアシャワー張りの刺激があるんじゃないかと思ってたから、ちょっと拍子抜け……っていうのが、正直なところ…………だったんだけど……。

『な、な、なんだよ、このディープブルーアヴァロンの数！！！』

周囲の様子を見回す前に、悲鳴とも怒声ともつかない大声に意識が持っていかれた。悲鳴が上がった先は、部屋の中央……女神さまの神像があるあたりだ。

尾を引く悲鳴が消えるより先に、カーテンの向こうからアリアさんが飛び出してくる。間髪容れず、アリアさんの後を追うようにエドさんが姿を現して、ごまみそを小脇に抱えたヴィルさんとセノンさんがその背中を追っかけてきたような感じだ。

私もみんなの後を追って女神像まで駆けてって……現場に到着すると同時に、悲鳴の原因もすぐに見当がついた。

「うわ……ずいぶんびっしりと……」

『う～～！　はーなーれーてー！！！』

『なんで、こんなにこいつらが……!?』

女神様の像付近に、アワビモドキが無数に蠢《うごめ》いていたからだ。大きく育った個体が何匹かいるみたいだけど、ダンジョンで見かけたものよりも小さい個体が圧倒的に多い。

アワビモドキめがけて果敢にタックルを繰り出すセレちゃんの横で、ラズくんも負けじと体当たりを繰り返してる。

「もしかしたら、ダンジョン化していた影響が出ているのかもしれないな」

「宝珠から漏れ出た魔力目当てに集まった可能性は十分にありますね」

「今後のことを考えると、駆除した方が良さそうかもね～～」

床でうごうごと蠢くアワビモドキは魔力が主食みたいだもんね。ダンジョン化したせいで内部の魔力バランスが崩れたり、セレちゃんたちみたいな守り手がいなくて警備が薄くなってたせいで、ここぞとばかりに集まってきたのかな？

小ぶりなアワビモドキを素手で引っぺがしたヴィルさんが、鼻面にシワを寄せる。あ〜〜……この顔は、「このサイズじゃ食いでがない」って思ってる顔だ。

「なあ、リン。このサイズのものも食えるか？」

「問題ありません！　小さいサイズのものは、ゆっくり煮含めて、贅沢《ぜいたく》常備菜にしちゃいましょう！」

小さいなら、小さいなりに食べる方法はありますとも！　煮貝ならそのままおつまみっぽく食べてもいいし、カルパッチョ風に仕立てても美味しいらしいし。何より炊き込みご飯にしたら最高だと思うんだ！

私が立てた親指は、食いしん坊たちにとってのゴーサインだ。わあっと歓声を上げながら、腹ぺこメンバーがアワビモドキに襲いかかる。

これなら、大した時間をおかずにアワビモドキも駆除されるだろう。

「セレちゃん、ラズくん。アワビモドキは私たちが駆除しておくから、今のうちに女神さまの所へ行ってきて！」

『いいんですか？　ありがとうございます！　今は、お言葉に甘えます！』

『ダッシュで行って〜、女神さまと一緒にすぐに戻りますね〜〜！』

「うーん……駆除するくらいの時間は欲しい、かなー？」

天敵が無力化されていく様に諸手を……もとい、諸ヒレを上げて歓迎する小魚ちゃんたちが、女神さまの所に向けて懸命に尾びれを動かして泳いでいく。

この分だと、思った以上に早く戻ってきちゃうかも……！　それまでにアワビモドキの駆除ができてるといいんだけど……。

「オレらの血肉になってね〜〜〜〜！」

「リンの、ごはん……！」

どんな原理か知らないけど、エドさんが腕を振るうと、床にへばりついてるアワビもどきがボコンと音を立てて爆《は》ぜるように引っぺがされ、アリアさんの糸が壁とアワビモドキとの間にするりと潜り込んだかと思うとスコンとそぎ落としていく。

セノンさんが麻痺《まひ》と睡眠の魔法をかけてへばりつく力を弱めてくれた貝を、猫パンチで転がすのはごまみその役目……。

食べ物のことになると、いつも以上に力を発揮するパーティメンバーのおかげで、床と言わず像と言わず……引っ付いていたアワビモドキは大小関係なくあっという間に駆逐されていく。

………………うん。心配なかったみたい！

それじゃあ私がやるべきことは、大量にやってくるであろうアワビモドキの積み込み準備だ。

元に戻った海中神殿の床はしっかりしてて、どこに野営車両《モーターハウス》を呼び出しても抜けることはなさそうだ。足場の心配をしなくていいって、本当に快適！

満面の笑みを浮かべたみんなが腕いっぱいにアワビモドキを抱えてくるのを眺めながら、労《いたわ》るようにキャビンに続くドアをそっと撫《な》でた。

エピローグ

『娘よ～～！　娘よ～～～～～！！！！』

弾丸のように一直線に向かってくるシャチの背に乗って、女神さまがやってきたのはアワビモドキの駆除が終わり、なんなら積み込みが終わった頃合いだった。

セレちゃんとラズくんの姿が見えないけど、女神さまの居城で休ませてもらってるんだろう。

『よくぞやってのけました、娘よ～～～～～！！！！』

「本当に、本当にありがとうございます！　あなた方にお願いをしてよかった！」

膝《ひざ》をついて出迎えた私たちの前で、ローブの裳裾《もすそ》を揺らしながら女神さまがシャチの背中から床に降り立った。翻った衣から伸びるのは、オパールのようにきらめく鱗《うろこ》が並ぶ魚の尾びれ。

謁見した時は一段高い玉座にいらしたから気付かなかったけど、女神さまは人魚さんでもあったのか！

「マァルも、よく頑張ってくれましたね。全速力で泳ぐのは疲れたでしょう？」

『私はこのくらい大丈夫ですよぅ！　それより、リューシア様！　祈りの儀式を！』

「ええ、わかっておりますとも！　…………ただ……」

彗星《すいせい》のように長く尾を引く尾びれを揺らしながら、女神さまがちらりと私たちの方へ向き直った。

物憂げな色を帯びた瞳が、逡巡《しゅんじゅん》するように宙を彷徨《さまよ》う。まるで、これから言う言葉をどう切り出すべきか、迷っているようだ。

私たちの近くに泳ぎ寄ってきたシャチもまた、困ったような顔で私たちを見てる。

『これからリューシア様は、祈りの儀を執り行います。祈りの儀とは、女神の神力そのものを揮《ふる》うもの。人の子には、荷が重すぎるのです』

「この宝を取り戻してくださったあなた方に、このような物言いをするのは心苦しいのですが……祈りの間から離れ、儀式が終わるまで前庭で待っていてもらえるでしょうか？」

海の主従が、揃《そろ》ってしょんぼりと眉を下げる。

……女神さまも、シャチも……何を言ってるんだか！　神様直々に儀式を行う神聖な場に、人間がいていいワケがないでしょうよ！

そりゃ、正直に言ってどんなことをするのか興味がないわけじゃないけど……好奇心は猫をも殺す、っていうじゃん？

神の御業《みわざ》を間近で目撃するなんて、人の身には過ぎた行為じゃない？

「――いえ、それは当然のことかと……我々は神殿の外にてお待ちしております」

「世界のすべてが安らけく平らけく収まるよう、我らもまた祈りを捧《ささ》げましょう」

膝をつき、首《こう》を垂《べ》れるヴィルさんたちに倣うように、私も口を開きかけて………。

――ぎゅううう、ぐうぅぅぅぅぅ……――

真面目で静謐《せいひつ》な雰囲気で満たされた部屋に響いたのは、盛大なお腹《なか》の音だった。

……。

………誰も、何も喋《しゃべ》らない。

そりゃね、まぁね……。

これから神聖な儀式が始まろうっていう雰囲気の中でさぁ……お腹の音が響くとかさぁ……。

…………。

……………。

…………………………………はい。犯人は私です！

でも、単独犯じゃないからね！！！　何食わぬ顔でそっと顔を背けたこと、しっかりバレてますからね、ヴィルさん！！！！

何もここで、食いしん坊同盟の同調力が発揮されなくてもいいじゃ〜〜〜〜〜〜〜〜〜ん！

恥ずかし〜〜〜〜〜〜〜〜〜〜〜〜〜〜〜〜〜〜〜〜〜〜！！！！

「あらあら、まぁまぁ！　そう！　そうよね！　宝珠を取り戻すという大仕事の後はお腹が空《す》くわよね！」

『そういえば、人間は朝・昼・晩と食事をとるらしいですね！　うっかり失念していました！』

恥ずかしくて顔を上げられないでいると、なんとも痛ましそうな声が……。こっそり目だけ向ければ、女神さまがそれはもう気の毒そうな目でこちらを見ていた。

うう……ご心配痛み入りますぅぅぅ〜〜…………！

「あのね。祈りの儀式は時間がかかるの。その間に、あなたたちはどうぞご飯を食べていて？」

「え……あの………でも、大事な儀式の最中に……」

『ふふふ。祈りの儀式は、生きとし生けるものの幸福を祈るためのものよ？　それなのに、わたくしのすぐ近くにいるあなたたちがお腹を空かせていたら意味がないじゃない」

『そうですよぅ！　美味しいものをお腹いっぱい食べて、幸せな気分になってくれてこそ、祈りの儀式が成功したと言えるのです！』

両手の指先を合わせて、女神さまがころころと笑う。女神さまの横でゆったりと尾びれを揺らすシャチも、珍しく嫌味のない顔で笑っているように見えた。

「それにわたくし、人の子がどんなものを食べるのか興味があるわ！　あとで是非教えてほしいの！」

「人の食べ物、ですか……？」

「ええ、そうよ。陸の子らは、わたくしに祈りを捧げる時に葡萄酒《ぶどう》を供えてくれるのだけど、食べるものは見たことがないの！」

思わず頭を上げた私の前で、女神さまが今日一番はしゃいだ声を上げる。

…………………おっとぉ？　こんな感じの雰囲気を、私はよ～～～～く知ってるぞぉ！

ヴィルさんをはじめとした暴食の卓《ウチ》のパーティとか、問答無用で私を掻《か》っ攫《さら》っていったミール様とか……食いしん坊仲間の匂いだ！

「わたくしはね、マァルたちと違って生きるために〝食〟を必要としないのだけど。でも、少し気になっていたの！　料理というものは、どんなものなのかしら？」

「え、えぇぇぇ……料理、とは……ですか？」

思った以上に、根本的というか概念的な類《たぐい》の質問が来たぞー？？？

個人的に〝料理とはなんぞや〟って聞かれたら、文字通り〝材料を理《ととのえ》る〟から料理だと思うんだ。

だから……。

「そのままでも美味しいもの、そのままじゃ食べられないもの……そんないろんな個性を持つ食材に手を加えて、これまた個性的な仲間たちみんなで美味しく食べられるものにする……っていう感じですかねぇ……」

「まぁ、まぁ、まぁ！　素敵！　素敵ね！　わたくしたちにはない概念だわ！」

『私たちの場合、食事は〝生きていくためのもの〟というもの以上の意味合いを持ちませんからね』

ぱちぱち手を叩《たた》きながらはしゃぐ女神さまの瞳は、お会いしてから一番キラキラ輝いてた。距離は離れているのに、興奮と熱気がこっちまで伝わってくる。

興奮冷めやらぬ女神さまと、そんな女神さまにそっと寄り添うちょっぴり冷静なシャチ。

多分、食べなくても生きていける女神さまと、食べなきゃ生きていけないシャチの差、なのかな。

なんというか、根本的な部分でお互いに理解できない分厚い壁があるんじゃないかなぁ……って、ふと思っちゃった。

……まぁ、その程度の壁なんて問題になんないくらい、信頼と親愛で結ばれた二人――一柱と一匹？――だとは思うけどさ。

「えーと…………あの…………もしよかったら、私たちと一緒に召し上がりますか？」

相思相愛なお二人の仲をさらに向上させるため、何かできることは……って考えて思いついたのは、一緒に食卓を囲むことだった。……というか、このくらいしか思い浮かばなかった、っていうか……。

料理を知らないなら一緒に食べればいいじゃん、くらいの気持ちさね。

〝百聞は一見に如《し》かず〟が罷《まか》り通るなら、〝百聞は一食に如かず〟が通用したっていいでしょ！

それに、女神さまからもシャチからも、食いしん坊仲間の匂いをかぎ取っちゃったんだもん。そんな二人の前で私たちだけご飯を食べる、っていうのは……ちょっと……。

「リューシア様と、シャチ……マァル、さま……の分も十分に作れるだけの材料はありますので」

……正直、女神さまはともかく、シャチに様付けすんのは、まぁ……ちょっと心が穏やかじゃなかったけど、女神さまの前でその使徒を呼び捨てっていうのも……。

今までさんざん馴れ合っといて何をいまさら……って言われたら、もう何も反論できないんだけどもさ。

「そんな………なんということ……！　わたくしたちが、料理を……！」

『えぇっ⁉』

「い、いいの⁉　本当に⁉　まぁ、まぁ、まぁ！！！！」

『よかったですねぇ、リューシア様！　それに私も、人の子達が食べているものに興味があったんですよ～～～～！』

私としては本当に軽い気持ちでのお誘いだったんだけど、思った以上の反応が返ってきた！

感極まった様子で両手で口元を覆う女神さまと、ヒレを口吻《こうふん》に添える――届いてないけど――シャチ。本当に、似た者同士だなぁ……。

「えぇと……期待して頂いているところ大変申し訳ないんですが、家庭でよく食べられてるような、簡単なものになりますけど……それでよろしければ……」

「いいの！　いいのよ！　その気持ちだけでとてもとても嬉《うれ》しいわ！　それに、わたくしたちは人の子たちの食べているものを食べるのは初めてなのだもの！　凄く貴重な体験だわ！」

お腹が減っている時のアリアさん以上に瞳を輝かせて、私を見つめる女神さま。この分なら、期待を裏切ったら申し訳ないなぁ、っていう心配は、しなくてもよさそうかな。

「……わたくし、今までにないくらい気合が入っているわ！　見ていてね、陸の子たち！　ここ数世紀で一番の儀式ができそうよ！」

みなぎる神気が可視化したんだろうか……裳裾を翻して宝物庫へと泳いでいく女神さまの周囲が、陽炎《かげろう》のように揺らめいている。これは……あれか？　母の日に、子供にご飯作ってもらえると聞いて浮かれるお母さんか？

女神さまの背中を見送る私の背中に、柔らかなものが押し当てられてる。この丸みは…………アリアさん……じゃない!?

『さあ。そろそろ儀式が始まりますよぅ。娘らは、私と一緒に祈りの間から離れて待っていましょうね』

「は？　あんな意味深な言動しておいて、シャチも避難するの？　てっきり、女神さまのそばで補佐的なことすると思ってたのに！」

『確かに私は優秀なシャチですが、祈りに儀式に耐えられるほどではないのですよ～～』

私の抗議もなんのその。シャチが鼻先で背中をぐいぐい私をしてくる。その力は思ったよりも強くて、気を抜くとつんのめっちゃいそうだ。

「…………おい、リン！　大丈夫なのか？　女神と食卓を囲むなんて……」

「なんというか、食いしん坊の仲間の匂いがするなぁ、と思ったら……つい……」

「神様と、一緒のごはん………緊張する……！」

『んもー！　すーぐ朕のことほっとく！！！！』

祈りの間を出て、女神さまのお姿が完全に視界から消えた頃。シャチの鼻先で弄《もてあそ》ばれる私の周りに、みんながわっと集まってきた。

心配そうな声はヴィルさん。ちょっと強張ってる声はアリアさん。肩に飛び乗ってきたごまみその声は、すっかり拗《す》ねきってる。

それと、少し遅れて追いかけてくる複数の足音は、セノンさんとエドさんのものだ。

みんな口々にいろんなことを言うけど、突拍子もない提案をした私を責める声は一つもない。

「女神さまのあの様子だと、何を振る舞っても、満足はしてくれそうな雰囲気はあるよね～～」

「ふふふ……あんなに期待されたら、少しでも美味しいの作りたいなぁ、って思っちゃいますね」

「リンの気質を考えれば、気持ちはわかりますが………いったい何を供するつもりです？」

私の周りにみんなが集まって、あれこれとりとめのない話をして。神殿前庭に向かう道が一気に賑《にぎ》やかになった。

うぅん！　この空気、なんだか久しぶりな気がするなぁ。

いったい何を作ろうかなー、と。脳内レシピと冷蔵庫の中身とをすり合わせて……ふと気が付いたことがある。

「あ、そうだ！　ちょっとちょっとシャチちゃんよぅ！」

野営車両《モーターハウス》の入り口で手招きをすれば、ワクワク顔のシャチがツイッと泳いできてくれる。女神さまから離れたから、もうシャチ呼びでいいでしょ、うん。

『むむ！　何ですか、娘よ！　私の助力が必要ですか？』

「助力っていうか、ちょっとした確認なんだけどさ……なんていうか、女神さまに魚料理って出してもいいの？」

海の女神さまの前で魚を調理するって……女神さまにとっては、わが子を殺されるのも同然、なのでは？　そんな大惨事というかこの世の悪意をたっぷり詰め込んだ悪意箱みたいなことをやらかすわけにはいかないよなぁ……。

私としては、割と重要な疑問だったんだけど、それを聞いたシャチの反応がですね……ものすんごく微妙なんですよ！

『う～～ん。娘が何を心配しているかなんとなくわかりますけど、そのあたりは大丈夫ですよう！　普通の魚は、ただの魚です！』

「普通の魚はただの魚、って……それは、何がどう違うの？？？」

ヒレをぱたつかせながら小首を傾《かし》げるシャチは、おんなじこと言ってるようにしか聞こえないんだけど……もしかして、微妙に違うの？

『確かに海に住まうものは、みな等しく女神さまの子らですが……生きとし生けるものは何かを食べなければ生きてはいけません』

未だわかっていない私にシャチが語ってくれたことによれば、生まれた時はみんな一様に普通の〝魚〟なり〝海棲哺乳類《ほにゅうるい》〟なんだそうな。その中で突然自我が芽生えるものが出てきて、そういった個体が女神さまのもとに集まって、お仕えするようになるんだってさ。

シャチとか、ラズくん＆セレちゃんみたいな子たちのことか！

『つまり、私やあの子たちのように女神さまにお仕えするもの以外は、ごくごく普通の魚なんですよぅ！』

「あー、うん……なんとなく、ニュアンスは理解できた……それじゃあ、私たちもそこら辺を泳いでる普通の魚を獲って食べても許される、ってこと？」

『ええ、ええ、その通りです！　お腹いっぱい食べてくださいね！　捕まえられるものなら、ですけど！』

「か～～～～！　腹立つ！！！！　保存食にできるくらい獲ってくれるわ！！！！！」

言動とか表情の端々に「私はちゃんと魚獲れますけどぉ」みたいな優越感を滲《にじ》ませてるシャチが非常に腹立たしい！

ちらりと神殿の外に視線を向ければ、上下左右関係なくスイスイ泳ぎ回る魚の群れがいる。いる、けど……確かにね、あんなふうに海中を自在に泳ぎ回る魚を獲れるか……って言われたらね……ちょっと自信はないよね！

……でも、ちょっと待って？　今の私は水の中で呼吸し放題なわけだし、憧《あこが》れの素潜り漁——と言っていいのかどうかわからないけど——ができてしまうのでは～～～？？？？

「……とはいえ、女神さまの儀式がいつ終わるかわかんないしな。メインは、さっきドロップしたフラゴールクラブと、大量に獲れたアワビモドキにしよう！」

ここが地上なら、焚《た》き火《び》台でＢＢＱするんだけど、さすがに海の中で火は熾《お》こせないでしょ。野営車両《モーターハウス》で火が使えるのは、女神さまの加護がかかってるおかげなわけだし。

だとすると、やはりカニ鍋《なべ》か？　肩肉の部分は、グラタンにしても美味しいかも！　余ったらクリームコロッケにもできるし…………いや。みんなの食欲なら余んないか。

卵もまだ残ってたから、ふわふわのカニ玉も美味しそうだ。個人的には、甘酢あんをたっぷりかけるのが好きー！

「うあー！　色々と作りたいけど、時間が足りないよう！」

「なんとも贅沢《ぜいたく》な悩みだな、リン。いつも思うんだが、よくまあそれだけポンポンと献立を出せるな？」

「ふふふ！　それだけ食い意地が張ってる、ってことですよ！　うーん……いっそ、アワビとカニをふんだんに使った海鮮あんかけ的な何か…………」

そこまで考えて、ふと天啓が降りてきた。

「そうだ。海鮮あんかけおこげっていう手があった！」

揚げたてのおこげにあんをかけた時の音とか、匂いとか……あのエンタメ性は初めてご飯を食べる、っていう女神さまにぴったりだと思うんだ！

おこげの元は手元にないけど、冷凍ご飯ならある！　それをチンして、潰《つぶ》して、伸ばして、エドさんかヴィルさんに魔法で乾燥させてもらえば、おこげも作れるんじゃないかな？

正直、「これが一般的な家庭料理なのか？」って言われたら、ちょっと気合を入れないと作れない料理です、って話になっちゃうんだけどね。でも、女神さまとシャチのあの喜びようを見ちゃったらさぁ……。できる限りの手を加えないと申し訳ない気がするんだもん。

「よーし！　それじゃあ、ご飯作りを始めます！　今日は皆さんにも、バシバシ調理を手伝ってもらいますよー！」

「な、に……!?　本気か、リン！」

「本気も本気です……といっても、そんなに難しいことではないですけど」

冷凍ご飯をレンジに並べながらの宣言は、パーティメンバー全員を震撼《しんかん》させたようだ。

サッと顔色を変えたみんなを安心させるように、軽く手を振ってみせる。

さすがに、一から料理を作れとは言いませんとも。

手伝ってほしいのは、おこげの素作り部門と、カニとアワビの下ごしらえ部門。

おこげの素は、レンチンしたご飯を潰すのと、乾燥させるのをやってほしくて、カニ部門はカニの身を殻から出してほしいのさ。

アワビ部門は言わずもがな。殻剥《む》きを手伝ってほしいわけなんです。

実際の作業内容を実演を交えて説明したら、みんなあっさり納得してくれた。

「それじゃ、オレとアリアでおこげの素作るよー」

「ん、任せて！」

「そこまで不器用ではないと思っていますから、私はカニの身を剥きましょう」

「……それじゃあ俺はアワビの殻剥き、か……まあ、刃物はそこそこ扱えるからな」

『それじゃあ朕は、かあいいがかりねー！』

うん。最後の〝かあいいがかり〟はともかく、見事に役割分担できましたね！

それに、一度決まったら最後までしっかりやってくれる人たちだから、安心してお任せが……………でき、る……かなあ？

「リン……リン……！　ごはん、ベタベタになったたぁ……！」

「リンちゃんゴメン！　これ、乾燥具合難しいよー！」

「申し訳ありません、リン……どうしても細かいところまで取りたくなってしまって……もう少し時間がかかりそうです……」

「リン、すまん……潰すつもりはなかったんだが、殻が粉々になって、身が……」

車内が一気に賑やかに……いや、賑やかを通り越して騒がしいくらいだ。

でも、このくらいの騒動は最初から織り込み済みなんですよ。

たとえテーブルがご飯粒だらけになろうとも、生乾きになったり乾燥しすぎたり……なかなか品質が定まらなかろうとも、遅々としてカニの身が集まらなかろうとも、小さなアワビモドキが犠牲になろうとも……。みんなで慣れない作業に戸惑いながら、それでもワイワイやった方が楽しいし、女神さまに気持ちが伝わるかなぁ、って！

ふと気がつけば、開け放たれたドアの前に陣取ったシャチが、慈しむような目で囀《さえず》る私たちを見つめていた。

……なんか、こいつにそんな顔されると、ちょっと調子が狂っちゃうなぁ……。背中がこそばゆくなっちゃう！

慣れない雰囲気を払拭《ふっしょく》すべく、いつもみたいにからかってるやろうと思ってさ。「今ならメインディッシュ係が空いてるよ？」とでも言ってやろうとしたのに、それがどうしても言葉にならない。

歯切れが悪くなった私の内心を知ってか、知らずか……シャチがヒレを振って私を招く。

『ふふふ！　そろそろ儀式のクライマックスです。この光景は、ぜひ娘に見てもらいたくて！』

「……クライマックスって？」

招かれるままにドアから顔を出すと、シャチがヒレで上を指す。

それにつられるように上を向いた、その時。

赤、青、緑、黄色、紫、オレンジ、紺……色とりどりの光の柱が、神殿の中心部に聳《そび》えていた。

「わ……うわ…………うわあぁぁぁぁあ！！！！」

そこから零れ落ちた光の粒が、煌《きら》めきながら海の中に散らばっていく。

それは、潮に乗って私の周りにも流れてきて……私の身体にぶつかると、ポップキャンディのような音を立て、熱くも冷たくもない火花を散らしてパチパチ弾《はじ》けた。

『わかりますか、娘よ。女神さまの加護が、世界を巡っています。あなたたちが取り戻してくれた光景ですよ』

「…………そっか……。これが、か……」

こんなにもきれいな光景を取り戻す手伝いができたんだ……。そう思うと、不意に鼻の奥がツンとなった。胸の奥から込み上げてきた衝動を、必死に飲み下す。

どうしようもなく泣きたくもなったけど……今ここで泣くわけにはいかないんだ！

「これがクライマックスっていうなら、そろそろ儀式も終わるんでしょう？　なら、私の方も仕上げに向かってスパートをかけないとね！」

『おや？　泣いてもよかったんですよ？　私の胸でも背中でも、お好きなところをお貸ししますよ？』

「今泣いたら、あんかけの味見ができなくなっちゃう！　また今度、機会があったら貸してね！」

いつもの調子でツンと顎《あご》をしゃくってみせると、シャチもまた口の端をひん曲げてにやりと笑う。

うん。私らには、こういうやり取りがお似合いじゃんね！

『それでは私は、リューシア様をお迎えにあがりますね～。あの騒ぎでどんな料理が出来上がるのか、楽しみにしてますよ、娘！』

「美味しい、って言ってもらえるよう、私も全力を尽くすよー！　それじゃあ、またあとで！」

シャチのヒレと私の手とが、パチンと打ち合わさった。

深型フライパンで煮えているのは、アワビとカニ肉がたっぷり入った海鮮あん。青物野菜と新鮮キノコも加えてある。その隣では、鍋にたっぷり入れられた油が出番を待っていて……。

シャチと別れた後、みんなの努力の結晶を形にした結果がこれですとも！

「まあ！　まあ！　本当に嬉《うれ》しいわ！　子らがみんなで作ってくれたなんて……！」

野営車両《モーターハウス》の外で、女神さまがはしゃいだ声を上げる。

さすがにこの人数は車内に入りきらなくてね……女神さま御自《おんみずか》らボールチェアスポンジやらテーブルの上の珊瑚《さんご》やらを生やして、特設の食事会場を作ってくださったんだよ。もちろん水が入らないように、野営車両《モーターハウス》を中心にドーム型の加護が張られてる。

「それじゃ、始めますね……！」

外に一声かけてから、油の海におこげの素を放り込んだ。エドさんが上手に乾燥させてくれたおかげで、おこげに残った水分が跳ねるようなことはない。頃合いは、ジュワジュワ景気のいい音を立てているおこげがきつね色になった時。すかさず皿に移したおこげの表面で油が弾けているうちに、入り口で待機しているヴィルさんにお皿を渡して食卓へ持っていってもらう。

私はといえば、火から下ろしてもまだフツフツと沸き立つあんかけ入りのフライパンを携えて、食卓へ向かう最中だ。

「あとは仕上げをご覧《ろう》じろ、です！」

バチバチ、ジュウジュウ、ピチピチ、ジュワアア……！

おこげめがけてフライパンを傾けると、様々な音が鳴り響いた。それと同時に香ばしい匂いがぶわりと広がる。

濛々《もうもう》と湯気が立ち上るあんかけおこげは、女神さまの心をがっちりと掴《つか》んだらしい。

「ああ……まぁ………音が、匂いが、見た目が……！　まだ食べていないのに、こんなに楽しい気分になるなんて………なんて素晴らしいの……！」

「できたてなので、まだおこげのカリカリが残ってるんですが、もう少し時間がたつと、おこげがあんを吸い込んで……また食感が変わるんです」

「……そんなことが……？　料理って凄《すご》いのね……！」

「ええと……もの凄く熱いので、よーく息を吹きかけて……十分に冷ましてから召し上がってください」

……うん。女神さま相手に言うことじゃないかな、と思ったんだけど、つい口が滑っちゃった。だって、ご飯食べるの初めてだって言うし……どの辺まで注意すればいいのかなぁ、と思って。

幸い、女神さまは私の差し出口を気にした様子もなく、スプーンに載せたおこげにふうふうと息をかけてる。

固唾《かたず》を飲んで見守る私たちの前で、桃色の唇が開いてスプーンを迎え入れ……。

「～～～～！！！　これは……これが、〝美味しい〟という感覚なの？　どうしましょう……

手が止まらなくなってしまうわ！」

こくりと喉《のど》が動いたかと思うと、感極まったような声が空気を震わせた。

キラキラ輝く海色の瞳が、食卓と、私との間を幾度も往復する。

「ほら、マァルも食べて？　凄い……素晴らしいの……！」

『ん！　んんん！　これが人の子が食べる〝料理〟というものですか！　口の中で色々な感覚が爆発します！　脳みそが揺さぶられますね！』

「ね？　凄いでしょう？　料理というのは、こんなに幸せな気分になれるものなのね」

シャチに手ずから食べさせながらキャッキャとはしゃぐ女神さまと、女神さまに負けず劣らず興奮しきりのシャチ。

こんなに喜んでもらえたなら、みんなで苦労した甲斐《かい》は、十分にあったんじゃなかろうか。

取り分けたあんかけおこげをすっかりお腹に収めてしまった女神さまが、満足げな溜息《ためいき》と共にスプーンを置いた。

「……あ、あら……！　わたくしったら、すっかり自分だけ夢中になってしまって……子らも、温かいうちに食べて頂戴ね？」

「え、でも……よろしいんですか？」

「ふふ。先ほども言ったでしょう？　あなた方の幸せが、わたくしの幸せよ」

女神さまが手を振ると、珊瑚のテーブルに載っていたあんかけおこげがひとりでに小皿に取り分けられていく。

これは魔法？　それとも奇跡？

ここまで気を配ってもらったのなら、食べない方が失礼、か。

「……お言葉に甘えて、いただきます！」

「――っ、そうだな。広大なる御身の慈悲に感謝いたします」

震える手でスプーンを差し入れた。作ってから少々時間がたってるのに、おこげからは未だ湯気が立ち上っている。とろみがあるから冷めにくいのかな？　火傷《やけど》しないよう念入りに息を吹きかけて、意を決して口に運ぶ。

「ん！　んー！　美味しーい！　お米の甘さと、海鮮出汁《だし》の利いたあんが合う！」

表面はあんを吸ってもっちり、中はまだカリカリしてるおこげを噛《か》むと、揚げ物特有の香ばしさが口いっぱいに広がった。じゅわりと溢《あふ》れる海鮮のコクが、米の甘さをより一層引き立ててる感じ！

「カニ、甘い……美味しい……！　もっちり、プリプリ！」

「倒すのに苦労させられたせいか、余計に美味しく感じるよねー！」

カニに苦戦させられた分、その味わいはひとしおなんだろう。アリアさんとエドさんは、勝利の実感とともにカニの身を噛み締めている。

「青菜とキノコが、脂っこさや海鮮の強い旨味を中和してくれるおかげでしょうか？　飽きずに食べられてしまいます……！」

カニもアワビも味わって、セノンさんは野菜の旨味に気付いたらしい。

「……ディープブルーアヴァロンだったか？　さすがに高級食材と言われるだけはある。歯応えといい、溢れる旨味といい……後を引くな、これは」

『…………朕、あんまこれすきくないかも……おたたなのほうがおいしーい！』

その一方で、アワビモドキに関して、ヴィルさんとごまみそとでは正反対の評価がついたようだった。おみそには、おこげじゃなくて軽く茹《ゆ》でたアワビモドキをわけてあげたんだけど……仔猫《こねこ》の舌には合わなかったか。残念！

ちなみに私は、アワビモドキが好物ランキングに躍り出てしまったタイプ。冷蔵庫に剥《む》き身《み》のストックが残ってると思うと、幸せな気分に浸れるね。

結構な量を作ったはずなのに、海鮮おこげはあっという間に私たちのお腹に収まった。

満ち足りた気持ちでほうと息を吐いた私たちを見つめる女神さまの瞳は、ただただ優しいばっかりだ。慈愛に満ちた瞳が、私たち一人一人を順繰りに映しだす。

「わたくしたちの窮地を救ってくれただけでなく、このような歓待まで受けて…………子らの心づくしに報いるべき褒美は、金銭などでは到底贖《あがな》いきれません」

「ひょえっ!?」

柳眉《りゅうび》をひそめた女神さまの言葉に、思わず変な声が出た。

え、えええぇ……褒美とか、困る！

今回のは、食いしん坊仲間の空気を感じたからついお誘いしちゃっただけであって……。ご褒美が欲しくてやったことじゃないんですよぅ！

「あ、いいえ……褒美など、そのような……！」

「そうです！　温かいお言葉をいただけただけで十分です！」

　私の困惑を察してくれたヴィルさんが、懸命に固辞する尻馬《しりうま》に乗っかって、私も必死で対価回避の姿勢を見せる。

　そんな私たちを、女神さまは微笑《ほほえ》ましいものを見るような目で見つめたまんま……。

　それがかえって怖いんだよー！！！

「ふふふ……そうね。押しつけは良くないわね。でも、これだけは受け取って頂戴？」

　笑みを深めた女神さまが、パチンと指を鳴らした。その途端、胸元でジワリと熱が弾ける。

　咄嗟《とっさ》にそこに押し当てた掌《てのひら》の下に感じるのは、硬く丸い感触……。初めてシャチに出会った時に降ってきた、女神の加護が宿る薄桃色の珊瑚玉。

「わたくしの加護を強めておきました。悪しきものから身を守ってくれるはずです」

　胸元から引っ張り出してみると、色味がぐっと強くなってるし、心なしか輝きも増してるような気がする！

　ちらりと女神さまを見つめれば、すべてを肯定するように頷《うなず》かれた。

「身に余る光栄です……！　ありがとうございます！」

　深々と頭を下げた、その時だ。遠くから澄んだ鐘の音が聞こえてくる。それも、一つじゃない。大きさも、材質も違う異なる様々な鐘の音が重なっているように思える。

『気になりますか？　世界の各地で女神さまの御威光を称える教会の鐘が鳴らされる音です』

「ああ、よかった！　地上にも加護が届いたようね」

なるほど。どういう仕組みかはわからないけど、地上のあちこちでリューシア教会が鳴らす鐘の音が……地上の人間が打ち鳴らす感謝の音が、海の底にまで響いてるのか。なんとも神秘的だなぁ。

……ってことは、ライアーさんたちの教会の鐘の音も、この中に混ざってるんだろうか？

加護が届いたっていうことは、海も落ち着いてきてるのかな？　港に船が戻ってきてればいいんだけど……。

幾重にも重なる鐘の音を聞いているうちに、次第に瞼《まぶた》が重くなってくる。その場に立っていられなくなって、床に膝《ひざ》をついた。

「名残惜しいけれど、もうそろそろあなたたちを陸に帰さなくてはいけないわねぇ……」

寂しさが混じったような笑みを浮かべた女神さまとシャチが、ほぼ同時にふうとため息をつく。

「本当は帰したくないのだけど……」なんて声が聞こえたのは私の気のせい？

ちゃんと考えたいのに、思考回路がどんどん睡魔に飲まれてく。ヴィルさんも、アリアさんも……私の隣で座り込んだり、横たわっていたり……。私だけじゃないんだと思ったら、急に体の力が抜けた。とうとう座ってもいられなくなって、ドサリと床に倒れ込む。

「でも、仕方ないわね。なにしろここは海の底。今はわたくしの加護で守られているとはいえ、本来は陸の子らが生きていける環境じゃないもの……」

『どうかまた、遊びに来てくださいね！　娘ならなら、いつでも歓迎します～～～！』

いったい何の話をしているのか、あんまり、もう……考えられない……。

ただ、身体がふわりと浮かんだような気が、する……。

「その泡の中に居れば、魔物に襲われることもないでしょう。地上に戻るまで、その中でゆっくり体を休めてくださいね」

優しく頭を撫《な》でられて、これでお別れなんだ……と不意に理解してしまった。胸の奥に、無性に寂しさがこみ上げる。

『また改めて、お礼に参りますね、娘よ～～～～！！！』

「ええ。ではまた、いずれ……ね？　勇敢で心優しい人の子らよ。それまでどうか健勝で」

やさしい手が離れていって…………そこで私の意識も途切れた。


「おい、リン！　大丈夫か？　リン！」

肩を揺り動かされて、目が開いた。真っ赤に染まった空を背負ったヴィルさんが、心配そうに私を覗《のぞ》き込んでいる。

体を起こすと、体の下でジャリッと砂が鳴った。目の前に広がる光景には、どこか見覚えがあって……。

「ここは……朝、シャチと会った海岸？」

「ああ。どうやら、戻ってきたようだな」

そこかしこで耳に馴染《なじ》んだ声が呻《うめ》いてる。もそもそと動いているところを見るに、怪我をして動けない……ということはなさそうだ。

ついさっきまで青の世界にいたはずなのに、今の私は真っ赤な世界で座り込んでいて……。まだ完全に覚醒《かくせい》しきれてないせいか、妙に現実感が乏しい。頭の芯《しん》がふわふわして、まだ夢の中にいるような気分。

「…………なんだか、ぜーんぶ夢の中で起きたことなんじゃ……って思っちゃいますね」

なにしろ、すべて夢だと思えてしまうほど浮世離れしていて、なんともきれいな世界だった。

「気持ちはわかるぞ、リン……」

「実際にダンジョンを攻略したり、色々してきたはずなんですけどねぇ……」

あの冒険が、夢でなかった証拠が欲しい。

そう思って服の下から引っ張り出した珊瑚《さんご》玉は、最新の記憶の通りずいぶんと濃いコーラルピンクになっていた。

どうやら、海の中で大立ち回りをしたのは現実だったようだ。

頭が覚醒するに従って、やらなくてはならないことばっかりが頭に浮かぶ。

「あ…………夢じゃないってことは……ギルドに報告に行かなくちゃいけない……ってことです？」

「……嫌なことを思い出させてくれるな、リン？　ギルドに報告が済んだら、『幸運の四葉《クローバー》』のところにも報告に行く必要があるぞ」

「ふふふ。今度こそ、バザーの話を聞きたいですねぇ」

すべてをなげうつように、もう一度砂浜に寝転んだ。やることは山積みだし、かといって正直に見たり聞いたりしたことを報告しようものなら疑われそうだし。

気がつけば、砂浜に並んで寝転ぶ私とヴィルさんのすぐ近くに、仲間たちが這《は》い寄《よ》ってきていた。

「んん～～～……もうちょっとだけ、海を見てたい気分ですね」

「そうだな。そうするか」

せめて、この夕日が沈むまで……真っ赤な日が沈んで、海の底を思わせる闇に包まれるまで……冒険は少し休ませてもらうことにした。

あとがき

この度は本作をお手に取っていただいてありがとうございます！　皆様の応援のおかげで、無事に『捨てられ聖女の異世界ごはん旅』の五巻を刊行することができました！

二月刊行予定とお知らせしておりましたが、諸々の事情により発行が遅れてしまったこと、心からお詫びいたします。

それでも、こうして書籍という形で皆様とお会いすることができて、本当に本当に嬉しいです。

今回は、とうとう海の中での冒険と相成りました！　色々と万能な野営車両《モーターハウス》ですが、まさか海の中でも活躍することになるとは（笑）。

ファンタジー感溢れる冒険を書くことができて、とても楽しかったです！

小神奈々《こがみなな》先生によるコミカライズもB's-LOG COMICS様にて絶賛連載中です。漫画と小説。異なる媒体で描かれる異世界グルメ旅を楽しんでいただけましたら幸いです。

また、昨年十二月に『見捨てられた生贄令嬢は専用スキル「お取り寄せ」で邪竜を餌付けする』という新シリーズを刊行いたしました！

異世界グルメをお取り寄せできるスキルに目覚めた主人公が、個性豊かな仲間たちと美味しいものを食べてキャッキャしたり、スローライフにチャレンジしたり……。冒険とご飯に彩られた『捨てられ聖女の異世界ごはん旅』とは、また雰囲気の違うグルメ小説です。

いつでもどこでも好きな時に指先一つでお取り寄せグルメを堪能する、主人公と愉快な仲間たちが揃っております。このあとがきの後ろから試し読みができますので、興味を持たれましたら、こちらもぜひよろしくお願いします！

こちらも、諒《あきら》しゅん先生によるコミカライズがB's-LOG COMICS様にて始まっております！

併せてご拝読頂けましたらとても嬉しいです。


最後になりましたが、ご迷惑ばかりおかけしてしまった担当のW様。

かっこいいシーンも、可愛《かわい》いシーンも、素敵に彩ってくださる仁藤《にとう》あかね先生。

時にコミカルに、時にカッコよく、キャラを動かしてくださる小神奈々先生。

そして、本書をお手に取ってくださいました読者の皆様に、心よりの感謝を捧げます。

次巻にて、再び皆様にお会いできることを夢見ております。

『見捨てられた生贄令嬢は
専用スキル「お取り寄せ」で
邪竜を餌付けする』試し読み

著
米織

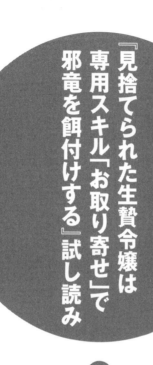

プロローグ

仄暗《ほのぐら》い洞窟《どうくつ》の最深部。朽ちかけた古代神殿の祭壇に腰を下ろした黒衣の男の膝《ひざ》の上に、その少女はいた。なんとも親密そうな雰囲気を醸し出す二人は、宙に浮かぶ薄い板のようなもので取り囲まれている。

男のがっしりした胸と長い腕とに囲われた今の自分は、さながらとぐろを巻く竜に囲われた宝のようなものだと、少女は……フランチェスカは独《ひと》り言《ご》ちた。

神殿の壁に掛けられた松明《たいまつ》の青い炎が仄青い影を落とすなか、根元の黒から毛先の銀へと神秘的なグラデーションを描く髪を男の長く武骨な指に絡めて引っ張られ、フランチェスカの口から

「ぴ！」と小さな悲鳴が転がり落ちる。

「もう！　手持無沙汰《てもちぶさた》だからといって、私《わたくし》の髪をいじるのはおやめくださいませ！」

「ふん……お前が早々に探し出さぬのが悪いのだ」

突然の悪戯《いたずら》に思わず声を上げてしまったのが悔しくて、フランチェスカは珊瑚《さんご》色の唇をつんと尖《とが》らせて背後を振り返る。だが、怨《うら》みがましく瞳《ひとみ》を細めて男を見つめても、自身を擁する黒衣の男が悪びれる様子は微塵《みじん》もなかった。それどころか、先ほどまで髪を弄《もてあそ》んでいた指を目の前の板……スキルタブレットに向け、ある一点をトントンと叩《たた》いて尊大に指し示す。

「フラン。我はこれが良い。以前食べた別の味のものが美味《うま》かった！」

「……私、竜《ドラゴン》はお肉がお好きなんだとばかり思っていたのですけど、甘い物もお好きだったというのは知りませんでしたわ」

男が示すそこには、幾許《いくばく》かの異国の言葉と色とりどりの果物を使って作られたであろう菓子の絵——本物と見紛《みまが》うばかりの色鮮やかさと精密さで描かれている——が映し出されていた。

いつもは傲岸不遜《ごうがんふそん》な男の瞳が期待に満ちてキラキラ輝いているのに気付いたフランチェスカの口元が、ゆったりと綻《ほころ》んでいく。金色《こんじき》の瞳を爛々《らんらん》と輝かせる男が無性に可愛《かわい》らしく見えて、気が付けば緩く握った拳《こぶし》を口元に当ててコロコロと笑っていた。

むぅ、と唇を尖らせる男を横目に、少女の白く細い指がその板の中央付近に示されている四角いボタンを迷いなく押した、途端。

今まで何もなかったフランチェスカの両手に、いったいどこから出てきたものかそれなりの大きさがある紙箱がどんと載っていた。

ズシリとした重さのそれを祭壇に置いたフランチェスカが紙箱の蓋《ふた》を開けると、果物の甘酸っぱく爽《さわ》やかな香りと、バターと砂糖の濃厚な甘い香りとが、周囲にふわりと広がっていく。

その匂いが届いたらしい男の形の良い鼻がヒクリと動き、瞳の輝きをいっそう強めるのを目にしたフランチェスカの笑みも深くなった。

なぜなら、自らのスキルをここまで心待ちにされると嬉《うれ》しいものであるからして……。

「はい、アルク様。ご要望の『季節のフルーツとカスタードのタルト』ですわよ」

「うむ。大儀であった」

箱の中に収められていたのは、先ほどの板に描かれていた絵と寸分違わぬ菓子が一ホール。それが六ピースに切り分けられていた。ナパージュされた表面がキラキラと輝いていて、なんとも美しい。

菫色《すみれいろ》の瞳を柔らかく笑ませたフランチェスカが宝石のようなその一ピースを差し出せば、鷹揚《おうよう》に頷《うなず》いたアルクェラーグが大きな手で受け取って、そのままぱくりとかぶりついた。

色とりどりの果物が載ったタルトが、真珠色の牙《きば》が覗《のぞ》く大きく開いた口の中に瞬く間に消えていく。

機嫌が良さそうに菓子を腹に収めていく男の膝の上で、今回の菓子も気に入ってもらえたことに安堵《あんど》したフランチェスカはそっとため息をついた。

今、フランチェスカを膝に乗せ、真剣な瞳で中空に浮かぶ板を見つめる男は、実のところ人間ではない。アルクェラーグと名付けられた、古来より災厄を司ると言われている巨大な黒い竜だ。

その竜の生贄《いけにえ》としてこの洞窟に放り出されたものの自らのスキルで見事に竜を虜《とりこ》にし、命を繋《つな》ぐことに成功したというのが、フランチェスカの現状である。

この強大で尊大な黒竜《ドラゴン》の機嫌を損ねてしまえばそれで一巻の終わりという危ない綱渡りのはずが、愛称で呼ぶことを許され、こうして膝の上に乗せられながらスキルを行使することを認められている程度には可愛がられている自覚が、フランチェスカにはあった。

……それだけ、私のスキルがお気に召した、ということなんでしょうね。

改めて突き付けられた現状に息を吐きつつ、フランチェスカはまだ残っているタルトに手を伸ばした。難しいことを考えるのは後にして、今は自身のスキルの成果を確認することに尽力したい気持ちが勝ったせいだ。

……このスキルを使いこなせるようになって以来、どうにも欲望に対して素直になったことを自覚しながら、フランチェスカはお行儀も気にせずに三角のタルトの頂点にはぷりと噛《か》みついた。

「ん～～～～！　やはりできたてで送られてくるタルトは、タルト生地がザクザクしていて、歯応えがたまりませんわね！」

しっかり冷やされてはいるものの、それでも作り立てなのであろうそれは、クリームをたっぷり載せた底の部分がまだ水分を吸い込んでいない。おかげで、かりかりざくざくとしっかり硬く、顎《あご》が動くたびに土台のサブレが口の中で弾けた。ほんのりと甘く、アーモンドの香りがぷんとする。

次いで、バニラの香りを纏《まと》った濃厚なカスタードクリームと、爽やかな色とりどりの果物が雪崩《なだ》れ込んできて、口の中はもうお祭り騒ぎだ。

卵とミルクがたっぷり使われたカスタードが舌の上でトロリと蕩《とろ》けるのに甘酸っぱい果物の果汁が混ざり合い、甘さで支配されがちな舌を瑞々《みずみず》しい酸味が絶妙なバランスで引き締めて喉《のど》に滑り落ちていく。

「中のクリームが柔らかい分、歯応えがある生地が余計に美味く感じるな。果物の酸味がまろやかなのも我好みだ」

「アルク様、あまり酸っぱいのはお好みではありませんものね」

満足げに次の一ピースを勝手に取り上げた黒竜《ドラゴン》が果物とクリームだけを口にしたのを見て、フランチェスカも真似をしてみた。

シャクシャクした果肉から甘い果汁を滴らせるイチゴに、プチプチとした歯応えが楽しいオレンジ。桃のコンポートは舌で押しつぶせるくらいに柔く甘く、直後にプツンと弾けたブルーベリーの甘酸っぱさを際立たせていて、それらを受け止めた濃厚なカスタードが酸味でわずかに荒らされた舌の上を優しく覆っていく。

確かに、クリームも果物も、とても美味《おい》しい。

……美味しいのだが……。

タルトに関しては、やはりこの土台の歯応えが必要不可欠だと、フランチェスカは思っている。薄くクリームが残った土台の部分のざくざくした歯応えを堪能していると、我知らず気の抜けたような笑みが浮かんでしまう。

「果物もクリームも確かに美味しいのですけど……でも私、よく焼かれて味が濃縮している、背中と底の角の部分が一番美味しい気がしますわ……」

「……おまえ、それは…………いや、うむ。わかる気はするが……」

最後に残った欠片《かけら》を口にしたフランチェスカに、一瞬信じられないものを見るような目を向けた黒竜《ドラゴン》が、やはり最後の一欠片を飲み込んでから納得したように頷いている。

フランチェスカが一ピースを食べる間に、アルクェラーグは二ピースを平らげていたらしく、箱に残っているのはあと二ピースだ。

最後に残ったそれをそれぞれで分けようと手を伸ばしたフランチェスカの目の前に、黒竜《ドラゴン》が懐に入れていた手を差し出した。

「菓子の対価はこれで足りるか？」

その掌の上には、鶏卵程の大きさの深い青色の宝石が載せられている。

フランチェスカがスキルを行使するためには〝ポイント〟と呼ばれるものが必要なこと。その〝ポイント〟は、金貨や宝石などをスキルタブレットに取り込んでポイントに変換する必要があることを知ったアルクェラーグが、対価として手渡してくれるようになったのだ。

延命のためにスキルを行使しているのに、命乞《いのちご》いの祈りを捧《ささ》げるべき相手自らがスキルを使うための対価を差し出してくるという、なんとも本末転倒な事態である。

フランチェスカは心の内に浮かぶ複雑な思いが表に出ないよう必死で表情筋を叱咤《しった》した。

この事態を心苦しいと思わないでもない半面、こうして対価が与えられる分だけスキルを使える機会が増えていく。それはきっと、この黒竜《ドラゴン》が自分のスキルを気に入ってくれている、という証でもあって……。

「十分に過ぎますわ。もう少し小粒の物でもよろしいのに……」

「生憎《あいにく》と、我の手元にはこれ以上小さな物はない。多ければ次の機会に使うが良い」

いずれにせよ、この差し出された宝石を受け取らないことには始まらない。何しろこの黒竜《ドラゴン》は、一度言い出したことを翻してくれるほど、柔軟ではないからだ。

ズシリと重いそれを受け取ったフランチェスカは困ったように小首を傾《かし》げてみせても、最後のタルトを頬張る黒竜《ドラゴン》はそれを気にした様子もなく鷹揚に手を振るだけだ。

そんなアルクの様子に、改めて交渉は無理と悟ったフランチェスカは、スキルタブレットにその宝石を近づける。画面にぶつかる……と思った次の瞬間、宝石は何の抵抗もなく板の中に飲み込まれた。

画面の表示も、花びらや紙吹雪《ふぶき》が舞い散る中に異国の言葉が躍る華やかなものに切り替わっている。

「本当に、このスキルは有能ですこと」

「うむ。お前のスキルのおかげで、我はこうして美味いものにありつける。お前を放逐した国の人間の目はよほど節穴だったのだな」

にんまりと笑った黒竜《ドラゴン》の口から零《こぼ》れ落ちた言葉がフランチェスカの心の中に飛び込んできて、大きな波紋を広げていく。物欲しげな目で最後の一ピースを見つめるアルクェラーグの視線を敢えて受け流しつつ、手にした自分の分のフルーツタルトに口をつけた。

気前よくたっぷりと盛られたカスタードクリームと、惜しげもなく載せられた季節のフルーツとのマリアージュは、何個目であろうとも、美味しいものは美味しい。文字通り蕩けるクリームで甘やかされたかと思うと、フルーツの甘酸っぱさで叱咤されて……このままいくつでも食べられてしまいそうだ。

「ふふふ……昔の私は役立たず扱いでしたもの。今思えば、追い出してもらえてせいせいいたしますわ」

「役立たず、か……我は、これだけ美味いものを生まれてこの方食べたことはない。我が知らぬ未知なる美食を取り出せるお前を、役立たずとは思わぬが……？」

無心でタルトを頬張りつつぽつりと言葉を漏らしてしまったフランチェスカの後ろでは、心底不思議そうな顔をしたアルクェラーグが首を傾げている。「この食べ物のためならば、すべての財宝をくれてやることも惜しいとすら思わない」とまで呟《つぶや》かれ、とうとうフランチェスカの口からふふ、と小さな笑い声が零れ落ちた。

嬉しさ半分、照れ半分……そしてそこにほんの少しの優越感が混ざった声だった。

「ふふふ……！　ありがとうございます、アルク様。アルク様が気に入ってくださったなら、このスキルも、私も浮かばれますわ！」

菓子だケーキだ旨いものだと集まってくる精霊たちにもタルトと一緒に取り寄せた焼き菓子を手渡してやりながら笑うフランチェスカの細い体が、背後から伸びてきた腕でぎゅむりと抱き潰《つぶ》される。

「お前は我に捧げられた〝花〟なのであろう？　ならば、せいぜい我がために尽くしてもらうぞ」

「あらあら……私がいないとダメになってしまうと、素直に仰ってくだされぱいいのに」

精霊用の焼き菓子を長く鋭い爪で摘《つま》んでいく黒竜《ドラゴン》を横目で眺めつつ、フランチェスカは呵々《かか》と笑い出したい気持ちを抑えてツンと澄まして鼻を高くしてやった。

挑戦的な色味を滲《にじ》ませた瞳で見つめた先では、ふんと鼻を鳴らした黒竜《ドラゴン》がもどかしそうに焼き菓子の包装を破こうと必死になっている。中のフィナンシェらしきプチガトーを壊すまいとすればするほど力加減が下手になり、ビニールがくちゃくちゃになるだけだ。

さらにそこへ菓子を奪還しようと小さな精霊たちが集まってくるせいで手元が定まらず、そのこともイライラを募らせる要因になっている。

「フラン！　笑っていないでこれをなんとかせぬか！」

「えぇぇぇぇ……切る時はこの三角の切れ目から、と申し上げてるじゃないですか……！」

いまにも癇癪《かんしゃく》を起こしそうな黒竜《ドラゴン》の手からフィナンシェの袋をそっと取り上げて、無残にもあちこちが伸びきったビニール包装を風魔法の刃でピッと軽く切り開けた。それをそのまま口に運んでやれば、さっきまで怒っていた黒竜《ドラゴン》がもう笑っているので、フランチェスカも思わず笑ってしまう。

我も我もと集まってくる精霊たちの口にも焼き菓子の欠片を放り込みながら、少女はこの平和な生活を享受できる幸せをしみじみと噛みしめていた。

第一章

「フランチェスカ。お前とテオドール殿下との婚約は破棄された。お前ではなくエリシアが新たな婚約者となる」

普段は王都にてお爺《じい》さまと執務に励んでいるはずの私《わたくし》を、公爵領にある私邸へと呼び出したお父様は、開口一番そう言い放った。

その言葉に、ハンマーで殴られたような衝撃が頭に走る。ソファーに腰を下ろしているというのに眩暈《めまい》で倒れてしまいそうですわ……。

無様によろめきそうになった背筋を何とか伸ばし、対面に座っている婚約者――いいえ、もう「元」婚約者とお呼びした方が良いのかしら？　――に視線を向ける。

その隣に座るのは、私の異母妹。

ふるふると頼りなげに震えながらも、それでもしっかりと自身の腕に縋《すが》りつき、ぴったりと身を寄せているエリシアを、テオドール殿下が愛しげに抱き寄せる。

金髪碧眼《へきがん》の王子様と、ハニーブロンドの美少女……それはそれは絵になる光景ですわね。

相手が私の婚約者と異母妹ということを除けば、ですけど。

「すまない、フランチェスカ。だが、君は確かにスキルを持っているけど、誰にも解読できない役立たずのスキルだろう？　それなら、スキルはないけれど愛らしくて華やかなエリィの方が公爵夫人には相応《ふさわ》しいと思わないかい？」

「ご、ごめんなさい、お姉様……でも、どうしても心に嘘がつけなかったの……！　それに、私のお腹《なか》には、テオドール様との愛の結晶が……」

「私もだ。エリィとの間に真実の愛を見つけてしまった……この心に蓋《ふた》をして、君と結婚することはできない……！」

口では「すまない」と言いながら、愛しげにエリシアの髪を梳《す》くテオドール殿下と、涙ながらに……それでもその桃色の唇に優越感たっぷりの笑みを浮かべてゆったりと腹部をさすって見せるエリシア。

二人の世界に浸りながら謝罪の言葉を二人が紡ぐ。

あらあら……すまなそうに頭を下げたって、その口元に浮かぶ笑みを隠さなければ、誠意は伝わりませんわよ？

…………まぁ、私に対する「誠意」など、爪の先ほどもないのでしょうけど……。

仕方ありませんわね……この二人も……ひいてはお父様もだけれど、私のことなど毛ほども気を向けてくださらなかったもの。

……本来であれば、第三王子のテオドール殿下が成人と共に臣籍降下し、私の婿として我がヴァイエリンツ公爵家に入る……という約束だったんですの。

それも、今となってはあっさりと覆されてしまいましたけれど……。

どうりでここ最近は王都でお目にかかる回数が目に見えて減っていたはずですわね。私が執務をしている間、領地に赴いて妹と真実の愛とやらを育んでいたんでしょう。

「ヴァイエリンツ家の娘が婚約破棄をされたなどという醜聞を広めるわけにはいかない。ちょうど今年は『花贈り』の儀がある。お前が『花』に選ばれたため、婚約者が変更になったと周りには伝えることにする」

「畏《かしこ》まりました。いつ頃の出立になるのでしょう？」

「明日だ。せいぜい準備をしておくといい」

「…………承知いたしました。これ以上お話がないようでしたら、私はこれで……」

形ばかりの謝罪を繰り返す二人を一瞥《いちべつ》し、一人がけのソファーに腰を下ろしているお父様に目を向ける。

切れ長の瞳《ひとみ》で何の感情もなく私を見つめ、形の良い薄い唇が私の今後を告げる。

『花贈り』……五十年に一度、孤島に住む孤独な黒竜《ドラゴン》に「花」を捧げてその無聊《ぶりょう》を慰める…………その実体は、強力な魔力と呪いの力を持った黒竜《ドラゴン》に生贄《いけにえ》を捧げて仮初《かりそめ》の安寧を願う……そんな儀式ですわ。

何百年か前に「花」を贈らなかった年があったのだけれど、その後何年にもわたって旱魃《かんばつ》や冷害による飢饉《ききん》や、内乱が相次いだそうで……その後は途切れることなく儀式が続けられているというわけですわね。

まさか、この身がその「花」に選ばれるとは思いもしませんでしたけれど……婚約者が妹相手に二股《ふたまた》をかけていた挙句、姉が捨てられた……なんて、ヴァイエリンツ公爵家が立てていい噂ではありませんもの。

……そうなる前に……殿下が二股をかけているとわかった時点で止めていただきたかったですわね。

今となっては詮無いことでしょうけど……。

お父様は今のお義母様《かあ》に……私を生んだお母さまが亡くなられた後に娶《めと》られた後妻に骨抜きですものね。貴族の義務で結婚したお母さまが生んだ娘《わたくし》より、好きで結婚した相手が生んだ異母妹《エリシア》の方が可愛《かわい》いのでしょう。

……思えば、異母妹《エリシア》に向ける愛情の一片でも私に向けてくださらなかったわね、お父様……。

私を気にかけてくれたのは、お爺さまくらいじゃないかしら……？

お爺さまは私の扱いに対してたびたびお父様に苦言を呈してくださったけど……結局改善されることはなかったわね……。

「役立たずのお前が黒竜《ドラゴン》の花嫁になるのだ。光栄に思うと良い」

「この身のすべては、ヴァイエリンツ公爵家のために」

徹底したマナー教育の中で身に付けた完璧《かんぺき》なカーテシーで頭を下げる私に、お父様の言葉が突き刺さった。

明日、私は死ぬ……邪竜の生贄となって。

泣き出したいほどに恐ろしかったけれど、チラリと私を見上げてあざけるような笑みを浮かべたエリシアの前で無様を晒《さら》すのは絶対にご免でしたの。

感情を殺して退出する私の背中に、無邪気に結婚式の予定を語るエリシアの弾んだ声が伸し掛かる。

一人で歩く廊下は、華やかではあったけれどどことなく冷たかった。

王都に行くまで私に宛てがわれていた私室は、館の外れにあるひどく質素な部屋。

部屋に戻った私はドレスを着替えることもせずにベッドに身を投げる。

それだけでギシリと音を立てるベッドは、「公爵令嬢」の身分に相応しい品質でないことは確かで……。

「せめて、私にスキルが使えたら違ったのかしら……？」

吐くまい吐くまいと思っていた弱音が、唇の隙間から思わず漏れた。

……この世界には、「スキル」という特殊能力を授けられて生まれてくる人間がいる。

それは剣の能力であったり、商売の能力であったり……種類は様々だけれど、持ち主を助けるための能力であることがほとんどで、スキルを持った人間は「神の祝福を受けた」者として重宝されることが多い。

私もスキルを持って生まれてきたのだけれど、私のスキルは、周囲の人間も……私ですらも解読できない上に行使することもできなくて……。

気が付けば私は「スキル持ちのくせに役立たず」として家族からも爪はじきにされていた。

私のお母さまが亡くなって、お父様が今のお義母様と異母妹《エリシア》を連れてきて……それは如実なものになってしまったわね……。

スキルがダメなら……と思って得意だった魔法を一生懸命磨いたつもりだったのだけど、こんな結果になった今、すべてが無駄だった、ということなんでしょう。

考えてみれば、華やかなドレスも、煌びやかなアクセサリーも、優美な家具も、優秀な使用人も……すべてがエリシアだけに与えられましたし……いわんや、家族としての愛情をや……ですわね。

私がテオドール殿下の婚約者になってからは、体面を保つためかドレスやアクセサリーは与えられたものの、部屋のくたびれて古ぼけた家具はそのままだったし、私専用の使用人が与えられることもなかったもの。

…………まぁ、自画自賛ですけど、私、こう見えて優秀ですので？

自分の身の回りのことを片付けたり整えたり管理するくらい簡単にできてしまいますので？

メイドや侍女がいなくても、まっっっっっったく問題ありませんでしたわよ！

でも、そんな私をお爺さまは気遣って、デビュタント前からお爺さまがいらっしゃる王都で一緒に執務のあれこれを教えていただいていましたわ。

テオドール殿下が臣籍降下された暁には、私も公爵夫人として領地の経営に関わることになっていましたし、そもそもお父様がお義母様と異母妹《エリシア》を連れて遊びまわるのに忙しく、まともに執務をなさらなかったから……。

王都と領地はさほど距離があるというわけではありませんけど、社交シーズン以外でお父様たちが王都にいらっしゃることはなかったわね……。

「……スキルが使えるというのは、そんなに偉いことなのかしら……？」

噛《か》み殺《ころ》しきれなかった呻《うめ》きと共に、私は枕に顔を埋《うず》めて………。

………そこからの記憶が、少々曖昧《あいまい》ですの……。そのまま眠ってしまったのかしら？

（仕方なくないからね！　あんなん二股をかける方が悪いに決まってらぁ‼）

次に私が気が付いたのは、憤慨する女性の声が聞こえてから。枕から顔を上げると、真っ白な世界の中、黒髪の女性が激しく地団駄を踏んでいる。

不思議と、驚いたりはしなかったわ。

頭のどこかで、これが夢だとわかっているせいかしら？

（何が……なぁにが「真実の愛」だバカヤロー‼　単なる浮気じゃねーかクソ男‼　テメェに相応しくあろうとしたフランのどこが不満だってんだ、えぇっ⁉　妹ビッ○の色仕掛けにコロッと騙《だま》されやがって！！！）

どこからともなく大きなクッションを取り出したその女性は、ボッコボコを通り越して「フルボッコ」というのが正しいくらいの勢いで、そのクッションを殴り続ける。

え、と……フラン……というのは、私のこと……かしら？

顔も名前も知らないはずなのに、何故か懐かしさを覚える女性の言葉に、じんわりと胸が熱くなる。

――そう……私、頑張ってきましたのよ？

ヴァイエリンツ公爵家の娘として相応しい淑女であろうと……テオドール殿下の隣に並んでも見

劣りしない公爵夫人として、少しでも相応しい女主人であろうと……「あんな役立たずが……」と、私のせいでヴァイエリンツ公爵家が、お父様が、テオドール殿下が馬鹿にされることがないよう、知識も、魔法も、マナーも、必死に覚えてきましたのよ……。

それに、お父様がお義母様と異母妹《エリシア》にかまけてばかりで、ここ数年は私が代理で仕事をしていたようなものでしたわね……。

それも全部無駄になりましたけど……。

（フランもフランなんだよぉぉぉぉ！！！　なんでそこで諦《あきら》めるのぉぉ‼　婚約者が浮気したなんて、めちゃくちゃ怒っていいんだよぉぉ⁉　怒って当然なんだよぉぉぉぉぉ！！！）

黒髪の女性は、今度はクッションを抱きかかえて顔を埋めながら、ゴロゴロと床を転げまわる。

次の瞬間には長い黒髪をざんばらに振り乱し、テオドール殿下をクソ男、エリシアを妹ビッ〇と罵《のの し》る女性の姿を見ても、不思議とはしたないとは思わなかった。

私のために怒ってくれる人なんて、最近ではお爺《じい》さまくらいしかいなかったから……。

それに、そもそも私、テオドール殿下との婚約が嬉《うれ》しかったわけではありませんもの……。身分と年回りが釣り合う令嬢が私しかいなかったから……という理由でしたし。

（あー、もう‼　フランがわたしを……いや、日本語を思い出してくれればいいのに……‼　フランのスキル、謎の言語じゃないんだよぉぉ‼　日本語なんだよぉぉぉぉぉ！！！！）

クッションを抱えて慟哭《どうこく》する女性が吼《ほ》えた言葉に、頭の中で何かがカチリと嵌《は》まった気がした。

それと同時に、黒髪の女性がこちらを振り返り、そっと近づいてくる。

私は、ヴァイエリンツ公爵家の娘・フランチェスカ・ヴァイエリンツ。

（わたしは、しがないアラサー社畜。名前は、もうない。死んじゃったからね。戒名は『光道院貞《こうどういんてい》蓮信女《れんしんにょ》』あたりじゃないかな？）

私は、ずっと昔に私《あなた》だった……？

（前世ってやつかな？　消しきれなかった不具合《バグ》みたいなものと思ってもらえればいいよ。でも、そのせいでスキルが日本語仕様になっちゃって……辛《つら》い思いをさせてごめんね？）

しょんぼりと俯《うつむ》く女性の言葉に、私はあわてて首を横に振った。

彼女の様子を見ている限り、この人はずっと私の中で私のことを見守っていてくれたんだろう。

「私、一人ではなかったのね……！　貴女がいてくれたんですもの……‼」

そう口にした瞬間、欠けた心が満たされていくのがわかる。

いつの間にか、向かい合わせに立っていた私とその女性の掌が、どちらともなく重ね合わされた。

背は、私の方が少し高いかしら？　でも、掌は女性のほうが少し大きい。

触れ合ったところから……重なり合ったところから、私たちは少しずつ混ざり合っていく。

（不具合《わたし》が残ったせいでひどい目にあわせちゃったけど、これからはこの不具合《バグ》が役に立つから……だから泣かないで、フラン……もう一人のわたし……）

ふわりと温かな何かに包まれる。

それは、久しく感じたことのない人肌の温もりだった。

お爺さまは私の心に寄り添ってくださったけど、さすがに年頃になってからはこうして抱きしめてもらうことなんてなかったから……。

柔らかく温かなものに包まれて……夢の中でもう一度、私はそっと目を閉じた。

◆◇◆

ぱちりと目が開いた時、あたりはすっかり闇に包まれていましたわ。

顔を上げれば、曇ったガラス窓に映る、いつもと何一つ変わらない私の姿が見える。

根元が黒く毛先に行くほど銀色になる不思議なグラデーションで彩られる髪は、亡くなったお母さまから。

夜明け前の空のようにも、日没前の空のようにも見える深い菫色《すみれいろ》の瞳はお父様から受け継いだもの。

こうして見ると、私の持つ色味だけは確かに二人の子どもなのだ、と実感しますわね……今までの扱いはともかくとして、ですけれど……。

ふぅ、とため息をつくと、窓の向こうの私も瞳を伏せて肩を落とす。

…………いけませんわね、こんな弱気では……！

「……なんだか、生まれ変わった気分ですわ……」

それでも、夢の中で邂逅《かいこう》を果たした「わたし」のおかげなのでしょうね。今の私は、すっかりと生まれ変わった気分ですわ。

私自身を「役立たず」だとは、到底思えないのですもの……！

「……〝お取り寄せ〟……面白いスキルですわね……！」

改めて硬いベッドに腰を下ろした私の目の前にあるのは、前世のわたし――ややこしいので貞蓮《ていれん》と呼びますけど……――の世界で言うところの「タブレット」のような黒い板。

そこに、スキルの詳細が記されておりますのよ。

昨日まで解読できなかったのが嘘のように、私はスキルの詳細をすらすらと読んで、理解までしていますの。

要約すれば、〝お金（貴金属可）をお取り寄せポイントに変換し、異世界の食品やそれに関連するものを取り寄せる〟というもの……。

物は試し……と、小指に嵌めていた指輪を――何かの折にテオドール殿下が定型文の手紙と共に贈ってくださった指輪ですけど、今はちょっと……身に着けていたくありませんでしたので……――そのタブレットに近づけると、すっと吸い込まれて……。

『アクセサリーを一〇〇〇〇お取り寄せポイントに変換しました。変換後の所持お取り寄せポイントは、マイページでご確認いただけます』

「あら……それなりに変換できますのね」

高らかなファンファーレと共に花吹雪《ふぶき》が舞い散る画面の中央に、指輪が物品と交換できる〝お取り寄せポイント〟というものになった旨を伝える文章が浮かび上がった。

宝石も何もついていないシンプルな物でしたから、それほど高価とは思わなかったのに……。

まぁ、曲がりなりにも「第三王子殿下が婚約者に贈るために用意した」という体《てい》のものでしょうし、それなりに良いお品だったのかしら？

幸先が良い、といってもいいわね。

「取り寄せられるのは食べ物と飲み物……キッチン用品……に限られていますのね……」

タブレットの画面上で指を滑らせると、お取り寄せできる物品がずらりと並ぶ。

どうやら私のスキルでお取り寄せができるのは、生鮮食品、加工品を含む「食品」と、お酒の類いを含んだ「飲料」、お鍋《なべ》や包丁、フライパンなどの「調理器具」に、お皿やカトラリーなどの「食器類」の四つに限られているようね。

貞蓮の記憶がある私には、それがどんな食べ物や飲み物なのか理解できますし、調理器具も使い方だけは理解できますけど、こちらの世界の人間にとっては未知のモノばかりですわね。

さて。こうして眺めてばかりいても仕方ありませんわね！

ポイントも交換できたことですし、さっそく実践といこうかしら？

ちょうど目に留まった「アイスクリーム」が美味《おい》しそうだったので、実際にお取り寄せを試してみることにした。

【新鮮な搾りたてミルクと産みたて卵を使用したバニラアイスクリームに、宝石のような果物をふんだんにちりばめました。甘いバニラの滑らかな舌触りとフルーツの爽《さわ》やかな甘酸っぱさ。幸せの

味をお楽しみください】

『この商品を取り寄せますか？』

「えーと……ここで〃はい〃を選べばいいかしら……？　えいっ！」

画面に浮かぶ〃はい〃と〃いいえ〃のボタンのうち、「はい」をぽちりと押した次の瞬間。

私の膝《ひざ》の上に、ポンと軽い衝撃が加わって…………瞬きをする間もなく、画面のパッケージと寸分違わぬ〃アイスクリーム〃が、そこにあった。

私の掌に載るくらいの、小さく平べったいアイスクリーム。

深く濃い黒地の背景に、宝石の輝きにも似たキラキラした光の塊が描かれている、シンプルだけど目を引くパッケージに入った、私が初めてスキルを使えた証拠の、アイスクリーム。

「……ほ、本当に出てきましたわ……！」

そっと手に取れば、ひんやりとした温度が伝わってくる。

ちなみに、交換に必要だったポイントは二三〇Ｐ。これが高いのか安いのか私にはよくわからないけど、貞蓮の記憶が「妥当」と告げてきた。

そういえばスプーンもなかったことに気が付いて、そちらもお取り寄せポイントを使用して取り寄せる。熱伝導率の高い素材を使用することで手の温もりをアイスに伝え、硬く凍ったアイスクリームを食べやすくするのですって。

お色は…………私の好きな青にいたしましたわ。

テオドール殿下の趣味でピンク系統のドレスやアクセサリーが多かったのですけど、私、本当は青が好きなんですの……。

〝はい〟を押した次の瞬間には手元に届いたスプーンを片手に構えながら、ぱかりと蓋《ふた》を開けた。

真っ赤ないちごを砕いたものがたっぷりと散らされている下に、赤味を滲《にじ》ませた白いものが見える。

この下の部分が〝アイスクリーム〟なのかしら？

「まぁ……なんてきれいなんでしょう……！」

スプーンを入れると宣伝の謳《うた》い文句《もんく》通りに、スプーンが当たっている部分のアイスクリームがみるみる溶けて掬《すく》われていく。

それをそのまま口に含めば、脳を刺すような冷たさと……やや遅れて優しい甘さが口の中いっぱいに広がった。王宮の晩餐《ばんさん》会で一度だけ口にしたことがある氷菓《ソルベ》とは、口当たりがまったく違う……滑らかで絹のような舌触り……。

……これは、確かに「幸せの味」と言っても過言ではありませんわね……。

いちごは、上に散らされているだけでなく中にも練り込まれていて、シャリシャリさくさくした歯触りだった。アイスクリームの甘さに慣れた舌の上で酸味が弾けて、口の中がキュッとなる。でも、最後にはほんのりと自然な甘みが残って、また次の一口が食べたくて仕方がなくなってしまうの。

「……あまい……」

気が付けば、私の瞳《ひとみ》からは止めどなく涙が溢《あふ》れていた。

「役立たず」と罵られていた私が……みんなの望む「良い子」でいようとした私が……初めて自分の意思で、自分の好きなものを選ぶことができた……。

爽やかないちごと、濃厚なバニラの香りで口の中が満たされる。

優しいミルクとお砂糖の甘さは、幸せの味であり、初めての自由の味だった。

アイスクリームの滋味がひび割れて荒れた心にじわじわと染みわたって潤してくれるのと同時に、力がみなぎっていくのを感じますわ……！

……そう……泣きっぱなしじゃいられない……泣き寝入りなんてしてたまるものですか！！！

私の名前は、フランチェスカ・ヴァイエリンツ！　誇り高きヴァイエリンツ公爵家の長子であり、戦場の獅子《しし》と恐れられたお爺さまの血を引く孫ですもの！

――私を怒らせたこと……良い子のままで眠らされていた獅子の子を起こしたことを、心の底から後悔させて差し上げますわ！

試し読みはここまでです。

続きは『見捨てられた生贄令嬢は専用スキル「お取り寄せ」で邪竜を餌付けする』でお楽しみください。

お便りはこちらまで

〒102－8177
カドカワBOOKS編集部　気付
米織（様）宛
仁藤あかね（様）宛

カドカワBOOKS

捨《す》てられ聖女《せいじょ》の異世界《いせかい》ごはん旅《たび》 5
隠《かく》れスキルでキャンピングカーを召喚《しょうかん》しました

2023年 3 月10日　初版発行

著者／米織《よねおり》
発行者／山下直久
発行／株式会社KADOKAWA
〒102-8177
東京都千代田区富士見2-13-3
電話／0570-002-301（ナビダイヤル）

編集／カドカワBOOKS編集部
印刷所／大日本印刷
製本所／大日本印刷

●お問い合わせ
https://www.kadokawa.co.jp/（「お問い合わせ」へお進みください）
※内容によっては、お答えできない場合があります。
※サポートは日本国内のみとさせていただきます。
※Japanese text only

Printed in Japan
ISBN 978-4-04-074587-9 C0093

新文芸宣言

かつて「知」と「美」は特権階級の所有物でした。

15世紀、グーテンベルクが発明した活版印刷技術は、特権階級から「知」と「美」を解放し、ルネサンスや宗教改革を導きました。市民革命や産業革命も、大衆に「知」と「美」が広まらなければ起こりえませんでした。人間は、本を読むことにより、自由と平等を獲得していったのです。

21世紀、インターネット技術により、第二の「知」と「美」の解放が起こりました。一部の選ばれた才能を持つ者だけが文章や絵、映像を発表できる時代は終わり、誰もがネット上で自己表現を出来る時代がやってきました。

UGC（ユーザージェネレイテッドコンテンツ）の波は、今世界を席巻しています。UGCから生まれた小説は、一般大衆からの批評を取り込みながら内容を充実させて行きます。受け手と送り手の情報の交換によって、UGCは量的な評価を獲得し、爆発的にその数を増やしているのです。

こうしたUGCから生まれた小説群を、私たちは「新文芸」と名付けました。

新文芸は、インターネットによる新しい「知」と「美」の形です。

2015年10月10日

井上伸一郎

聖女召喚に巻き込まれましたが、
私の特殊スキルは
キャンピングカーでした。
suterare seijo no isekai gohantabi
捨てられ聖女の異世界ごはん旅
隠れスキルでキャンピングカーを召喚しました
小神奈々
［原作］米織　［キャラクター原案］仁藤あかね
コミックス1〜2巻
好評発売中!!

あらゆる強者を
『お取り寄せグルメ』で
餌付けして、
なつかれちゃいました！
米織　illust.LINO
カドカワBOOKS
使えないスキル持ちだったせいで家を追い出され、竜の生贄に選ばれてしまったフランチェスカ。しかし土壇場で前世の記憶を思い出しスキルが開花！　それは、地球からグルメを召喚する『お取り寄せ』のスキルで……？

第7回カクヨム
Web小説コンテスト
キャラクター文芸部門
特別賞
天空の異世界ビストロ店
Otherworldly Bistro in the Sky
～看板娘ソラノが
美味しい幸せ届けます～
冒険者に
貴族に獣人――
皆が集まる話題の
ビストロの立役者は
日本人!?
佐倉涼 ill すざく
カドカワBOOKS

Story

空飛ぶ帆船が行き交う異世界に転移したソラノは、世界最大の港にあるさびれた料理店の立て直しを手伝うことに。ソラノが考案したバゲットサンドは旅のお供として注目され、店の盛況ぶりは王族の耳にまで届くが——？

Menu

- 特製ビーフシチュー
- バゲットサンド
- スフレ・オムレツ
- ステックアッシェ
- スペシャルプレート

美味しいおもてなしは身分・種族・国境を越えて話題に!?

好評発売中!!

摩訶不思議な
山暮らし――
ニワトリ(?)たちと
癒やしのスローライフ開幕!

前略。山暮らしを始めました。

浅葱
illust. しの

ひょんなことがきっかけで山を買った佐野は、縁日で買った３羽のヒヨコと一緒に悠々自適な田舎暮らしを始める。気づけばヒヨコは恐竜みたいな尻尾を生やした巨大なニワトリ（？）に成長し、言葉まで喋り始めて……。

「どうして──！?」「ドウシテー」「ドウシテー」「ドウシテー」

「お前らが言うなー！」

癒やし満点なニワトリたちとの摩訶不思議な山暮らし！

カドカワBOOKS